Satans geile Träume

Thriller aus der Drogenszene

von Kurt Koch

Band 2

Bibliografische Information der Deutschen Nationalbibliothek: Die Deutsche Nationalbibliothek verzeichnet diese Publikation in der Deutschen Nationalbibliografie; detaillierte bibliografische Daten sind im Internet über dnb.dnb.de abrufbar.

Die automatisierte Analyse des Werkes, um daraus Informationen insbesondere über Muster, Trends und Korrelationen gemäß §44b UrhG („Text und Data Mining") zu gewinnen, ist untersagt.

Veröffentlicht durch: Klar Web Services (www.klar.ws)

Verlag: BoD · Books on Demand GmbH, Überseering 33, 22297 Hamburg, bod@bod.de
Druck: Libri Plureos GmbH, Friedensallee 273, 22763 Hamburg

ISBN: 978-3-8192-0074-8

Akteure im Direktorium der *Stiftung zur Bekämpfung der Drogensucht*:

Eduardo Ribadeneira Cheftechniker in Valencia aus der Technischen Überwachungszentrale.

José-Maria Gilberto Gallardo de Acevedo y Tortosa, der Vorsitzende des Direktoriums.

Pedro-Ricardo Cesar Fonseca Hidalgo, ein mehr cholerischer Direktorentyp.

Henrique Ignacio Jerónimo Sepúlveda, der Direktor für interkontinentale Beziehungen.

Ambrosio Hermenegildo de BizcainoThompson ein Kollege von Henrique Ignacio.

Sá Benedicto Xavete Evaristo Direktions-Kollege und Freund.

Roberto Sebastiano Pizarro Ribadeneira ein Direktionskollege - sensibel.

Tavira Fernandez - Leiter der spanischen Drogenbekämpfungsbehörde

Prolog

„Honorige" Herrschaften hatten europaweit eine Organisation zur Drogenverteilung aufgebaut. Die Zentrale befand sich an der Mittelmeerküste im spanischen Valencia. Ihre „Residenz" war zu einer praktisch uneinnehmbaren Festung ausgebaut. Die sichtbaren, oberirdischen Aufbauten dienten ausschließlich der legalen Seite ihrer Geschäftstätigkeiten, stellten somit eine Art Feigenblatt ihrer wahren Umtriebe dar. Unterirdisch wurde das Drogengeschäft gemanagt.

Zur Tarnung war die Firma in eine weltweit mustergültige *„Stiftung zur Bekämpfung des Drogenmissbrauchs"* integriert.

Die Tarnfirma *Stiftung* verteilte jährlich bis zu 65 Tonnen Kokain an die Großabnehmer auf dem europäischen Kontinent. Sie wurden auf verschiedenen Transportwegen aus Kolumbien in Valencia angeliefert. Der Großteil davon auf dem Seeweg auf eigenen *schwimmenden Luxus-Transportmitteln*. Diese Definition sprach aber den tatsächlichen Verhältnissen Hohn, war eine wirklich schreckliche Verniedlichung der Tatsachen. In Wahrheit arbeiteten sie mit einer hochkriminellen eigenen Transportversion und -organisation und betrieben dazu auch hochseetaugliche Luxusyachten.

Darüber hinaus gab es eine ausgeklügelte Infrastruktur für Beschaffung und allgemeine Transportsysteme. Die Behörden waren machtlos, zumal die *honorigen Herren* in vielfacher Hinsicht mit Politikern verbandelt waren. Zudem unterstützte und förderte die Stiftung tatsächlich finanziell, dem Kampf gegen Drogen verpflichtete Kliniken, Entzugsanstalten und ähnliche andere Einrichtungen in Europa.

Bis die DEA und NSA in gemeinsamen Bemühungen einen Weg austüftelten, um die hochkriminelle Organisation zu infiltrieren. Sie hatten sich zum Ziel gesetzt diesen Weg konsequent zu Ende zu bringen. Letztendlich standen sie der geballten Macht der Drogenkartelle in Kolumbien und der unheimlich effizienten mysteriösen Leistungsfähigkeit der *Stiftung* gegenüber.

Erst als die Kette der Versorgung und des Nachschubs der Drogen einen Bruch bekam, ergaben sich Möglichkeiten den Verbrechern nahe zu kommen.

Eine sehr peinliche Bruchlandung der honorigen Herren aus *„Stiftung zur Bekämpfung des Drogenmissbrauchs"* öffnete den Behörden schließlich einen erfolgversprechenden Weg, um der gesamten Organisaton einen tödlichen Schlag zu versetzen - wird es gelingen dieses angestrebte Ziel zu erreichen?

Zunächst hatten es die Herren in Valencia mit dem Verrat eines ihrer Mitglieder im Transportsystem zu tun. Ein äußerst brutales Mitglied bemächtigte sich einer Superyacht mitsamt einer 3 Tonnen schweren Ladung Kokain. Sein Ziel das Rauschgift in Mittelamerika an einen Verbindungsmann verkaufen. Dazu musste er um den gesamten Südamerikanischen Teilkontinent fahren. Eine Wahnsinnsaufgabe. Mit dem Erlös, so rechnete es sich aber der Gauner aus, würde er in die Oberliga der Koka-Verteiler einsteigen.

Doch bis an das angestrebte Ziel ist es ein langer und beschwerlicher Weg. „Die Geier warten schon" an den Stellen, an denen er die Yacht versorgen lassen muss.

Der Altherrenclub in Valencia und die amerikanischen Drogenverfolgungsbehörden setzen alles daran, um des Kaperers der Yacht habhaft zu werden und hoffen damit auch die internationalen Geschäfte der „Narcos" zerschlagen zu können.

Allerdings, in einer überaus spektakulären Aktion wollten sich in einem günstigen Moment die spanischen Drogenfahnder ebenfalls ein Denkmal setzen.

Aber!

Band 1 = 29 Kapitel

Kurze Zusammenfassung aus dem Band 1

Bereits seit mehr als 2 Jahrzehnten hatte die „honorige und verbrecherische" *Stiftung zur Bekämpfung der Drogensucht* erfolgreich den Markt für Drogen in Europa bedient. Alle nationalen und internationalen Behörden für die Bekämpfung des Drogenhandels hatten sich vergebens bemüht hinter die verbrecherischen Umtriebe der „*seriösen*" Stiftungsdirektoren in einer verbunkerten Zentrale in der spanischen Stadt Valencia zu kommen.

Die Bemühungen verliefen so gut wie immer in Wohlgefallen. Immer wieder liefen sie gegen eine unsichtbare Schutzwand, die von mehreren europäischen Staaten und seine höchsten Vertreter errichtet worden war.

Auch die Transportwege der immerhin gewaltigen jährlichen Menge an Kokain, die in Europa eintraf und hier verteilt wurde, blieben im Dunkeln. Bis ein untreuer Maulwurf aus den eigenen Reihen die Yacht mit einer 3-Tonnenladung Kokain in seine Gewalt brachte. Es begann über den Atlantik und den Südamerikanischen Teilkontinent eine mit viel Geld geschmierte Jagd nach der Yacht. Daran beteiligten sich auch die amerikanischen Drogenfahndungsbehörden. Diese wollten die Not der *Stiftung zur Bekämpfung der Drogensucht* nutzen, um der Drogenmafia einen vielleicht tödlichen Schlag zu versetzen. Erschwerend kam dazu, dass die monatlichen Transporte mit einer Yacht immer wieder auf einer anderen Yacht betrieben wurde. Nach jedem erfolgreichen Transport verschwanden die Schiffe samt Führung spurlos. Die Behörden konnten den entscheidenden Zusammenhang vom Verschwinden der Yacht und einem Skipper mit Begleitung nicht herstellen. Immer wieder verschwanden Touristenpaare absolut spurlos. Wie konnte das passieren?

Jede Reise mit dem Kokain erfolgte auf einem neuen Schiff, frisch registriert in einem korruptem Kleinstaat in der Karibik. Weiter und tiefer konnten die Ermittler nicht in das düstere Gewölk der alltäglichen Bestechungen eindringen. Die Liste verschwundener Crewmitglieder zur Führung der Yacht verloren sich im Irgendwo und Irgendwie.

Bis dann eines Tages ein äußerst brutaler und untreuer Mitarbeiter der *Stiftung zur Bekämpfung der Drogensucht* auf die Idee kam, sich die Yacht mit der Ladung von 3 Tonnen Kokain *„unter seinen Nagel zu reißen"*. Der momentane Nachteil für den Kaperer war, dass er dieses Superfahrzeug auf dem Wasser nicht allein um den Kontinent fahren konnte. Er brauchte einen Mitfahrer. Ob das gut gehen würde?

Die Drogenbehörden in USA hatten einen guten Riecher und auch der Zufall brachte seine Hände ins Spiel. Sie hatten einen Maulwurf präpariert, um ihn in die geheimnisvolle Organisation einzuschleusen. Der Entführer der Yacht und dieser fanden zusammen. Sie gelobten sich die Yacht gemeinsam zu fahren und alle Gewinne unter sich aufzuteilen.

Wie das so bei viel-viel Geld und Gangstern ist, konnte das nicht sehr ernst gemeint sein. Der neue Begleiter würde nach Abschluss der Reise schlicht ein Seemannsgrab finden, der Entführer wollte alles haben.

Die Reise entpuppte sich als äußerst kompliziert. Ob sie überhaupt gelingen konnte? Schließlich warteten auf der Reiseroute und in allen Tankstopps bereits Polizisten und andere Geldgierige - auch und besonders korrupte - um den ausgelobten Finderlohn für sich einzusacken.

Lassen Sie sich überraschen. Die nächsten Seiten haben es „in sich".

30

14. Oktober

Henry hatte bereits um acht Uhr die *Espera* verlassen und war auf dem Weg in den Ort. Gestern hatte er gehofft, dass Freddy wieder auftauchen würde und hatte bis lange nach Mitternacht gewartet. Schließlich hatte er doch eingesehen, dass es mit der Rückkehr seines Kumpans so schnell nichts werden würde.

Er machte sich Gedanken, wie sich das wohl auf seine Aufgabe, seine Pläne und Vorhaben auswirken würde. Das Vorkommnis konnte wohl alle Planungen der Auftraggeber über den Haufen werfen. Der bisherige gewaltige Einsatz von Manpower und Zeit wäre damit umsonst gewesen.

Dann, das wusste er, jetzt die Yacht alleine zu lassen war sehr riskant. Er sah aber keine andere Möglichkeit etwas über den Verbleib Freddys zu erfahren. Es gab keine Person oder eine Autorität, die er hätte bitten können, ihm zur Seite zu stehen. Mit einem sehr zwiespältigen Gefühl machte er sich auf in den Ort. Er musste Gewissheit erlangen, wie es denn nun weitergehen konnte. Er trug schwer unter der Verantwortung und würde sich zu gegebener Zeit rechtfertigen müssen.

Zunächst ging es darum, entweder er musste Gunter oder Felipe finden. Nun, Felipes hatte er zwei. Dem einen, der mit der sogenannten Reparaturwerft, mochte er nicht über den Weg trauen. Von Gunter gar nicht zu reden.

Er landete schließlich bei dem Tankstellenbesitzer, dem Freddy als Vorauszahlung für die Diesellieferung, und auf dessen Wunsch, ein paar tausend Dollar gezahlt hatte. Er wollte ihn schlicht und einfach fragen, ob er ihm noch etwas schulde und dann das Thema, mehr nebenbei, auf Polizei und Knast bringen. Er würde sagen, dass er damit rechne, dass Freddy, wahrscheinlich wegen irgendeines Immigrantenvergehens, eines Fehlers gegen die Einreisebestimmungen, eine Strafe zahlen müsse. Unterdessen würde er aber immer noch festgehalten. Wo das sein könne.

Der Verdacht, dass Freddy in einem Knast gelandet war, drängte sich auf. Schließlich würden sie ihn nicht in irgendeinem Büro auf einem Stuhl die Nacht verbringen und den neuen Tag abwarten lassen.

Dieser Felipe erklärte nun Henry das System. Den Beschreibungen Felipes zufolge schien das Ganze in eine mittlere Katastrophe zu münden. Er würde sich ins Zeug legen müssen. Trotzdem, so schätzte er, würde es eine Angelegenheit mit offenem Ende werden.

Henry machte sich auf den beschriebenen Weg. Was so gewisse Schwierigkeiten bedeutete, denn von einer auch nur halbwegs ordentlichen Straßenbeschilderung konnte keine Rede sein. Er irrte etwas hin und her und wunderte sich am Ende, dass er doch das fand wonach er suchte.

Am Gitter fragte er dann den Wachhabenden, wann er Freddy sprechen könne. Der beschied, dass das nur in der Mittagszeit, beim Mittagessen möglich sei.

Henry stellte sich dann vor, dass alle Gefangenen an einem langen Tisch säßen, ihr Essen schlürften und er säße dabei und könnte sich mit Freddy unterhalten.

Er fand dann wieder zur Yacht zurück. Er fand sie unversehrt. Er würde sich dann morgen rechtzeitig aufmachen, um zu der besagten Mittagszeit am Eingang zum Knast zu sein. Er fragte sich, ob er von der Gefängnisleitung dann ebenfalls etwas zu essen bekommen würde - das würde ihm passen.

So war er pünktlich um zwölf wieder in dem Durchgang. Er registrierte sofort, dass so gut wie alle bereits anstehenden Besucher, Kinder waren auch dabei, mit Tüchern abgedeckte Körbe trugen. Aus diesen stiegen die verschiedensten Gerüche nach Essen in seine Nase. Er sah, wie diese Menschen dann einzeln eintreten durften. Und als er an der Reihe war, wunderte sich der Wachhabende, dass Henry kein Gepäck dabei hatte. Er galt daher als potentiell verdächtig und wurde viel eingehender gefilzt. Bis hierhin fand Henry das Procedere in Ordnung.

Freddy hatte ihn gesehen und kam ihm auf halbem Weg entgegen. Das fiel überhaupt nicht auf. Niemand störte sich daran. Aber Freddy brauchte etwas zu essen, er erklärte Henry in aller Kürze das System, der daraufhin Auslass begehrte. Der Wachhabende verstand und machte keine Probleme.

Nach ca. 20 Minuten war Henry mit zwei Pizzas, vier belegten Broten und einer großen Flasche Limonade zurück. Der Wachhabende öffnete die Plastikflasche, um sich zu versichern, dass sie kein alkoholisches Getränk enthielt.

Beim Essen im Schatten unter der Palme, erzählte Freddy zunächst von seinem Verdacht in Richtung Gunter. Er beauftragte Henry nach einem Rechtsanwalt zu suchen, der ihn da herausholen konnte. Beide kamen zu dem bedauerlichen, aber zutreffenden Schluss, dass an einem Samstagnachmittag kein Rechtsverdreher aufzutreiben war.

„Morgen kommst du um die Mittagszeit, bringst mir Essen und Trinken und machst dich wieder sofort auf zur Yacht.

Mann, was da alles passieren könnte, wenn das Fahrzeug stundenlang unbewacht in einem Scheißhafen, an einem Scheißplatz wie diesem liegen musste.

Freddy bat noch ein halbes Dutzend Sandwiches zu holen. Er wollte ja für den Abend und den nächsten Morgen auch etwas kauen. Am Abend sollte dann Henry die Yacht nicht verlassen, sie nicht unbeaufsichtigt lassen. Morgen würden sie dann wegen eines Rechtsanwaltes miteinander sprechen.

Als Henry dann mit den Fressalien zurückkam, waren schon wieder alle angetreten, es war gerade Apell. Jetzt durfte keiner mehr an die Gittertür kommen und auch er musste draußen bleiben. Der Wachhabende versprach aber die Sandwiches weiterzugeben. Viel Vertrauen in das Angebot des Uniformierten hatte Henry nicht, aber nach kurzem Überlegen, händigte er dann doch die in Zeitungspapier eingewickelten, belegten Brote aus.

Henry eilte zur Yacht zurück. Er fand alles noch so vor, wie er es verlassen hatte. Er fühlte sich erleichtert. Von dem, was sich trotzdem unterdessen ereignet hatte, konnte er keine Ahnung haben.

Hinter den Kulissen, im nicht gerade üppig mit modernen Kommunikationsgeräten ausgestatteten polizeilichen Apparat, begannen die sprichwörtlichen Drähte heiß zu laufen. In diesem Fall der einzige Draht zwischen dem Kaff und der Dienststelle der Provinzhauptstadt. Zumindest einer der Kollegen hatte es spitzgekriegt, welcher Schatz auf seinem Einflussgebiet der Hebung harrte.

Am Vormittag dieses Samstags hatte der örtliche Polizeichef seinen Freund von der Zentrale in **Belém** an der Strippe. „Cé", beschwor er ihn ein ums andere Mal, doch einen Haftbefehl für die äußerst verdächtige Person Freddy Batistuta, zu besorgen.

„Mensch, alter Freund, beschied ihn dieser, versteh doch. Das läuft so nicht. Da ist unser Allmächtiger, unser Chef nicht da und ohne den geht das nicht. Der reißt mir den Kopf herunter, wenn ich etwas eigenmächtig mache. Dann ist, darüber hinaus, kein Staatsanwalt da und auch kein Richter. Versteh das doch - *du* hast diese Sorgen nicht - ich weiß - aber sei froh - du hast keine größere Befugnis - so kannst du also auch nicht viel Mist bauen. Aber hier sieht die Sache ganz anders aus. Du bist am Arsch der Welt, ich bin mitten in der Zivilisation. Da läuft das alles mehr geordnet. Das Gesetz gilt hier, das solltest du auch einmal bedenken.

Zudem ist der Typ Ausländer. Das gibt sowieso Scherereien. Das soll doch unser Chef ausbaden. Kannst du dir vorstellen, wenn ich oder Gerardo, du kennst ihn auch, der mit den Löffelohren, wenn wir die Sache eigenmächtig vorantreiben? Nein kannst du nicht. Also bitte mein Freund, es bleibt uns nichts anderes zu tun, als bis Montagmorgen zu warten. Ich verspreche dir, mich als erstes darum zu kümmern. Ich gehe persönlich zum Chef. Weise ihn auf die ... Aber warte mal, da habe ich ja Freischicht. Ich verspreche dir jedenfalls trotzdem eigens wegen diesem Fall zu kommen. Versprochen, alter Freund."

Der <alte Freund> der jetzt seinen Dienst in **Joanes** versah, war dorthin versetzt worden, eben weil er eine ähnliche Sache verbockt hatte. Eigenmächtig hatte er an seinem Chef vorbei eine Sache entschieden. Eine Lappalie, aber der Chef war sauer, nein, mehr als sauer und hatte ihn innerhalb einer Woche in dieses gottverlassene Nest versetzt - strafversetzt. Auf dem Papier stand davon nichts. Nein, er hatte es lau so formuliert, dass es eben nach einer fälligen Versetzung aussah. Der junge Mann sollte Erfahrungen in schwierigem Umfeld sammeln, wozu sich natürlich dieser gottverlassene Scheißfleck auf der anderen Seite des Amazonas bestens eignete. Ja, so hatte er sich auch ausgedrückt, mit einem schäbigen Grinsen um seinen Mund.

Und nun hatte eben dieser die einmalige Gelegenheit sich zu rehabilitieren und vielleicht noch eine satte Prämie einzuheimsen. Verdammter Mist, alles hatte sich einmal wieder gegen ihn verschworen.

Am 12., dem <dia de las razas>, dem *Tag der Rassen,* hatten sie auf der Polizeiwache von Felipe, einem guten Kumpel und Spielbruder beim Damenspiel, einen Tip bekommen.

Er war gekommen und ein bisschen geheimnisvoll getan. Es war so seine Art, aber was immer hinter dem rätselhaften Auftauchen der Yacht hier in **Joanes** stecken mochte, eine saubere Angelegenheit war es nicht, konnte oder durfte es nicht sein. Es gab keinen technischen Grund, weshalb der Schaden, in jeder Hinsicht, nicht besser in **Belém** hätte repariert werden können. Dort gab es die entsprechenden Einrichtungen und auch Fachpersonal.

Dabei hatte er dem Eigner ehrlich versichert, dass seine Reparaturwerft nicht für solche Arbeiten geeignet war. Dass er auch nicht über geschultes Personal verfüge, um den Schaden fachmännisch zu beheben. Und dann hatten sie den ortsbekannten, versoffenen Gunter aktiviert. Abgesehen davon, dass er für eine sichere und schadensfreie Verholung dieses Riesendings an Land nicht ausgerüstet war. Für jeden Fischerkahn aus Holz reichten die technischen Einrichtungen allemal aus. Aber an einem solchen Koloss aus Plastikmaterial, er spuckte förmlich den Begriff *"Plastik"*material aus, würde er sicher Schaden anrichten, für den er verantwortlich wäre. Nein, das ging einfach nicht. Er hatte es auch dem Typen klargemacht, dass er für die Behebung des Schadens keinerlei Verantwortung und Haftung übernehmen könne. Das war klar und ehrlich - hatte Felipe betont.

Aber der Eigner ließ sich nicht belehren und bestand darauf hier vor Ort das Loch zu flicken.

Nach dieser <Unterhaltung> hatten sie dann auf der Dienststelle gemeinsam beschlossen, einen Kollegen auf den deutschen Ingenieur anzusetzen. In Zivil sollte er, wenn nötig ein paar Zuckerrohrschnäpse spendieren, sich das Vertrauen erschleichen und ihn aushorchen. Was ja auch, bis zu einer gewissen Grenze gelang. Allerdings, in Anbetracht der Versoffenheit des Deutschen, recht ausgiebig gelang.

Und dann der Freitagvormittag.

Er, Paolo Caixeiro, als Chef einer Außenstelle der Zentrale in **Belém**, hier in **Joanes**, hatte an diesem Freitagvormittag staunend die Aussagen des Kollegen vernommen. Die alle auf dem freimütigen und sogar angeberischen Geplapper Gunters basierten.

Ohne Zögern hatte er sich dann kundig gemacht, sich nach allen Regeln der Kunst informiert und es hatte einen Treffer gegeben. Bereits beim ersten <Google-Gang>. Der Name *Espera*, auch das hatte er selbst herausgefunden, passte zu einer international gesuchten bzw. als gestohlen ausgeschriebenen Yacht mit dem Namen *Esperanza*. Die Kerle mussten den Namen einfach gekürzt haben, daher auch die Hinweise auf Gewindebohrungen, die jetzt schlecht verspachtelt waren. Gunter hatte das richtig erkannt und großspurig damit angegeben. Dieser Spezialist für Schiffbau und im Saufen.

Paolo erfuhr bei seinen Recherchen, dass eine hohe Belohnung für Hinweise geboten wurde, die die Wiederbeschaffung des Bootes oder Schiffes ermöglichten. Die Beschreibung mit Fotografie passte genau auf das, was da unten, nahe dem lokalen Fischerhafen lag.

Er sprang von seinem Stuhl auf als wäre er von einer Tarantel gestochen worden. Die es ja *auch* bekanntermaßen in der näheren Umgebung von **Joanes** gab. Aber es war keine Tarantel. Die Erkenntnis aller Zusammenhänge hatte in ihm schlagartig das Jagdfieber geweckt - anders ausgedrückt: die Begierde schlechthin. Er war auf etwas ganz Großes gestoßen. Diese Geschichte roch nach vielen Dollars - vielen!

Er handelte umgehend und die Sache war viel zu wichtig, als dass er sie einem Untergebenen überlassen wollte. Doch er wurde zunächst von seinen Kollegen - <Kollegen>, er grinste schief - ausgebremst.

Bis zum Freitagnachmittag hatte er noch Hoffnung, dass die Zentrale umdenken und ihm freie Hand geben würde. Als nach 15 Uhr immer noch kein grünes Licht gegeben worden war, handelte er, wieder einmal, auf eigene Faust. Er war sich seiner Sache so sicher. Da sollte, da konnte nichts schiefgehen. So fuhr er mit seiner Mannschaft hinaus zur Werft und holte sich den Skipper.

Der andere, das hatte Gunter bereits ausgesagt, war offensichtlich ein Mitläufer. Ein unbedeutender Bekannter, vielleicht ein Freund. Aber auch ihn würde Paolo gerne einbuchten. Ja, er hätte es tun müssen, aber dann hätten sie die Verantwortung für die unbesetzte Yacht gehabt. Das hätte, bei Beschädigungen oder Diebstählen, richtig Ärger bedeuten können/müssen. Diese Handlung wäre demnach aber definitiv eine Nummer zu groß für ihn gewesen, wahrhaftig, bei allem Elan.

Also ließ man Henry außen vor, sozusagen als Bewacher der Yacht. Und unter ständiger Beobachtung durch seine Mannen. Aber nur so lange, bis am Montag Verstärkung und Fachleute aus **Belém** eintreffen würden. Sie würden sich dann auch um die Dokumente kümmern, die über die Besitzverhältnisse Auskunft geben konnten/mussten. Sie würden sie genau unter die

Lupe nehmen. Dass sie gefälscht waren, davon war Paolo Caixeiro immer mehr überzeugt.

So beschloss er diesen fiesen Kerl, den sie Freddy nannten, einzubuchten, bevor dieser die Fliege machen konnte. Länger hätte er auch nicht mehr zuwarten können. Von seinen gegenwärtigen Beobachtern vor Ort und auch von Felipe aus der Werft, hatte er Nachrichten, dass das Schiff für den Auslauf fertig gemacht wurde. Sie hätten zwar noch keine Lebensmittel an Bord gebracht, aber das sagte über den Auslauftermin wenig aus.

Dann war Freitag der 13. Sein ganz persönlicher Glückstag. Erfahren wie er war, wusste er, dass es dann verdammt schwierig werden würde, besser, unmöglich werden würde, hier einen Rechtsanwalt aufzutreiben, der sich für die Freilassung, wie auch immer, einsetzen konnte. Nach Paolos Ansicht saß also der mutmaßliche Gangster problemlos mindestens bis Montag früh sicher in Verwahrung.

So hatten sie Freddy im Calabozo, in einem finsteren Loch, das für Untersuchungshäftlinge jedweden Kalibers vorgesehen war, abgeliefert, ausgeliefert und eingeliefert.

Paolo hatte seine Hoffnung, einen Haftbefehl zu bekommen, auf den Samstag gesetzt. Jetzt sah es danach aus, dass er mit leeren Händen dastehen würde. Aber seinen Fang musste er ja nicht unbedingt herauslassen. Beschwichtigte er sich selbst. Er würde das in seinem Bericht mit absehbar drohender Fluchtgefahr begründen. Er versuchte jetzt, nicht gerade verzweifelt, eher hoffnungsvoll, sich selbst zu überzeugen, dass er richtig gehandelt hatte.

Er rief nochmals Cé, seinen Freund aus besseren Tagen in **Belém** an. Er bot sich an, selbst rüberzukommen. Cé riet ihm aber ab. Das würde auch nichts ändern. Er habe noch nicht einmal eine Ahnung, wo der Chef stecke. Und, lieber Freund, vesteh´ mich nicht falsch, aber wenn du zum Staatsanwalt kommst, dann ...“

„Ich verstehe“, sage Paolo resigniert. Dann eben am Montagmorgen. Sein Freund Cé würde sich darum kümmern. Das hatte er versprochen.

Es galt in Brasilien nicht immer und überall der Buchstabe des Gesetzes. Ein Freund an der richtigen Stelle konnte oft viel mehr bewirken. So sollte es auch in diesem Fall werden?

Im Knast, nach dem Appell, wurden wieder alle eingesperrt. Freddy war es nicht entgangen, dass die Weiberzelle jetzt belegt war. Er konnte nicht feststellen mit wieviel Frauen. Nur ihre bekannt typisch überlauten Stimmen, vermischt mit schrillen oder auch ordinärem Gelächter, klangen jetzt über den Innenhof.

Sie hatten sich kaum in ihrem Bunker sortiert, da hörte Freddy draußen Stimmen und auch Proteste. Dann fluchen und Drohungen. Gleich darauf rasselte der Schlüssel, die Blechtür wurde aufgerissen und ein Hüne von Mannsbild wurde hereingeschoben. Kaum war die Tür hinter ihm geschlossen, fing er wieder an zu schimpfen. Es ging um die Scheißidioten, was die sich herausnahmen, ihn, den vollkommen Unschuldigen einfach auf offener Straße aufzugreifen und hierher zu bringen.

Vom Boden hoch kamen einige Bemerkungen, dass sie doch alle unschuldig seien und trotzdem keinen Aufstand machten.

„Reg dich nicht auf. Such dir einen Platz.“

„Pass aber auf, wo du hintrittst. Das Hotel ist gut belegt.“

Freddy konnte mittlerweile die unterschiedlichsten Stimmen Personen zuordnen. Es waren immer wieder dieselben, die sich mit ihren derben Späßen hervortaten.

Sie kamen heute nicht zu ihrer kleinen Siesta, obwohl sie

sich alle, auch jetzt noch, nach dem Neuzugang, ausstrecken konnten. Für wieviel wohl dieser Raum effektiv Platz bieten würde? Musste? Diese unausgesprochene Frage sollte Freddy alsbald beantwortet bekommen.

Draußen war wieder etwas los. Da protestierte einer lautstark, dass er telefonieren wolle. Jemand lachte ein raues, kehliges Lachen.

Die gleiche Stimme, jetzt weinerlich, „meine Familie weiß nicht wo ich bin. Ich wollte gleich nach meiner Ankunft anrufen."

„Nun bist du ja angekommen", sagte jemand, „nur mit dem Telefonieren musst du warten müssen. Wir haben einen Apparat beantragt, aber installiert haben sie ihn noch nicht. Vielleicht nächste Woche, oder bald im nächsten Jahr.

Dann, gleich darauf, hörte Freddy Gekreische von Frauen.

„Neuzugänge für das Freudenfest heute Abend", sagte einer aus der Dämmerung mit leiser Stimme.

Eine Tür wurde offenbar mit Wucht zugeschlagen. Dann eine schrille Frauenstimme: „Ich muss doch Geld verdienen. Was sollen denn meine Kinder essen? Von euch Scheißkerlen habe ich doch keinen Cruzeiro zu erwarten. Schon das dritte Mal in diesem Monat."

„Halts Maul, du alte Schlampe, sonst stopf ich es dir. Du weißt ja mit was."

Das war eine Männerstimme, könnte vom Capitan kommen, dachte Freddy.

Ihre Blechtür wurde wieder aufgeschlossen und ein kleiner Mann wurde hereingeschubst. Freddy schaute näher hin. Er sah einen Jungen. Gegenüber machten sie einen Platz frei, rückten noch näher zusammen.

Einer sagte halblaut: „Wenn du dich an dem Kind vergreifst, schneid ich dir den Schwanz ab."

„Fein", sagte eine andere Stimme, „mit was denn?"

„Ich kann ihn dir auch abbeißen. Und ich tue es, verlass dich drauf."

Eine Frage: „Wie alt bist du?"

Eine nicht ganz schüchterne Kinderstimme antwortete, dass er neun sei, aber möglichweise auch bald zehn werde. So genau wisse er das nicht.

„Weshalb haben sie dich hergeholt?"

„Der Scheißtyp von dem Handyladen war es."

„Wieso? Hast du geklaut?"

„Ach was. Ich habe Hunger und hab gebettelt. Er wollte mich wegjagen. Dann hat er die Polizei gerufen. Jetzt bin ich hier."

Freddy nahm sich vor, wenn die Zelle wieder offen war und alle draußen, die Größe des Raums abzumessen, wenigstens zu schätzen. Im Augenblick, so glaubte er, würde er auf fünf mal sechs Meter tippen. Maximal. Die Zelle war aber in Wirklichkeit etwas kleiner, wie er es später feststellen sollte.

Nun war es aber, in Anbetracht seines Interesses, keineswegs so, dass er sich jetzt plötzlich über die Menschenrechtssituation Gedanken gemacht hätte.

Ein älterer Mann und seine Frau wurden hereingeschoben. Sie waren extrem schlecht gekleidet.

Auf Nachfragen erfuhren sie von dem schüchternen Mann, dass sie von einem Geschäftsmann, vor dessen Tür sie saßen, um auszuruhen, an die Polizei ausgeliefert wurden. Sie hätten angeblich zwei Hemden geklaut.

„Und", kam die Frage.

„Wir waren doch gar nicht in dem Geschäft. Ich weiß schon lange nicht mehr, wie ein neues Hemd aussieht."

„Wo kommt ihr denn her?"

„Aus dem Pará. Wir hatten ein Auskommen. Die Bande

eines Viehzüchters ermordeten unser letztes Kind und brannten unsere Hütte ab. Mit Hunden haben sie uns fortgejagt. Wenn das Elend doch nur bald ein Ende haben würde. Das ist das Einzige wofür ich die heilige Muttergottes noch bitte", stöhnte und jammerte der Mann.

„Und das ist deine Frau?"

„Sie war die Mutter unserer Kinder."

Dann wurde ein total Betrunkener hereingeschoben. Er fiel über zwei am Boden.

Die andere Frau schrie kurz auf.

Ihr Mann schob den Gefallenen mit dem Fuß in Richtung Mitte des Raumes.

Draußen kam offensichtlich Nachschub in Form einer Nutte. Die wollte sich lauthals kaputtlachen und schrie immer wieder: „Du auch hier. Ich glaub es nicht. Du!"

Eine Männerstimme schrie dazwischen, dass er Ruhe erwarte, sonst ... den Rest ließ er unausgesprochen.

„Was willst denn du mit mir machen? Du hast doch nichts mehr drauf." Es war die gleiche schrille Frauenstimme.

„Dir kann ich es noch zeigen. Wart´s nur mal ab." War das nicht der Capitan?

„Ich habe dich letzthin beim Pinkeln sagen hören - *komm doch raus du Feigling, brauchst doch nur zu pinkeln.*"

Frauen lachten lauthals und schrill durcheinander.

Dann waren plötzlich alle still. Was mochte vorgefallen sein?

Zwei ganz verstörte, nicht mehr ganz junge Männer wurden hereingeschoben. Freddy ordnete sie sofort als Schwule ein.

Eine Stimme rief vom Boden her: „Hört mal ihr da draußen. Dies ist ein Scheißknast und keine Ölsardinenbüchse. Wo sollen wir denn am Ende noch sitzen?"

Der Mann mit dieser Stimme hatte den Nagel auf den Kopf

getroffen. Sie saßen dicht an dicht an der Wand entlang. In den drei verbliebenen Ecken kamen sie mit ihren Beinen nicht mehr zurecht. An dem Kackloch war der Platz auf das absolute Minimum geschrumpft. Ohne die lächerlich schwache Beleuchtung, die von außen kam, würde es weiter nicht verwundern, wenn ein Bedürftiger das Loch nicht finden konnte.

Die beiden Turteltäubchen setzten sich im Schneidersitz schüchtern in die Mitte.

„Na, und weshalb hat man euch hergebracht?" Es war immer wieder dieselbe Stimme, der gleiche Fragesteller. Ob der wohl ein Reporter war, fragte sich Freddy?

„Wegen Erregung öffentlichen Ärgernisses."

„Wie geht das?"

Sein Freund sprach nach einer kleinen Weile: „Wir saßen auf einer Bank gegenüber der Kathedrale und hielten uns bei der Hand. Das sei unsittlich, sagte man uns als Begründung. Wir sollten uns unser Benehmen übers Wochenende durch den Kopf gehen lassen. Deswegen sind wir hier."

„Was es nicht alles gibt", sagte die Reporterstimme.

„Nun tut mal euren Gefühlen keinen Zwang an", krähte einer aus der Ecke, schräg gegenüber von Freddy. Es war der Hüne, den es mittlerweile dorthin verschlagen hatte.

„Bei uns seid ihr sicher", sagte ein anderer.

„Vergesst aber vorher nicht die Pille zu nehmen!"

Immer wieder derselbe, dachte Freddy. Der hat offensichtlich ein Problem. Oder vielleicht, als Einziger hier drinnen, eben gar keins.

Dann war wieder Zeit sich ins Freie zu begeben, die Tür wurde aufgeschlossen. Eigentlich war die Zeit recht schnell vorbeigegangen. Freddy hatte sich das schlimmer vorgestellt.

Am Mittag hatte Freddy die zwei Pizzas verdrückt. Der

Junge saß in der Nähe auf dem Boden und hatte ihn unverwandt mit großen Augen angeschaut. Seine Sandwiches hatte sich Freddy dann in das Hemd gestopft. Zur Essenzeit heute Abend würde er sich ein Spielchen erlauben. Abwechslung muss sein, sagte er sich.

Während er dann ein Sandwich aß, brach er kleinere Stücke davon ab und warf sie in Richtung des Jungen, dem niemand etwas zu essen gebracht hatte. Meist fing er die Bröckchen geschickt auf und schluckte sie schnell. <Wie ein gutdressierter Hund>, dachte Freddy und lachte. Er hatte Spaß an dem Spiel.

Der andere Junge, mit seinen neun oder bald zehn Jahren, kam jetzt auch in Wurfweite und begriff bald.

Jetzt wurde es lustig für Freddy. Als sich die beiden Jungs, wegen den weggeworfenen Bissen beinahe prügelten, lachte Freddy aus vollem Herzen. Das war ganz nach seinem Spieltrieb. Er opferte gern noch ein Sandwich, es würde ihm zwar Morgen beim Frühstück fehlen, aber dafür hatte er jetzt seine Unterhaltung.

Heute Abend durften sie länger draußen bleiben. Auch Freddy vertrat sich die Füße. Der Rücken schmerzte ihn etwas. Aber sonst war er noch gut beisammen.

Der Capitan hielt vor der offenen Tür der Weiber eine Art Vortrag. Freddy hörte, wie er aus vergangenen Zeiten schwadronierte. Er hatte sich wie ein Gockel vor den Weiber aufgepflanzt und wollte imponieren. Sicher auch vor den anderen Gefangenen. So sah er es mit Genugtuung, dass sich fast alle in seiner Nähe zusammenrotteten. Auf der Treppe standen zwei der jungen Wachen.

Es waren jetzt fünf Fahrer - chóferes - vor ihrer Bleibe versammelt.

Der fette Boss: „Ich war am Internationalen Flughafen von

Belém stationiert. Ich war der Chef der Flughafenpolizei."
Er machte eine längere Pause, schaute von einem zum anderen. „14 Mann standen unter meinem Kommando. Das hier mache ich nur als Aushilfe."

Eines der Weiber kicherte.

Der Capitan schaute sehr grimmig in ihre Richtung.

Es folgten Beschreibungen von Verhaftungen, von Beschlagnahmen der Schmugglerwaren, die - hahaha - nicht immer Schmuggelwaren waren. Und einmal habe er einen verhaftet, der war eine ganz große Nummer, ein Bösewicht. wie ihn kaum die Gesetzesparagraphen beschreiben konnten, Er nannte einen Namen, und damals habe es noch die Todesstrafe gegeben. „Das müsst ihr euch mal vorstellen, der wurde zum Tode verurteilt, zum Tode", bekräftigte er nochmals.

Der Capitan machte dann eine Künstlerpause. Schaute wieder lustvoll in die Runde. Ließ seine Worte wirken. Zwei der Weiber schienen die Geschichte schon öfters gehört zu haben und gähnten geräuschvoll, offenbar absichtlich. Das war irgendwie das Signal, weiterzumachen. Er wollte ja nicht langweilen, sondern die Spannung erhöhen und das Fürchten lehren.

„Ja, ja, die Todesstrafe. Ich bin dafür. Es ist ein Mist, dass sie jetzt abgeschafft ist. Heute kann jeder Verbrechen begehen, er kommt in den Knast, wird jahrelang vom Staat alimentiert und wenn er rauskommt, macht er dort weiter, wo er vorher unterbrochen wurde. Mit der Todesstrafe kommt so etwas nicht vor. Weg - ganz weg sind sie dann."

Eine scheinbar ganz freche Hure unterbrach ihn. „Du redest immer nur von Männern. Frauen sind also besser!?"

„Besser"? bellte er in die Abendluft. „Das bildest du dir nur ein. Das kann nur *dir* einfallen. Du hast halt keine Ahnung. Weiber vor einem Erschießungskommando!? Aber denen müsste man ebenfalls in die Brust schießen."

„Ach, und da hast du Skrupel. Natürlich du, wenn es um deine Lieblingsspielzeuge geht." Eine der Weiber stieß einen spitzen Schrei aus.

So als hätte es den Zwischenruf und den Schrei nicht gegeben, redete der Capitan weiter. Dabei ging er erst einen Schritt nach vorne, um dann wieder zwei Tippelschritte zurückzugehen.

Er warf jetzt theatralisch die Arme in die Luft, schaute in den Nachthimmel, so als wolle er für die Versammelten Gottes Segen erflehen, schüttelte sich dann, wie angeekelt und deklamierte: „Huuuh, da stehst du denn da. Sechs Gewehrläufe sind auf dich gerichtet. Du guckst in sechs schwarze Löcher. Du weißt, dass daraus die Kugel kommen wird, die deinem Leben ein Ende setzt. Du hast nur noch Sekunden, höchstens noch Minuten vor dir, dann wirst du blutend zusammenbrechen. Keine Freunde mehr, die dir beispringen können. Aus, aus ist es dann. Wie soll das ein Mensch aushalten. Stellt euch das vor", er hatte die Arme wieder gesenkt und schaute in die Runde. „Stellt euch das vor", deklamierte er nochmals theatralisch, so als stünde er auf einer Bühne und müsste den Zuschauern das Gruseln beibringen. Wieder schüttelte er sich und gab noch einmal seinen einstudierten, unartikulierten Schrei von sich, - „Huuuh -huuuh!"

Wieder schaute er in die Runde, wie um sich zu vergewissern, ob auch wirklich alle erschauerten.

„Du stehst also da, schaust in die Gewehrläufe. Du weißt noch nicht, aus welcher die Kugel kommt, die dich mitten ins Herz treffen wird. Ins Herz", rief er nochmals laut. Er schüttelte sich wie angeekelt und sein Bauch waberte. Der Revolver auf der rechten Seite in seinem Gürtel wogte und bewegte sich im gleichen Rhythmus.

Pause.

„Und, wenn du es weißt, wenn du die Kugel kommen siehst, dann ist es schon zu spät."

„Ich dachte, man bekommt die Augen verbunden. Damit man die Kugel nicht kommen sieht und ihr so nicht ausweichen kann."

Es war der zweifelhafte Spaßvogel, der Typ aus dem Calabozo.

Der Capitan drehte sich um und schaute missbilligend in seine Richtung. Freddy konnte ihm zum ersten Mal in die Augen sehen. Der Kerl schien stark zu schielen.

Der Capitán schien wie in Trance. Er stellte sich wieder in seine theatralische Position. „Nein, das muss schrecklich sein." Seine Stimme hatte er jetzt umgeschaltet. Er machte auf weinerlich, wie um sich selbst zu bejammern.

„Ich glaube, ich würde das nicht aushalten. Das kann wahrscheinlich nur ein Verbrecher, ein hartgesottener Verbrecher. Ich denke, dass ich vielleicht ohnmächtig werden würde, bevor mich die Kugel erreicht." Wieder schüttelte er sich, sein Schießeisen wackelte und hüpfte im Holster und er stieß den langgezogenen, schauerlichen Huuhh-Schrei aus.

„...Aber ich bin ja kein Verbrecher. Jeder ehrliche Mensch, müsste vor den Gewehrläufen ohnmächtig werden. Ja, das glaube ich", sagte er nach einer kurzen Künstlerpause.

Dann schien er wieder zu sich zu kommen, wieder er selbst zu sein. „Ich wünsche keinem der hier Versammelten, dass er einmal das erdulden muss." Plötzlich machte er auf menschlich.

Eine Nutte plärrte: „Ich denke, die Zeiten wären vorbei."

Der Capitan zog Rotz hoch und spuckte einen großen Brocken auf die Erde.

„Appell", schrie er.

Während alle Männer, inklusive den Choferes zur Platzmitte, unter das Volleyballnetz gingen, streckte der Capitan seinen Arm aus und zählte die Weiber. Sein Zeigefinger peilte dabei jede Einzelne an. „Frauen vollzählig", brüllte er unnötigerweise. Offenbar war er mit der Anzahl der Anwesenden zufrieden.

Ein junger Wärter brachte ein Stück Papier. Damit baute sich der Capitan vor der jetzt ziemlich langen Reihe von vermeintlichen, von angehenden, von Anzulernenden, von guten und nicht so guten Menschen - äh .... Verbrechern auf und begann die Namen zu verlesen. Nach irgendeinem Namen kam keine Antwort. Er rief nochmals lauter. Dann schaute er misstrauisch die Reihe entlang. „Ist der ... da, melde dich! - Melde dich verdammt nochmals."

Diese Stimme hätte wahrscheinlich auch einen Toten aufgeweckt. Es meldete sich einer, der sagte, dass dies der kleine Junge neben ihm sein müsste oder könnte. So genau wüsste er das aber auch nicht. Er vermute nur.

Diese lange Einmischung beantwortete der Capitan mit einem - „halts Maul, du bis ja nicht gefragt. Der Bengel soll selbst antworten."

„Bist du .... Freddy verstand immer noch nicht den Namen. Wahrscheinlich sah sich auch deswegen der Junge nicht in der Lage ihn auf sich zu beziehen.

„Der ist neu, der hat das noch nicht durchgemacht", rief ein anderer, wissend, dass er sich dafür einen Anschiss einhandeln konnte.

„Junge", sagte der Capitan, beinahe väterlich, „ bist du .... heißt du?"

Der Junge nickte.

„Dann sage das nächste Mal laut ja. Hast du verstanden?" Der Junge - das Kind - nickte.

Der Capitan schüttelte verständnislos den Kopf. Sagte aber nichts mehr, sondern brüllte den nächsten Namen besonders laut in die Gegend.

„In zehn Minuten Umschluss." Einer der jungen Wärter rief das aus.

Jetzt bemerkte Freddy erst, dass hinter den Waschtrögen seitliche Abtrennungen mit primitiven Sitzen waren. Zwei hatten gar nichts. Dorthin richteten jetzt die Männer ihre Schritte. Es waren Kackstühle und Pisslöcher. Freddy stellte sich auch an. Danach würde er sicher die Nacht überstehen, ohne an ihren vereinseigenen Abort zu müssen.

In der <guten Stube> versuchten sie sich jetzt zu sortieren, für die Nacht einzurichten. Aber, was sie auch anstellten, sie hatten beileibe nicht alle Platz an der Wand. In diesem Augenblick wurde die Tür wieder aufgemacht, ein Betrunkener stolperte herein, der Wachhabende rief ihm hinterher, „bist also wieder bei deiner guten Gesellschaft." Die Tür fiel scheppernd zu.

„Das ist unsozial, ich beschwere mich bei der UNO." Das war wieder der Spaßvogel vom Dienst. Er befand sich schräg gegenüber von Freddys Sitzplatz.

Der Neuankömmling ließ sich der Länge nach vor die Füße der Sitzenden fallen und schien augenblicklich zufrieden mit sich selbst. Er gab damit ein sichtbares Zeichen für die anderen. Einige mussten sich, eben wie dieser, in die Mitte legen. Das hatte aber einen anderen Nachteil, denn die meisten konnten sich nun nicht mehr ausstrecken. Sie waren gezwungen im Sitzen zu schlafen, angelehnt an die Wand.

Der Verkehr zum Loch war in der Nacht dann wirklich sehr eingeschränkt. Jeder lief Gefahr seinen Sitzplatz zu verlieren oder ihn zurückerobern zu müssen.

Freddy liefen nun bevorzugt Kakerlaken über die Brust. Wie viele mochten sich bereits bei seinen Sandwiches eingenistet haben? Bei diesem Gedanken nahm er sich vor diese in der Früh an die Buben zu verteilen. Nicht die Kakerlaken, nein, die Sandwiches. Er grinste über diesen seinen Gedankengang, obwohl seine Position alles andere als zum Grinsen anregen konnte.

Draußen nahmen die Geräusche zu. Es waren nur Weiber zu hören.

Dann eine jugendlich klingende Männerstimme. „Du, ja du, sollst zu meinem Capitan hochkommen."

„Ich will aber lieber dich. Bei dir gibt es noch Hoffnung. Immer der Alte Knacker dort oben." Dann steigerte sie noch die Lautstärke: „Haste auch Whisky?" Scheinbar war sie doch nicht abgeneigt nach oben zu gehen, wenn nur bestimmte Voraussetzungen erfüllt waren. Es musste die angesprochene Nutte sein, die da so leichtsinnig mit ihrer körperlichen Unversehrtheit umging. Dann setzte sie offenbar noch einen drauf. „Könnte jetzt schönes Geld verdienen, stattdessen muss ich diesem ... diesem ..." - sie konkretisierte nicht näher und verbesserte sich - „den Arsch hinhalten."

Von draußen kam manchmal Gekicher aber auch lautes Lachen.

Die meisten mochten schon schlafen, oder taten wenigstens so als ob. Dann das Geschrei. Es war offensichtlich der aufgebrachte Capitan. „Du armselige Nutte, blöde Kuh, was glaubst du? Verschwinde, abgetakelte Alte", usw.

„Es muss doch mal ein Ende haben, jeden Monat soll ich für dich da sein - mein Täubchen, mein Täubchen, heißt es dann immer. Was hab ich davon? Wichs dir doch einfach einen runter. Zu mehr bist du ja doch nicht mehr fähig mit deinem dicken Ranzen. So, jetzt weißt du es, was ich von dir denke und du lässt mich in Zukunft in Ruhe meinen Geschäften nachgehen.

Es klatschte. Dann nochmals. Dann polterte es. Die Treppe, schoss es Freddy durch den Kopf. Dann klatschte es nochmals ein paarmal hintereinander. Alle warenhell wach.

„Ruhestörung", sagte der Schielende, jetzt aber ziemlich kleinlaut. Er wollte ja auch nichts verpassen und seinen Mitleidenden die Möglichkeit lassen, das unsichtbare Theater weiterzuverfolgen. Dann sagte er noch: „Sonst rufe ich die Polizei!"

Niemand lachte, wie überhaupt seine Späße keine Heiterkeitsausbrüche auslösten. Die meisten hatten bisher noch kein einziges Wort gesagt.

Weiber redeten jetzt in ordinärem Tonfall durcheinander, dann wieder das Gebrüll des Capitan: „Ruhe, ich lasse euch sonst abspritzen."

Freddy dachte an des Lebens raue Wirklichkeit. Er dachte richtig, als er sich vorstellte, dass der Capitan einen Wasserschlauch nehmen und in die Nuttenunterkunft spritzen würde.

15. Oktober - Sonntag.

Sehr früh klimperten von irgendwoher Glocken. Es war ein armseliger Versuch, Gläubige auf diesen heiligen Sonntag einzustimmen.

Es ging ein allgemeines Stöhnen durch den Calabozo. Auch Freddy wollte sich, nach der strapaziösen Nacht strecken, aber da lagen ja Andere.

Draußen tat sich was.

Dann hörte Freddy, um was es ging. „Waschtag, Waschtag, alle raus."

An ihrer Tür rührte sich aber nichts.

„Der will, dass sich zuerst die Weiber waschen. Er sitzt dann als Spanner dabei und uns gönnt er gar nichts." Es war der Spaßvogel, der mit leiser Stimme Aufklärung betrieb.

Lautes Gähnen hörte Freddy von draußen.

„Eine Stimme sagte, „jetzt will er sich wieder aufgeilen."

„Hilft doch nichts", sagte eine andere.

„Draußen könnte ich gutes Geld mit dieser Aufführung verdienen."

„Piss für mich mit, hab gerade keine Zeit."

„Haste ihn vielleicht doch noch drinstecken? Schau mal nach!"

„Waschen ist ungesund."

„Na, Jungelchen, willst auch ein bisschen zugucken?"

„Weiß noch nicht, was ihm entgeht."

„Wäre gegen das Jugendschutzgesetz."

Dann verstummte abrupt die hochkarätige Unterhaltung. Offenbar war der Capitan bis jetzt nicht in der Nähe gewesen und erschien nun auf der Bühne. Schade, Freddy hätte gerne noch mehr von dieser geistreichen Unterhalteng gehabt. Aber der einen oder anderen Nutte hätte er schon das freche Maul gestopft. Darin waren er und der Capitan seelenverwandt.

Das Wasser lief.

„Jetzt ziehen sie sich aus", der Spaßvogel mimte den Reporter.

Es gab die üblichen Geräusche mit prusten und schnaufen.

„Wenn man so weit weg ist, könnte man auf den Gedanken kommen, dass sich unser Capitan einen runterholen lässt."

„Spanner, könntest für die Vorführung ruhig bezahlen." Es war eine Frauenstimme. Der Capitan antwortete offenbar nicht.

„Und den dreckigen Lumpen nennt der Badetuch."

„Hat halt von Hygiene keine Ahnung."

War denn der Capitan bereits wieder weggegangen? Der hätte doch sicher auf diese Provokation reagiert. Es gab noch ein endloses Geschnatter. Die trocknen sich jetzt die Haare in der Sonne. Der Reporter wusste offenbar Bescheid.

Sie mussten noch recht lange ausharren bis irgendwann die Tür geöffnet wurde.

Wieder, wie vorher schon für die Frauen, rief einer der Bewacher, dass heute Waschtag sei. Schnell waren die Plätze um den Trog besetzt. Die meisten zogen sich bis auf die Unterhosen aus. Im Gegensatz zu dem Spektakel mit den Frauen, schaute ihnen aber niemand zu. Nicht eine der Weiber ließ sich blicken. Das war ihnen offenbar zu langweilig.

Jeder hatte so seine Methode sich zu wässern. Manche, wie der Besoffene, der gestern zuletzt kam, verteilten mehr etwas Flüssigkeit auf dem Gesicht und zerrieben dann das Ganze zu einer Schmiere. Der schien das absichtlich zu machen.

Freddy hatte in der Früh ein kurzes Frage- und Antwortspiel mitverfolgt.

„Hast du immer noch häusliche Probleme?"

„Das kann man wohl sagen. Am Wochenende ist das ganz besonders schlimm."

„Hast mit deiner Alten ja nicht gerade das große Los gezogen."

„So isses. Keiner wollte sie, ich hab` sie gleich gehabt."

„Sei doch mal ein Kerl und hau ihr eine runter, wie sich das bei renitenten Weibern gehört. Dann frisst sie dir aus der Hand, ich weiß, wovon ich rede."

„Ja, du hast gut reden. Meine ist doch einen guten Kopf größer als ich. Das ist keine richtige Frau. Du kennst sie doch. Tu doch nicht so."

„Gottlob nicht so gut, als dass ich mit eigenen Erfahrungen aufwarten könnte."

„Aber sie hat dir doch auch mal eine geschmiert."

„Damals dachte ich, dass das dazugehört, wenn man verliebt ist. Es war allerdings auch ein Gefühl als hätte ein Pferd nach mir getreten."

„So kann man sich täuschen. Heute kann von Liebe keine Rede mehr sein. Und sie haut trotzdem zu. Nur, dass ihr dabei jedes Hilfsmittel recht ist."

„Deshalb willst du wenigstens einmal die Woche Ruhe haben und lässt dich hierher verfrachten?"

„Du hast es kapiert."

„Hast du schon einmal an Scheidung gedacht?"

„An alles Mögliche. Aber lebensmüde bin ich ja nicht."

Freddy verteilte anschließend die Reste der angegammelten Sandwiches an die beiden Buben. Eine fette Schabe, die es offenbar bis zu der Nahrung geschafft hatte und nun vollgefressen, nicht mehr rasch genug weghuschen konnte, zerdrückte Freddy und schob sie zwischen die Brote. Er grinste, als der gößere der Buben herzhaft hineinbiss.

Appell.

Es gab keinen Umschluss. „Heute ist Sonntag, mein Capitan meint, dass ihr auch etwas davon haben solltet.
Da ist doch was faul, dachte Freddy.
Ein Chofer jammerte laut, dass er niemanden habe, der ihm etwas zu essen bringen konnte. „Meine Familie wohnt so weit weg. Wie soll die überhaupt herkommen können? Ich war doch mit unserem Auto unterwegs."

Freddy saß auf der Bank und ließ sich die Sonne auf den Bauch scheinen. Sein Hemd, das ihm am Körper festgewachsen schien, hatte er ausgezogen und quer über seine Beine gelegt. Die Hosen hätte er am liebsten auch ausgezogen. Er fand sich fürchterlich dreckig. Und von der Wäsche hatte er auch nicht viel gehalten. Es waren die Umstände im Calabozo, die ihn anekelten. Die konnte man so schnell mit Wasser nicht abwaschen.
Der Hüne hatte sich neben ihn gesetzt und sprach ihn an.
„Guck mich nicht an", sagte er zunächst. „Er mag es nicht, wenn ich mit jemandem rede."
Pause. Freddy starrte auf den Boden vor ihm.
„Die wollen mich fertig machen. Ich soll Kumpels verpfeifen. Da haben sie sich geschnitten. Aus mir kriegen die nichts raus. Morgen komme ich wieder frei. Ich habe gehört, der

Papst sei krank. Mann, so eine gute Person. Was hat der nicht schon alles für uns getan, besonders für die Armen auf unserem Kontinent. Diesem Scheißaffen würde ich am liebsten das Genick umdrehen. Eines Tages wird auch er pensioniert sein, dann hol ich ihn mir, da kann er sich verstecken, wo er will. Ich finde ihn. Für alles, was er mir schon angetan hat, soll er büßen. Dieser Scheißkerl."

Freddy sah aus den Augenwinkeln, wie der Große mit seinen Händen eine Bewegung machte, als wollte er etwas zerquetschen. Freddy fühlte jetzt eine Seelenverwandtschaft und große Sympathie für ihn. Nur, wem wollte er jetzt den Garaus machen? Dem Papst oder dem Capitan? Wen meinte er, nach dem Kauderwelsch?

„Wir sprechen uns noch", sagte der Hüne und erhob sich, „die beobachten mich."

Wieder bimmelte es von irgendwelchem unsichtbaren Kirchenturm. Es mochte zehn Uhr sein - so schätzte Freddy.

Der Capitan kam die Treppe herunter, stellte sich unter das Volleyballnetz und rief: „Alle mal herhören. Eure Freunde von der Bewachung möchten, dass ihr alle fühlt, dass heute Sonntag ist. Sie möchten für Unterhaltung sorgen und dass ihr euch sportlich betätigt. Das ist gesund. Deshalb laden wir euch ein eine Mannschaft auszuwählen, die gegen uns ein Spiel macht. Die Bewachermannschaft gegen die Besten der Einsitzenden. Hier, für regen Zuschauerbesuch ist gesorgt."

„Bravo, rief, nicht besonders laut, aber vernehmbar, der schielende Reporter."

„Wir haben nur ein Problem. Unserem Ball ist vorigen Sonntag die Luft ausgegangen. Ohne Ball können wir nicht spielen. Ich werde jetzt mit einem Hut in der Hand zu jedem gehen und um eine Gabe bitten, dann kaufen wir einen neuen Ball und können spielen."

„Du, gib mir mal deinen Hut." Er hatte den Mann des schweigsamen Pärchens angesprochen und begann auch bei ihnen den Hut hinzuhalten.

Der Mann verzog das Gesicht und grinste nicht. Der Capitan verzog das Gesicht und grinste.

Dann der Nächste und war dann irgendwann auch bei Freddy. Der war etwas irritiert, denn er musste doch sein Geld nach der Einlieferung abliefern.

Der Capitan blickte ihn herausfordernd an. Freddy sah in dem Hut mit einem Blick, dass es unmöglich reichen konnte, um einen Ball zu kaufen, wenngleich er keine Ahnung hatte, was so ein Sportgerät hier kostete.

Am Tag zuvor, das hatte er mit Henry vereinbart, hatte ihm dieser 1000 Dollar gebracht. Er wollte versuchen sie nutzbringend anzulegen. Für das Geld konnte man schon eine Gegenleistung erwarten. Es gab aber die Schwierigkeit an den Capitan heranzukommen. Jetzt stand er direkt und in Reichweite vor ihm.

Dieser Capitan verströmte einen umwerfenden, strengen Körpergeruch. Wie das wohl die Nutten aushalten konnten?

Er zog das mit einem Gummibändchen zusammengehaltene Bündel aus der Hose und reichte es dem Capitan hin. Dieser schüttelte den Hut, als wolle er sagen, <hier hinein>.

Freddy wiederum machte eine Bewegung, die besagen sollte, <greif zu>.

Das tat dann auch der Capitan, ohne den Blick von Freddys Augen wegzubewegen. Fast mechanisch griff er zu und spürte aus langer Erfahrung natürlich, dass das kein gewöhnliches Papier war.

Freddy sagte knapp, „ich will wissen, weshalb ich hier bin."

Der Capitan sagte auch jetzt noch nichts. Dann drehte er sich um und ging mit raschen Schritten zu einem Typen, der sich im gleichen Sinn wie der Capitan hinter ihm in der Runde bewegt hatte. „Du willst doch auch helfen und ein schönes Spiel sehen?"

Der Capitan hatte seit seiner Ansprache, von wegen Sport, seine Sonntagsstimme noch nicht abgelegt.

Der Typ legte etwas in den Hut.

Der Capitan beauftragte dann einen der jungen Bewacher den Hut an seinen Besitzer zurückzugeben. Dann sagte er, „ich gehe jetzt zählen."

Unter normalen Umständen, aber was war hier schon normal?, hätten alle Knastbrüder, besonders die Erfahrenen darunter, gewettet, dass dies eine Ablenkung war. Der Capitan würde nach einer Weile verkünden, dass das Geld nicht für einen Ball reiche, er würde es aufbewahren und am kommenden Sonntag wieder eine Sammlung veranstalten. Vielleicht würde es dann reichen. So war es meistens.

Es gab Gemurmel.

Doch dann erschien der Capitán wieder oben auf der Treppe und rief einen seiner Untergebenen. „Hier hast du Geld, kauf den schönsten Volleyball, den du finden kannst."

Zu der Versammlung unter ihm rief er: „Es hat gereicht, wählt mal schon eure Mannschaft und beginnt mit den Wetten."

Im Vorbeigehen sagte der Hüne zu Freddy: „Jetzt verscheißert er uns."

Der Hüne und auch Freddy wurden in die Mannschaft gewählt, bzw. bestimmt. Sie waren die Kräftigsten. Der Spaßvogel wurde ausgelacht, als er sich anbot. Einer rief, in bester Spaßvogelmanier: „Beim Volleyball kommt der Ball von vorne, nicht um die Ecke." Fast alle wussten was gemeint war und lachten.

Jetzt hatten sie einen schönen, neuen Ball. Der Chef fragte nach dem Stand der Wetten.

„Was", rief der Capitan, „nur eins zu zwei für die Bewachung? Gebt euch mal einen Ruck, schaut euch mal diese Riesenkerle an, haben wir denn überhaupt eine Chance?"

Der Hüne ging wieder an Freddy vorbei und gab die Parole aus: „Das erste Spiel verlieren wir."

Es kam danach keiner auf die Idee noch mehr gutes Geld hinter Schlechtem herzuschmeißen. Das Spiel begann, bei jedem Ballkontakt der Knackies kreischten oder jubelten die Weiber.

Die drei jungen Spieler aus der Wachmannschaft, waren keine Experten auf dem Gebiet.

Der zu kurz gewachsene und ziemlich übergewichtige Capitan schwitzte und schnaufte, aber er war es zufrieden. Den ersten Durchgang hatte die Wachmannschaft gewonnen. Großspurig verkündete er nun, dass er die Gegenmannschaft vom Platz fegen würde, wenn es sein musste, ganz allein. Zwei Weiber versuchten es danach mit Pfiffen.

„Jetzt gewinnen wir", es war wieder der Hühne, der es scheinbar auch den anderen Spielern dezent beibrachte. Freddy wunderte sich, wie gut der Besoffene vom Vorabend auf einmal spielen konnte. Wie sehr der Capitan auch seine Jungs anspornte, aber meist beschimpfte, es waren aber doch Stümper. So verloren sie diesen Satz.

Der Capitan hatte sich fast völlig verausgabt. Auf seiner Brust hatten sich Dreckschlieren gebildet. Er trocknete sich mit einem Tuch undefinierbarer Farbe oder Farbmuster, trank eine Menge Wasser und kam doch nur sehr langsam wieder zu Atem. Dann erklärte er die Pause aus technischen Gründen für verlängert. Er ließ sich am Trog Wasser über die Unterarme laufen. Dadurch bildete sich eine sichtbare Abgrenzung zwischen dem abgewaschenen und dem noch festsitzenden Dreck. Staub, Hitze und Schweiß hatten eine beachtlich resistente Schicht gebildet.

Dann schlenderte er zu Freddy und sagte so im Plauderton.

„Wenn ihr das Spiel gewinnt, dann verspreche ich euch meine höchstpersönliche Aufmerksamkeit, dann geht es euch dreckig. Weitersagen." Er lächelte Freddy an, als hätte er soeben erfahren, dass er Vater eines gesunden Kindes geworden sei.

Dann sprach er lauter in die Runde: „Und ihr Feiglinge wollt wirklich nicht mehr auf uns wetten?"

Die, die vorher notgedrungen etwas Geld in den kaum anzuzweifelnden Erfolg dieses Polizei-Unternehmens gesteckt hatten, schauten demonstrativ woanders hin.

Freddy gab die Nachricht, den kommenden Satz zu verlieren, etwas weniger geheimnisvoll an die Mitspieler seiner Truppe weiter. Der Hüne zischte zwischen den Zähnen: „Wusste ich es doch."

Gegen den völlig ausgepumpten Capitan und seine schlechten Mitspieler war es schon eine Kunst für sich, den Dritten Satz zu verlieren. Es gelang aber.

Der Capitan jubelte und kassierte.

Einige Weiber protestierten und maulten.

„Was wollt ihr? Wir haben ehrlich gewonnen. Oder zweifelt das jemand an?"

„Autsch!", schrie eine der Weiber. Sie wollte offensichtlich mehr sagen, als das Gebot der Stunde zuließ. Eine Freundin musste ihr in den Hintern gezwickt haben.

Die Verlierer kühlten sich ab. Auch Freddy tat jetzt mehr als am Morgen. Jetzt konnte er sich eher in der warmen Sonne trocknen lassen, die in den früheren Stunden noch nicht so hilfreich gewesen war. Mit Frottiertuch oder so was, war ja nichts.

Der Hüne von Kerl setzte sich Freddy schräg gegenüber. „Scheißspiel. Auch dafür wird mir dieser Halunke eines Tages bezahlen."

„Sei kein Egoist. Lädst mich ein, ich möchte diesen Tag ebenfalls als Feiertag begehen.

In der Polizeistelle bemühte sich der Chef wieder um eine Verbindung nach <ganz oben> in **Belém**. Nein Cé sei noch nicht da, heute sei Sonntag und der habe am Montag Spätdienst. Er wisse aber, dass es Cé ernst meine und es schon versucht habe. Der Präsident befinde sich aber im Country-Club. Er habe ausdrücklich seine Anweisung gegeben, ihn nicht mehr wegen Lappalien, die unterhalb eines Mordes lägen, zu stören. Montag früh. Ja, ja, dann sofort. Es tue ihm leid.

„Einen Scheiß tut es dir." Auch der Polizeichef in **Joanes** wurde jetzt, angesichts der Lässigkeit im Hauptquartier, ordinär.

Bedauerlicherweise stand in der Suchmeldung nichts von einem Mord. Es ging, soweit es die Kenntnisse des Polizeichefs betrafen, nicht um Mord, bedauerlicherweise nicht um Mord, sondern um Diebstahl. Wenngleich einem schweren Diebstahl. Mehr einem *großen* Diebstahl.

Er schimpfte lautstark: „Da kann man endlich einmal einen gewichtigen Erfolg vorweisen, und keiner ist zuständig. Keiner will etwas tun."

Er holte Luft. „Verdammte Sch..." Er gab sich den Befehl, das ominöse Wort für diesmal und heute zu verbannen, unausgesprochen zu unterdrücken. Es war ja Sonntag.

Seine Hoffnung musste er auf Morgen in aller Frühe vertrösten. <In aller Frühe>? Was bedeutete das? Das Wissen über die Pünktlichkeit allgemein und was die Arbeitsmoral anbelangte, besonders der höheren Chargen, ließ ihn resigniert mit der Schulter zucken. Aber vielleicht Cé? Er hatte es versprochen. Aber wenn der hohe Herr Präsident nicht da war, half auch die Präsenz seines Freundes nichts.

Die Mittagszeit dieses Sonntags nahte. Henry kam und brachte ein gebratenes Hähnchen. Freddy berichtete, auch über den Versuch die 1000 Dollar gut anzulegen. „Da kommt noch was, das habe ich in dem seinen Augen gesehen." Beide wollten gern daran glauben.

Morgen, Montag, am Vormittag, würde also Henry einen Rechtsanwalt suchen, der ihn hier herausholen sollte. Herausholen musste.

Die abgenagten Knochen dieses gebratenen Hähnchens warf Freddy den beiden Buben zu. Er amüsierte sich, als die sich um diese Reste stritten. Henry war jetzt nicht zum Lachen zumute.

Die mitgebrachten Sandwiches wickelte Freddy in die Alufolie, mit der das Geflügel eingewickelt war. Er wollte sie dann im Calabozo in sein Hemd stecken, in der wohlbegründeten Hoffnung, dass sich die Kakerlaken nicht durch das Alu beißen konnten.

Er bat Henry ihm ein frisches Hemd mitzubringen. Wenn der Rechtsanwalt käme ...

Der Fahrer, der gestern so herzerweichend gejammert hatte, dass er möglicherweise verhungern müsste, hatte Besuch und am Tisch, im Zimmer für die Choferes wurde getafelt.

Appell.

Die Routine wurde beibehalten.

Dann war Siestazeit. „Eine Stunde ruhen", hatte ein jungen Wärter gerufen.

Eine Stunde nur? fragte sich Freddy.

Er wurde dann im Calabozo von einigen kundigen Mündern im Flüsterton aufgeklärt. Dies sei sicher keine noble Geste ihres Capitans, sondern, dass es irgendeine Sonderaktion geben würde, bei der er seine Schützlinge dabeihaben wollte. Irgendetwas Exemplarisches, etwas, das abschreckend wirken sollte. Vielleicht das Ganze mit Angebergetue vermischt. Wie der Capitan halt veranlagt sei.

Im Dreivierteldunkel wurde die Lautstärke des Sprechers noch mehr gedämpft: „Der hat mal Geld und Schmuck unterschlagen, als er Chef der Flughafenpolizei gewesen war. Hat sich allzu offen gierig gezeigt. Hat nicht mit seinen Kumpanen geteilt. Das ging in die Hosen. Dann haben sie ihn in die Wüste geschickt. Und seither haben wir das Vergnügen."

„Da hackt keine uniformierte Krähe einer anderen die Augen aus. Jeder andere käme in den Knast, diesem Sadisten hier haben sie die Gelegenheit gegeben, arme Teufel, wie uns, zu quälen."

„Der konnte Reichtümer, Geld, Gold und Schmuck von Passagieren klauen und bekommt zur Belohnung eine Chefstelle in einem Provinzknast. Wenn es hoch kommt, dann mit einem anderen Schulterstück. Aber immer noch mit der Vollmacht andere Menschen zu drangsalieren. Wenn wir zehn Cruzeiros unrechtmäßig oder vielleicht auch aus Versehen an uns nehmen, dann landen wir hier."

„Und danach beginnen die Schwierigkeiten erst."

„Der ist nur von einem Bett ins nächste gefallen."

„Der Fisch stinkt vom Kopfe her. So ist es bei denen, das geht bis in höchste Regierungsstellen."

Freddy machte sich jetzt so seinen Reim, und die Hoffnung, dass die 1000 Dollar etwas bewirken würden, schwand zusehends.

Freddy saß dann nach der Siesta wieder auf der Bank.

Ein hochgewachsener elegant Uniformierter kam durch die Gittertür herein. In seinem Gefolge noch zwei jüngere, ebenfalls in einer Uniform. Sie gaben sich betont lässiger und fielen mit ihrer Eleganz und Sauberkeit auf. Besonders jetzt,

46

nachdem die rechtlosen Knackies nur noch die stinkenden, verschwitzten, verschmutzten Hurenböcke von Uniformierten der letzten Tage sahen. Es sah sogar so aus, als würde sich in diesen zusammengestückelten Baulichkeiten niemand die Mühe machen irgendwann einmal seine Wäsche zu wechseln. Es gab höchstwahrscheinlich nicht einmal einen Ort, wo man das in Ruhe tun und seine Klamotten in einem Spind verstauen konnte.

Einer der beiden in dem Gefolge, kam und setzte sich direkt neben Freddy. Der andere folgte dem Offizier wie ein Schoßhündchen. Der *musste*, gerade wegen seiner besonders gepflegten und tadellosen Erscheinung ein Offizier sein.

Der neue Nachbar Freddys holte einen großkalibrigen Revolver aus dem Halfter und schien damit zu spielen. Ähnlch wie die Westernhelden in den entsprechenden Filmen. Sogar für den hartgesottenen Freddy waren das völlig neue Methoden. Er fragte sich, was das wohl bedeuten sollte. Wollte er ihn provozieren, ihm das Schießeisen aus den Händen zu reißen? Aber der Typ begann schon zu reden. Er tat so, als würde er so für sich oder auch zu sich sprechen, aber dann schaute er Freddy an. Er redete mit ihm, es war nun allzu offensichtlich.

„Mit dem Ding da schieße ich einem Spatzen auf zehn Schritte Entfernung ein Auge aus."

War´s das, fragte sich Freddy?

Nein. Der Typ redete weiter. „Ich bin bekannt, ich bin der zuverlässigste Schütze weit und breit. Ich war schon im oberen Amazonasgebiet im Einsatz. Aber hier stehe ich jetzt im Dienste meines Teniente." Er zeigte, das heißt er zielte kurz mit der Faustwaffe in Richtung des sauber herausgeputzten Vorgesetzten.

Zwei Bewacher gingen in Richtung des Hünen. Sie sprachen ihn kurz an, bedeuteten ihm, dass er mitkommen solle.

Die drei gingen bis zu dem Offizier, der mit dem Capitan

im Gespräch war. Der Offizier schaute auf den Gerufenen, sprach ein paar Worte mit ihm, die Freddy auf die Entfernung nicht hören konnte.

Die Gruppe, der Offizier, seine beiden Untergebenen, inklusive seinem nachbarlichen Scharfschützen, gingen mit dem Hünen in Richtung Ausgang. Kurios, dachte Freddy, ich kenne immer noch nicht seinen Namen. Die Gittertür ging auf und hinter ihnen wieder zu.

Nach geschätzten 20 Minuten kamen sie wieder, so wie sie gegangen waren.

Der Offizier ging mit dem Capitan die Treppe nach oben.

Der Scharfschütze kam wieder zu Freddy und fing gleich an zu hadern. „Dieser verfluchte Sack. Dieses Riesenstinktier. Wollte nicht abhauen. Hatte wahrscheinlich Lunte gerochen. Weißt du, das funktioniert so gut wie immer. Wir machen, als würden wir nicht aufpassen, dann rennt das Ungeziefer weg und ich ballere ihm zwischen die Ohren. Aus! Das war's dann."

Erwartete der Scharfschütze Anerkennung? Vielleicht. Vielleicht wollte er Freddy auch nur eine Botschaft zukommen lassen. Der Offizier rief seinen Untergebenen von der Veranda aus zu sich. Es konnte eine abgekartete Sache sein. Galt sie jetzt ihm? Freddy war nun doch ein wenig unsicher. Aber nur so lange, bis der Hüne wieder neben ihm saß.

Er knurrte: „Wollten mich abschießen. Ich sollte flüchten, bin immer wieder bei ihnen stehen geblieben. Da müssen die früher wach werden. Wie es denn unserem schönen Papst geht?"

Er stand unvermittelt auf und lief eine kurze Strecke. Wie konnte sich dieser Mann nur so beherrschen? So einen könnte ich brauchen, dachte sich Freddy. Mit dem konnte man sicher Pferde stehlen. Außerdem hat er die Statur eines alten Kleiderschrankes aus Massivholz.

Zwei Uniformierte und der Revolverheld kamen, näherten sich dem Hünen. Sie legten ihm Handschellen an. Und der lässt sich das gefallen, dachte Freddy. Doch eine andere Möglichkeit als stillzuhalten und gute Miene zum bösen Spiel zu machen, fiel auch ihm nicht ein.

Sie führten ihn zur Dusche. Noch war Freddy innerlich ruhig.

Der Capitan kam im Unterhemd, ebenso zwei Wachhabende und der Offizier, der allerdings weiterhin pico bello von Scheitel bis zur Sohle.

Drückten sich nicht gerade die meisten anderen Leidensgenossen irgendwie verängstigt und mit gesenktem Kopf gegen die Mauer des Innenhofes? Einige liefen in Richtung der Außenkackstühle. Drei andere verdrückten sich in die Ecke hinter der Palme und setzten sich mit dem Rücken zu der Innenhofanlage.

Neben Freddy sagte eine Stimme: „Jetzt geht diese Scheiße wieder los." Er schien auch ein Stammgast in der Anlage.

In der Dusche tat sich was. Die beiden Begleiter des Offiziers standen jetzt, mit jeweils ihrer rechten Hand auf dem Revolverknauf, vor der Dusche mit Blickrichtung Innenhof.

Ein langgezogener uriger Schrei unterbrach die beinahe unwirklich gewordene Stille. Eigentlich war es kein Schrei aus einem Menschenhals, es war mehr tierisch. Freddy erinnerte sich an ein Tier, wahrscheinlich ein Hirsch, den er zu Tode quälte. Hier konnte es kein Hirsch sein, wenngleich der Schrei sich nur unwesentlich von dem des sterbenden und sich unter Qualen windenden Hirschen unterschied.

Dann war wieder Ruhe. Aus der Runde war kein Ton mehr zu vernehmen. Von sehr weit entfernt konnte Freddy jetzt Musik hören. Kam wahrscheinlich aus einer Bar in der Nähe.

Es kam wieder ein Schrei, noch viel schrecklicher, noch

viel tierischer als der vorher. Auch für den erfahrenen Freddy war es kaum vorstellbar, dass der noch zu toppen war. Dann war Wasserlaufen zu hören. Es platschte und rauschte, scheinbar spritzte jemand mit dem Wasserschlauch.

Hin und wieder konnte Freddy aus seiner Position, in der Tür der Dusche, die Rückseite einer sich bewegenden Person sehen. Zu offensichtlich wollte er aber nicht hinsehen. Möglicherweise würden sie ihn dann als Nächsten vornehmen. Da konnte er gut und gerne darauf verzichten.

War dies jetzt schon der vierte oder fünfte Schrei eines total verzweifelten, gefolterten und überaus gequälten Menschen? Die letzten Schreie waren nicht mehr so lautstark, mehr als kämen sie von einem Menschen in Agonie. Auch diesen Zustand kannte Freddy aus eigener Erfahrung - nicht als Opfer, sondern in Aktion. Freddy hatte vergessen mitzuzählen. Auch ihm, dem abgebrühten Schurken, ging es durch Mark und Bein.

Dann wieder ein langgezogener Schrei, tierisch? Welches Tier würde einen so langgezogenen Schrei ausstoßen können? Dann sah sich Freddy an einen Fußballreporter erinnert, der bei einem Tor schon mal über 30 Sekunden lang den Torruf hinausheulen konnte. Er lächelte. Dann klatschte wieder etwas laut und vernehmlich. Bald darauf kam der Capitan heraus und unterhielt sich mit dem Offizier.

Es folgten die beiden Wachhabenden. Bei ihnen konnte man sehen, dass sie teilweise durchnässt waren.

Stromstöße. Freddy verinnerlichte es in einer mehr ausdruckslosen Weise. So ähnlich wie er wahrscheinlich reagiert haben würde, wenn ihm jemand die Wetterprognose für den nächsten Tag zugerufen hätte. Mehr Ausdruck war von seinem Gefühlsleben nicht zu erwarten. Er hatte sich wieder gefangen. Das bisschen Mitgefühl war wieder dem ihm eigenen Pragmatismus gewichen.

Er blieb auf seinem Platz sitzen.

Die beiden Begleiter mit den Revolvern gingen in den Innenraum der Dusche. Nach einer Weile kamen sie heraus, den Hünen zwischen sich. Seine Arme hingen schlaff über ihre Schultern. Der Kopf gesenkt, seine Beine konnten ihn nicht mehr tragen. Schließlich schleiften sie auf dem Boden. Die zwei Burschen keuchten dann auch bald unter der Last. Als sie in der Nähe von Freddy vorbeikamen, erkannte er den Hünen nicht wieder.

Er war aschgrau. Er, der mehr einem massiven Kleiderschrank ähnelte, geähnelt hatte, er war nur noch ein Schatten seiner bisherigen Existenz. Die noch vor einer knappen halben Stunde einem unbesiegbaren, tapferen, römischen Gladiator geähnelt hatte.

Er schaute nicht weiter hin, aber er hörte, wie sie ihn einfach in den Calabozo warfen.

So schnell kann's gehen, dachte Freddy. Mitleid empfand er eigentlich nicht, nur Wut, und ein unstillbares Verlangen, es diesen, mit Revolvern bewaffneten Ärschen, Schwachköpfen, Missgeburten zeigen zu können.

Daran war nicht zu denken - noch nicht, verbesserte sich Freddy.

Der Revolverheld kam nicht wieder zu ihm. Im Vorbeigehen strichen sie sich demonstrativ die Uniformen glatt, so als würden sie widerliche Spuren dieses schwer zu knackenden Hünen abwischen.

Die Zeit schlich dahin. Der Schatten der Palme, von den meisten als eine Art Sonnenuhr verehrt, hatte sich beachtlich verschoben.

So gut wie alle waren auf ihren zuletzt eingenommenen Ruheplätzen geblieben. Der Eine oder Andere ging zu den Kackstühlen, kam dann schweigend und mit gesenktem Kopf wieder zurück zu seinem Platz. Sie waren eine Gesellschaft, der man jeden Stolz, jede Zuversicht oder auch Glauben an das Gute im Menschen ausgetrieben hatte. Sie mussten sich alle als der letzte Abschaum dieser menschlichen Gesellschaft fühlen.

Die Revolverhelden saßen nun auf der Treppe nach oben. Bei ihnen war nichts von der bedrückenden Stimmung zu spüren. Vielleicht war ihre Zurschaustellung von Unbekümmertheit nur gespielt. Vielleicht? Wer konnte das wissen? Sie hatten einen Menschen beinahe zu Tode gequält, nun ging der Tageslauf für sie weiter. Der Nächste bitte! Business as usual. Weshalb sollten sie sich quälen? Sie hatten ja nur einen Befehl ausgeführt. Und, Beruf ist Beruf und Schnaps ist Schnaps.

Vom Capitan und dem Offizier war nichts zu sehen, ebenso auch nicht von den Wachmannschaften.

Die Sonne stand schon recht tief, die Schatten waren lang geworden. Der Innenhof lag nun zum größten Teil außer Reichweite der Sonnenstrahlen, als sich der Offizier laut von dem ebenfalls lauten Capitan verabschiedete. Man konnte es erahnen, dass beide dem Alkohol zugesprochen hatten. Whisky as usual.

Die unteren Ränge gingen mal wieder leer aus - so dachte Freddy.

Dann waren die Folterer in dem Eingangstunnel verschwunden.

Die armen gefangengenommenen Teufel, inklusive dem wirklichen Verbrecher Freddy, waren wieder unter sich. Immer noch in einer sehr gedrückten Stimmung.

Einer der Wachhabenden rief aus, dass in einer halben Stunde Appell und Umschluss sein würde.

Nach dem Appell kam einer der jungen Wachhabenden zu

Freddy und sagte knapp: „Du schläfst heute Nacht bei den choferes." Er zeigte auf die Tür des luxuriösen Teils des Knasts. Das war's.

Freddy ging wortlos zu den besser Gekleideten und legte sich grußlos auf eine der breiten Sitzbänke. Der Platz war zwar reserviert. Aber keiner wagte es den grimmigen Burschen in die Schranken zu weisen.

Später legte sich Freddy die Sandwiches als Kopfkissen unter den Kopf. Er wurde wütend, als er tatsächlich Kakerlaken an der Verpackung rascheln hörte.

In der Nachbarschaft geiferten noch eine Weile die Weiber. Aber auch *das* Geräusch schlief bald ein.

Vom Calabozo kam kein Laut.

Einer der Fahrer schloss die Tür. Es blieb ruhig. Bis einer anfing sehr laut zu schnarchen. So wurde auch diese Nacht keine besonders geruhsame.

32

Montag, 16. Oktober

Schon kurz nach acht Uhr rief der Polizeikommandant des Ortes **Joanes** wieder in **Belém** an. Weder Cé, noch der Polizeipräsident waren anwesend. „Ich rufe später wieder an. Noch besser, wenn Cé kommt, soll er mich doch anrufen. Es ist sehr wichtig."

„Geht klar, Kollege."

Im Innenhof des Knasts verdrückten die, die Glück hatten, ihr Frühstück. Die anderen schauten magenknurrend zu.

Freddy hätte sich gerne rasiert. Das hatte er vergessen Henry aufzutragen, ihm einen Rasierapparat mitzubringen. Er würde ja bald hier sein, sicher auch schon mit einem Rechtsanwalt. Dann nichts wie ab durch die Mitte.

„Nein", rief er sich zur Ordnung. „Du fischst dir erst diesen Gunter. Unter irgendeinem Vorwand, ich würde mal sagen, dass er das Einschussloch auf dem Achterdeck noch zu flicken hat. Genau dafür werde ich ihn an Bord bitten." - „*bitten!*" Er ballte bei diesen Worten, die er natürlich nicht laut sagte, die Hände zu Fäusten und drückte hart zu. Bis er spürte, dass ihn die Finger schmerzten. <So muss es sein>, dachte er.

Es war wieder Appell, und jetzt stellte Freddy fest, dass es eine ganz andere, eine neue Bewachermannschaft war. Wieso hatte er es vorher nicht bemerkt? Da lief ein hochgewachsener Uniformierter mit Triefaugen an ihm vorüber, bedeutend älter als der bisherige Capitan. Er hatte eine heisere Stimme, als er die Namen der Anwesenden verlas und kurz auf die <Hierrufe> wartete.

Bei einem Namen erhielt er keine Antwort. Wieder war es ein junger Bursche der Bewacher, der zum Capitan etwas sagte. Dann las der weiter die Namen aus seiner Liste. <Die scheinen als junge Polizisten zuerst Dienst im Knast schieben zu müssen>, dachte sich Freddy.

Er konnte den Hünen nicht sehen. Er registrierte dann, mit einiger Beklemmung, dass es dann nichts werden konnte mit einer Information. Von wegen 1000 Dollar regeln viel, können sehr viel regeln. Aber hier hatte er jetzt den Eindruck, dass er für eine Nacht im Luxusappartement der Autofahrer bezahlt hatte.

Es war jetzt kurz vor neun Uhr und der Polizeichef rief schon wieder in **Belém** an. Es war bereits das dritte Mal.
Der Präsident war da. Ja, ja. Cé? Nein, nein, den habe man noch nicht gesehen. Aber - nein der ist wirklich nicht da.
„Leg´ doch meinen vorläufigen Bericht vor. Sage dem Herrn Präsidenten, dass es eilt. Die Hauptperson in dieser Sache sitzt seit Freitag in Untersuchungshaft. Ich kann ihn nicht länger halten."
„Ja, ja, man werde...."

Kurz vor zehn Uhr war immer noch kein Haftbefehl da. Und so rief der Polizeichef wieder an. <Nein, nein, Cé sei nicht da. Man habe ihn noch nicht gesehen. Anrufen? Sein

Handy liegt hier auf dem Schreibtisch. Der hat es nicht bei sich.>

„Aber er hatte es doch versprochen."

„Tut mir leid."

„Aber...."

Resigniert, auch vom Freund Cé allein gelassen, setzte sich der lokale Polizeichef hin und füllte ein Formular aus. Er gab es dem Subalternen, „Bring es in den Knast. Gib es dem Capitan, bring mir die Empfangsbestätigung."

Etwa zehn Minuten nach zehn, Freddy konnte es nun auf seiner eigenen Armbanduhr sehen, saß er dem hageren, langgestreckten Capitan gegenüber. Dieser hatte ihn rufen lassen.

„Kontrollieren sie, ob auch wirklich alles vollständig ist, sagte der Capitan."

Freddy wollte protestieren, da fehlten fast 1000 Dollar, die Kosten als Spende für den Volleyball nicht einmal berücksichtigt.

„Fehlt etwas"? fragte der Polizist, der das Zögern Freddys bemerkt hatte.

„Nein, nein, nein. Ist schon alles in Ordnung, beeilte sich der frisch Entlassene. Nichts wie raus hier, ohne weiteren Zeitverlust, jede Minute ist kostbar.

Draußen überkam ihn Hektik, er wollte ein Taxi. Er lief und lief, aber wenn eines kam, war es besetzt. Zum Teufel, die Zeit verrann. Er musste doch raus aus diesem Hafen.

Aber nicht ohne diesen Gunter. Nicht ohne diesen Gunter, wiederholte er für sich. Und bei dem Wiederholen des Namens *Gunter* schwollen ihm gut sichtbar die Halsschlagadern. Der hatte vielleicht geladen.

Auf der Polizeistelle bemühte sich schon wieder der Chef sein Anliegen in **Belém** voranzutreiben. Das musste doch noch klappen die beiden Burschen, inklusive der Yacht abzufangen. Er war wieder optimistisch. Etwas optimistisch. Etwas weniger als *etwas optimistisch*.

„Nein, Cé ist immer noch nicht gesehen worden."

Aber sicher, man werde das Ersuchen dem Präsidenten vorlegen.

„Also habt ihr das noch nicht gemacht?"

„Mann, du dürftest doch noch wissen, wie das hier abläuft. Der Chef hat auf seinem Schreibtisch ein Haufen Arbeit. Es war ein langes Wochenende. Jeder der es sich leisten konnte hat eine <Brücke> gemacht. Auch der Chef. Der 12. Oktober fiel dieses Jahr so günstig. Aber das weißt du ja auch. Ich bringe es ihm hoch, sobald mir die Sekretärin grünes Licht gibt. Sie ist informiert."

Wieder nichts. Am Ende geht uns der Brocken Kahn mitsamt seiner verbrecherischen Besatzung doch noch durch die Lappen. Die ausgelobte Prämie futsch, die Yacht weg, meine Rückversetzung nach **Belém**, dieser Freddy Batistuta inklusive des Kumpanen weg. Scheiße. Ja, Scheiße. Jetzt kann ich es offen aussprechen. Vom Freund allein gelassen, von allen hängengelassen.

Nein, jetzt erst recht nicht. Und wenn ich die beiden am Hemdkragen davon abhalten muss zu verschwinden.

Henry hatte ein Rechtsanwaltsbüro gefunden. Er entschloss sich nicht weiter nach einer Alternative zu suchen. Also, der Erstbeste. Der Erste ja, ob er auch der Beste war, würde sich noch herausstellen müssen.

Er hatte schweren Herzens die Yacht verlassen, allein gelassen. Sie stand, beziehungsweise, sie lag im Hafen, ach was *Hafen*, sie lag vor einer Klitsche von sogenannter Werft. Dort drumherum ein Haufen Faulenzer, die sich alle liebend gerne an fremdem Eigentum vergreifen würden. Und der Boss, dieser Felipe, würde noch beide Augen zudrücken, aber niemanden daran hindern, sich auf der Yacht „umzusehen". Irgendetwas Wertvolles würden sie schon finden. Da war sich Henry sicher, wenngleich er sich selbst für den Moment nichts vorstellen konnte. Allerdings da gab es in bedeutenden Mengen elektronisches Gerät - und die Burschen wussten sicher, was sie wie zu Geld machen konnten.

„Der Doktor ist gerade mit einem Mandanten. Sie müssen warten."

„Wie lange?"

„Das kann ich ihnen mit dem besten Willen nicht sagen."

Die Sekretärin des Advokaten war aufgedonnert, dick geschminkt, sie trug einen Minirock, der Ausschnitt der dünnen Bluse, durch die die Brustnippel durchschienen, war mehr als gewagt.

Eine nicht mehr taufrische Gegensprechanlage krächzte. Henry verstand weder das Gebrammel aus dem Lautsprecher, noch die Antwort des Vorzimmermädchens.

Henry setzte sich unaufgefordert auf ein Museumsstück von wackeligem Stuhl. Schaute alle zwei Minuten auf seine Uhr. Dann stand er plötzlich auf und sagte im Weggehen, „ich suche mir einen Anderen."

Doch das Fräulein war flink und war schon, kaum dass Henry den Raum verlassen hatte, hinter ihm.

„Kommen sie doch, ich werde noch einmal nachschauen. Vielleicht kann er sie jetzt empfangen."

Und tatsächlich, sie geleitete ihn in einen Nebenraum, sagte ein paar Worte und schloss wieder die Tür hinter sich.

Ein junger Mann sprang flink hinter seinem, als Schreibtisch getarnten breiten Tisch hervor, drückte Henry die Hand lange, so als hätte er ihn seit Wochen herbeigesehnt.

„Spanisch? Sehe ich doch gleich. Ich spreche spanisch. Kein Problem." In Wirklichkeit hatte er von der Yacht und seiner Besatzung gehört. Das Thema wurde ja in allen Bars und Restaurants ausgiebig besprochen. Sein Freund, der Polizeichef hatte ihn bereits beim Dominospiel am Samstagnacht auf das Pikante der Angelegenheit hingewiesen.

„Da steht eine fette Belohnung im Raum", hatte er gesagt. „Irgend so eine Stiftung in Spanien hat sie ausgelobt."

Er hatte durch ein Guckloch, versteckt in der Bücherwand, in seinem Vorzimmer den zweiten Mann, den Begleiter des Skippers gesehen- Auf ihn passte die Beschreibung von der Polizei. Er hatte dann seinen Freund angerufen und ihm mitgeteilt, was sich da gerade abspielte. Er musste dann hören, dass immer noch kein Haftbefehl aus **Belém** da war. Dass der Andere, der seit Freitag im hiesigen Knast gesessen hatte, mittlerweile auf freiem Fuß war, oder sein müsste. Den Papierwisch mit der Bestätigung der Durchführung seiner Entlassung habe er noch nicht auf dem Schreibtisch.

Ob er den Besucher in seinem Studio hinhalten könne, Zeit gewinnen könne, der ersehnte Haftbefehl musste ja jeden Moment eintreffen? „Mein Freund Cé, du kennst ihn ja, hat versprochen, er hat zugesagt, er ... er wird den Präsidenten informieren. Heute, und er ist sicher dabei, also, was ich sagen will, jeden Augenblick müsste der Wisch kommen. Dann holen wir ihn uns wieder."

Der Abogado war überrascht, wie nervös sein Freund, der örtliche Polizeichef war.

„Also, was kann ich für sie tun? Wie ist ihr Name?" Henry antwortete nicht darauf.

Dann schilderte er die Lage und der Rechtsverdreher, mehr war er mit Sicherheit nicht in diesem Kaff, zeigte viel Interesse und stellte diese und jene Frage. Die Zeit verging. Henry wurde nervös.

„Gut" sagte er schließlich, „das ist hier ja nur ein Untersuchungsgefängnis. Die meisten Leute werden aus humanitären Gründen am Montag wieder rausgeworfen, ohne Anklage, einfach so. Vielleicht hat man ihren Freund auch schon nach Hause, ich will sagen, auf die Yacht zurückgeschickt."

„Können wir gehen und das überprüfen?"

„Aber ja, einen Moment, ich muss nur noch ein Telefonat führen. Würden sie bitte draußen bei meiner Sekretärin warten, es ist privat."

Henry wartete bei der beinahe Barbusigen. Entweder hatte sie einen Schuss zu viel afrikanisches Blut abbekommen oder sie ließ ihre Haut regelmäßig und intensiv von der Sonne bräunen. Im Gesicht konnte Henry keine außereuropäischen Rassenmerkmale erkennen.

Unterdessen erkundigte sich der „Doktor", wo immer er diesen Titel auch an Land gezogen haben mochte, über den Stand der Dinge auf der örtlichen Polizeistelle. Es war immer noch kein Haftbefehl da. „Geh halt mit ihm zum Knast. Aber eile dich nicht so. Schinde Zeit. Ich rufe dich über das Handy an, wenn sich etwas Neues ergibt."

„Du weißt doch wie unzuverlässig hier das Handy funktioniert. Schick mir, wenn du mich nicht erreichen kannst, den Jeep mit einem Kurier. Wie du siehst, kooperiere ich voll."

„Daran zweifle ich ja nicht. O.k. machen wir es so. Langsam, ja?"

„Weshalb nehmen wir kein Taxi?

„Ach", sagte der Dr., „es ist ja nur hier um die Ecke, das lohnt sich doch gar nicht."

Nur Minuten später begann Henry zu zweifeln und misstrauisch zu werden. So viel hatte er bisher schon mitbekommen. Besonders, als er an der letzten Straßenecke die Türme der sogenannten Kathedrale weiter weg sah.

„Ach", nahm der Dr. den Faden wieder auf, bald werden sie und ihr Freund wieder auf die Yacht gehen können. Wann soll denn die Ausfahrt erfolgen?"

Henry schwieg.

Der Dr., aber fuhr fort.

„Ich hoffe, sie haben ihren Aufenthalt bei uns genossen." Dann bemerkte er, dass diese Frage-Feststellung der Lage und dem Empfinden seines Mandanten, nicht sehr angemessen war.

„Ich meine, abgesehen von dem kleinen Zwischenfall."

„Kleiner Zwischenfall? Was soll denn noch passieren, dass es ein wirklicher, richtiger, bedeutender Zwischenfall wird? Freiheitsberaubung, widerrechtliche Verhaftung ohne jeden Hinweis auf den Grund, ohne Haftbefehl. Was soll ich ihnen denn noch erzählen, um ihnen begreiflich zu machen, dass wir daran gehindert werden, uns in diesem freien Land und auf diesem freien Meer frei zu bewegen."

„Beruhigen sie sich doch. Damit werden wir die Sache nicht aus der Welt schaffen können. Sollten wir nicht noch einen Kaffee trinken", wagte er zu fragen, als sie an einer Bar vorbeikamen.

Henry flippte beinahe aus. Er ballte jetzt auch seine Hände zu Fäusten. Dem Dr. entging das nicht.

„Ist ja gut, ist ja gut", sagte der Dr. abwiegelnd.

Sie marschierten weiter. Dann sagte Henry, dass sie sicher nicht auf dem kürzesten Wege zur Anstalt seien.

„Ach verdammt, sie haben mich ganz aus dem Konzept gebracht, nervös gemacht. Selbstverständlich, wir hätten ja da an dieser Kreuzung abbiegen sollen." Er zeigte zurück.

„Dann gehen wir zurück."

Ein Taxi näherte sich, es war nicht besetzt. Henry machte das Zeichen für Stopp. Es war schon erstaunlich mit welchem Widerwillen der Dr. schließlich doch einstieg. Zunächst wollte er darauf bestehen, dass es nur noch eine kurze Wegstrecke sei. Doch dann fuhren beide zum Knast. Henry bezahlte mit Dollars. Ein gutes Geschäft für den Fahrer.

Der Doktor war völlig irritiert, als Henry an das Gitter des Tores klopfte.

„Der Häftling Freddy ähh, also, er ist nicht mehr hier", wurde er beschieden.

„Seit wann", wollte der Rechtsanwalt wissen. „Ich bin nämlich sein Anwalt."

„Ja, ja, ich kenne Sie schon. Ich war nicht hier an der Tür, als er ging."

„Fragen sie nach, ich muss wissen, wann er gegangen ist." Der Rechtsanwalt gedachte wieder Zeit schinden zu können.

Als er sich umdrehte zu seinem Klienten, war da keiner mehr.

„Ich frage und komme gleich wieder", sagte der Wärter.

Der Dr. holte sein Handy heraus, um den Polizeichef anzurufen. Doch es gab keine Verbindung. Er ging aus dem Durchgang und wiederholte den Anruf. Doch auch hier schlug der Versuch fehl.

Was noch schlimmer war, er konnte von diesem Henry nichts mehr sehen.

Freddy hatte dem Taxifahrer bedeutet, dass er warten solle, jetzt ging er zur Wohnung dieses Gunters hoch.

Der war nicht da.

Er gab dem Fahrer die Anweisung zur Bar zu fahren, von der er seit dem ersten Tag wusste, dass dort Gunter sein Frühstück zu sich zu nehmen pflegte.

„Warte", sagte er dem Taxifahrer und winkte mit einigen Dollarscheinen.

Freddy lief zu dem Schuhputzer und fragte mit Händen und Füßen nach Gunter.

Der Profi hob nur die Schultern, einige Male.

„Verdammte Scheiße, gottverdammte Scheiße", presste er zwischen seinen Zähnen hervor. Was konnte er noch tun?

Felipe, der wusste wahrscheinlich, wo er sich aufhielt. Aber jetzt zur Werft? Das würde ihn unangemessen in seinem Zeitplan zurückwerfen.

Dann fiel ihm ein, dass sie zunächst an der Plaza in einer Bar gefragt hatten.

Wieder winkte er dem Taxifahrer im Vorbeigehen mit den Dollarscheinen und bog um die Ecke.

Das war doch einer dieser Typen von der Luxusyacht, die im Hafen lag. Gestern, am Sonntag hatte er seine Familie zu einer Besichtigung dieses Protzschiffes gefahren.

Freddy traf Gunter in der Bar. Er holte ein paar Mal tief Luft, keine Hektik, keine Nervosität anmerken lassen, das war jetzt die Maxime. Gunter durfte keinen Verdacht schöpfen. Aber seine innere Unruhe drängte ihn zur Eile. Etwas war an der ganzen Angelegenheit nicht stimmig. Er spürte es, glaubte es wenigstens zu spüren. Da waren immer noch zu viele Ungereimtheiten.

Er saß drei Nächte, inklusive den dazwischenliegenden Tagen, ohne informiert worden zu sein, weshalb. Dann hatten sie ihn praktisch rausgeschmissen, immer noch ohne Begründung.

„Hallo, da bist du ja", begrüßte er Gunter, wie einen guten, alten Bekannten, der er ja war, wenigstens ein alter Bekannter. War er auch ein guter?

Gunter fiel fast aus allen Wolken. Er war ehrlich überrascht und man konnte es ihm ansehen, auch erschrocken Freddy zu sehen. Er brachte kein Wort zu dessen Begrüßung heraus.

„Nun, schon gefrühstückt?" Freddy hatte es in einem überraschend fröhlichen Tonfall aussprechen können.

Freddy, so schien es jetzt Gunter, schien an seinem Wohlergehen interessiert. In Wirklichkeit weidete er sich an der Irritation Gunters.

„Ich ... ich", stotterte Gunter.

„Ist schon gut, lass dir Zeit. Ich hätte nur noch eine kleine Arbeit, da ist an Backbord ein Loch, ich hatte es ganz vergessen. So ein Verrückter wollte mich einmal in Costa Rica überfallen. Schoss daneben. Wenn man ein solches Schiff fährt, meinen die Gangster, dass da auch etwas zu holen ist. Die Gefahr fährt immer mit. Und zudem wollen wir ja noch abrechnen. Ich schulde dir ja noch Geld. Es tut mir leid, dass ich ein paar Tage nicht ansprechbar war. Aber ich bleibe niemandem etwas schuldig. Und besonders nicht meinen Freunden."
Freddy spürte ein wohliges Gefühl. Auch diesem Freund würde er nichts schuldig bleiben. Die Rechnung würde nach dem Auslaufen auf offenem Meer beglichen werden. Bis zum letzten Blutstropfen.

Innerlich kochte Freddy, es drängte ihn zu sagen, dass nun Schluss sei mit dem Gesabbel. Fakten mussten geschaffen werden.

Stattdessen fragte er Gunter, ob er noch einen Schnaps spendieren dürfe. Man habe ja keine Eile, und so ein Loch sei ja lediglich eine Sache von ...

„Ach, wenn es das nur ist, dann ist das in einer halben Stunde perfekt gemacht. Inklusive Aushärten und Schleifen."

Gunter hätte sich schon wieder auf die Zunge beißen können, er redete schon wieder zu viel. Aber das wäre das letzte Mal, dass er dieses Schiff betreten würde. Für den Moment hatte er bereits de facto zugesagt.

Gunter trank noch einen Schnaps, Freddy übernahm spendierfreudig die gesamte Frühstücksrechnung. Gunter bedankte sich. War doch nicht so schlecht der Kerl, dachte er. Dann überfiel ihn wieder das schlechte Gewissen. Er hatte doch die Information, dass Freddy im Knast sitzen würde, weil *er* den Mund zu voll genommen hatte.

Dann verließen sie die Bar, wie zwei alte Freunde. Der Barkeeper schaute ihnen nach. Komisch fand er das.

Das Taxi wartete tatsächlich noch. Der Fahrer war nervös, aber unten, bei der Werft, am Ende der Fahrt, konnte er sich über eine großzügige Bezahlung freuen. Er wünschte Freddy noch einen guten und schönen Aufenthalt.

Gunter und der Skipper schienen gelöst aber auch zügig zur Yacht zu gehen. Freddy hatte seinen Arm auf die Schulter Gunters gelegt.

An Bord war kein Henry, wie es Freddy eigentlich mit Sicherheit erwartet hatte. Verdammt, war der auch verhaftet worden?

Aber nein, der wollte doch heute früh einen Rechtsverdreher suchen.

Unterdessen hatte der Polizeichef das ersehnte Glück. Zwar war sein Freund Cé immer noch nicht im Präsidium. Aber der Präsident hatte angebissen und hatte, nach kurzen Auskünften, die ihm seine Leute reichten, ganz zügig den Haftbefehl ausstellen lassen.

Aus **Belém** riefen sie ihn an, dass die Sache jetzt lief, nur der Richter müsse noch seine Unterschrift drunter setzen, dann würden sie das Dokument faxen.

„Ah, sagte der Anrufer, da habe ich gerade Cé gesehen. Soll ich verbinden?"

„Tu´s."

„Mensch altes Haus. Weißt du, ich habe dich nicht vergessen, ich gehe sofort zum Chef hoch und regele das. Meine Großmutter ist plötzlich krank geworden und meine Frau bat mich sie ins Krankenhaus zu fahren. Die Zeit läuft einem weg, alter Junge."

Das hörte der alte Junge schon längst nicht mehr, denn er hatte aufgelegt. Dass ihn ausgerechnet sein guter, alter Freund im Stich lassen würde?

Dann rief er doch noch einmal im Präsidium in **Belém** an. Er bat darum, Spezialisten zu schicken. Er hatte auf dem Achterdeck Flecken gesehen, die von Blut stammen konnten.

Henry überkam ein wenig das Gefühl einer Panik. War Freddy verlegt worden? Wo könnte er sein? Denke nach, sagte er sich, versuch wie Freddy zu denken und zu handeln.

Alles, was ihm blieb, war, zur Yacht zurückzukehren. Wenn Freddy frei wäre, würde er versuchen so schnell wie möglich aus diesem gastfreundlichen Hafen zu fliehen.

Und wenn er nicht frei war? Das war der beunruhigende Gedanke. Vielleicht hatten sie ihn schon zur nächstgrößeren Stadt gefahren oder geflogen - transportiert. Nun, dann wäre auch er bald dran, dachte Henry. Und hatte da gar nicht so unrecht.

Das Gescheiteste war also zur Yacht zurückzugehen, und zwar so schnell wie möglich.

Eindringlich rief er sich seinen Auftrag, seine Mission ins Gedächtnis, die unter keinen Umständen gefährdet werden durfte.

Zwei Seiten Fax kamen herein. Der Polizeichef überflog die beschriebenen Seiten. Der Haftbefehl einerseits, das ging in Ordnung und dann noch etwas Handgeschriebenes. Carajo, muss ich das wirklich entziffern, während mir andernorts die Zeit fortläuft?

Es war tatsächlich belanglos. Er hatte sich durch das Gekrakel der Handschrift durchgearbeitet und nur erfahren, was er doch schon seit Tagen selbst predigte. Der Fall sei sehr wichtig, das Schiff würde auf einer Fahndungsliste stehen, allerdings unter dem Namen Esperanza. Es sei davon auszugehen, dass der Schriftzug, mit dem Ziel einer Verschleierung, gekürzt wurde. Die Personen auf der Yacht seien umgehend festzunehmen. Belohnung eine Million Dollar.

Wenn das kein Ansporn war?

Im Präsidium hatte den Präsidenten endlich das Jagdfieber erfasst. Er kanzelte eine Reihe beteiligter und auch unbeteiligter Untergebener ab. Diese Idioten hätten ihn doch im Countryclub benachrichtigen müssen. In so einem wichtigen Fall? Er ließ natürlich keine Widerrede zu und ein Jeder dachte sich seinen Teil. Das war weit ungefährlicher.

In **Joanes** liefen jetzt vorgewarnte Untergebene mit dem Chef zum Jeep. Dieser stand immer noch mit dem Hinterteil zur Ausfahrt und der Motor lief auch nicht.

„Ich hatte doch befohlen ..."

Er sah, wie sich der Fahrer abmühte. Der Motor dudelte, die Umdrehungszahlen deuteten an, dass die Batterie kurz davor war den Geist aufzugeben. Die Karre aber wollte nicht anlaufen.

„Hätte halt längst schon zur Inspektion müssen!"

Das wusste der Chef auch. Aber auch dafür hatten sie bisher noch nicht positiv aus **Belém** geantwortet. Zum X-ten Mal regte er sich darüber auf. Aber, was half es schon sich jetzt aufzuregen - der Motor begann in diesem Augenblick zu stottern. Hoffnungsfroh schauten er und zwei weitere Schergen auf das altersschwache Gefährt. Dann lief der Motor. Los, los, los. Der Fahrer wusste ja wohin.

Freddy sah Henry den Steg entlanghasten. Er hatte Gunter vor etwa einer Minute einen Kinnhaken verpasst. Der schlief und konnte nicht stören. Dazu war ja auch der Kinnhaken gedacht. Schließlich würde Freddy ans Steuer gehen und Gunter, seine Beute, alleine lassen müssen. Im Tiefschlaf würde Gunter nicht entweichen. Freddy ließ die Motore anlaufen, eine Leine war schon los. Er konnte nach einem Griff zur Motorenregelung ohne weiteren Zeitverlust losbrausen.

Jetzt sah er Henry in vollem Lauf auf dem Steg.

Noch bevor Henry die *Espera* erreicht hatte, schrie Freddy <Leine los>. In aller Hektik zog er sie an Bord. Sie könnten sich ja sonst in den Schrauben verfangen.

Dann sprang Freddy zum Cockpit. Er manövrierte nun zunächst rückwärts, um vom Steg wegzukommen. Das heißt er tat das ein Stück und erzielte dabei eine Distanz zwischen der Yacht und dem Betonrand des Steges. Dann schaltete er um. Viel zu schnell begann die *Espera* die Drehung, der hintere Aufbau schrammte doch noch am Beton vorbei und vor der Yacht liegende Boote wurden in Mitleidenschaft gezogen. Zwei wurden regelrecht unter Wasser gedrückt und somit versenkt.

Als der Jeep mit den Polizisten das Werftgelände erreichten, sahen sie das Objekt ihrer tagelangen Bemühungen, mitsamt der Besatzung, gerade um die Wellenbrecher fahren. Der Chef war nicht amüsiert. Sie verfolgten die *Espera* noch eine Weile mit ihren enttäuschten Blicken, bis sie, in nordöstlicher Richtung fahrend, immer kleiner wurde.

Als sie wieder in der Polizeistation waren, sah der Chef, dass wieder Faxe angekommen waren.

Auf den ersten Blick erkannte er den gleichen Haftbefehl. Auf dem zweiten Blatt waren in großen Buchstaben zwei

Worte, gut lesbar geschrieben: <Sehr wichtig!>

Wie in Gedanken versunken knüllte er die Papiere zusammen und warf sie wortlos in die Ecke.

Er griff zum Telefon, das sich gemeldet hatte. Es war der Rechtsanwalt, der wissen wollte, welchen Anteil er aus diesen Festnahmen zu erwarten hätte.

Auch hier blieb der Chef wortlos und legte einfach auf.

Der Tag war aber noch nicht zu Ende. Obgleich er, insbesondere für Gunter, sehr lang werden sollte. Und das war nicht die einzige negative Perspektive.

Als er aus dem knock-out erwachte, erzitterte das Boot unter ihm bei Höchstfahrt. Natürlich wusste er sofort was los war.

Henry rief zum Cockpit hoch, dass ihr Gast aufgewacht war.

Freddy leitete einen neuen Kurs in Richtung Osten ein und justierte die GPS-Steuerung auf Automatik. Kurs neun-null-null.

Gunter lag noch in der Ecke, in die Freddy ihn hingezogen hatte.

Henry hatte bereits das Schlauchboot hervorgeholt und war gerade dabei es aufzublasen. Die Pressluft zischte und füllte die verstärkten Gummikammern rasch.

Gunter winselte, dass man das doch nicht mit ihm machen konnte. Ja was denn nur?

„Das könnt ihr doch nicht mit mir machen", jammerte er zum wiederholten Male. Er war der Meinung, dass sie ihn einfach aussetzen wollten. Dabei hätte er immerhin noch eine Chance gehabt. Wenigstens im Vergleich mit *dem,* was Freddy und Henry wirklich mit ihm vorhatten.

Freddy sagte dann, „du hättest besser dein Maul gehalten.

Aber nein, du musstest ja damit angeben, was du alles bist und kannst. Herr Schiffbauingenieur! Ex Schiffbauingenieur, wir wollen doch bei der Wahrheit bleiben."

Sie fassten ihn an Armen und Beinen und warfen ihn in das Schlauchboot, das immer noch an Deck stand. Es war kein größeres Problem ihn an dem rundum verlaufenden Tau festzubinden. Wie eine hilflose, auf dem Rücken liegende Schildkröte lag er nun da. So viel Gemeinsamkeiten hatte die Situation nun doch nicht. Gunter war nämlich an Armen und Beinen festgebunden. Freddy schnitt ihm noch die Shorts auf und riss ihm das Hemd vom Körper. Er lag nun nackt mit seiner kompletten Vorderseite in der Sonne. Gemeinsam schoben sie ihn über die hintere Bordkante ins Wasser.

Im Sog der Heckwelle rauschte es ein kurzes Stück zurück. Dann war das Stück Tau stramm gespannt. Das Schlauchboot schlingerte heftig. Im Heckwasser hin- und herschwingend hob es sich in relativ kurzen Abständen an, um dann wieder mit einem satten Knall auf das aufgewühlte Wasser zu klatschen. Von Zeit zu Zeit schien es, als wollte es sich um die eigene Längsachse drehen, fing sich aber stets wieder schnell und heftete sich, zumindest vorübergehend aufs Neue auf die aufgewühlte Wasseroberfläche.

„Freundchen, beinahe wäre es dir gelungen, mich in der Hölle braten zu lassen. Aber Freddy ist nicht so leicht totzukriegen. Wie konntest du dir das überhaupt ausmalen und durchziehen? Wir hatten doch so einen schönen und guten Deal. Ich hab dich doch nicht schlecht behandelt. Weshalb musstest du uns das antun?" Freddy hatte diesen Sermon nicht hinausgeschrieen, wie er das unter anderen Vorzeichen getan hätte. Er hatte das nur so in Zimmerlautstärke vor sich hingesagt. Gunter konnte ihn auf seinem besonderen Trip nicht hören. Wasser rauschte, die Diesel brummten zwar leise, aber immerhin, sie brummten.

Nach einer Weile, in der er sich an den weit aufgerissenen Augen Gunters ergötzte, sprach er dann doch nochmals in, aus seiner Sicht, gebührender Lautstärke: „*Du* wirst jetzt in der Hölle schmoren. Ich begleite dich dabei bis an deren Pforten." Zu Henry sagte er dann, dass er dies einmal von einem ganz cleveren Burschen gehört habe. „Das war vielleicht ein toller Hecht."

Das Jammern Gunters übertönte jetzt nur schwach das Geräusch der Diesel und das des zischenden und tosenden Wassers.

Sie befanden sich mit der Yacht schon so weit auf dem Atlantik, dass das Festland im Dunst verschwunden war. Henry schaute seinen Kumpanen an - „ich weiß, ich weiß", sagte dieser. „Nach einer Stunde gehe ich mit der Geschwindigkeit herunter. Auf jeden Fall müssen wir vermeiden nochmals in Brasilien zu tanken."

„GPS sagt, dass das runde sechstausend Kilometer sind, bis wir in Uruguay oder Argentinien tanken können. Das ist eine ganz schöne Latte. Im Renntempo können wir das nicht schaffen."

33

José-Maria eröffnete wieder einmal die tägliche Lage-konferenz im Untergrund von Valencia. Er tat es, verglichen mit denen der letzten Tage, mit mehr Schwung. Seinen Freunden und Stiftungsmitgliedern war dieser, etwas erregte Unterton nicht entgangen. Sowieso hatten sie ihre Sinne in letzter Zeit derart geschärft, dass sie glaubten, schon aus der Tonlage der Begrüßung ihres Vorsitzenden heraushören zu können, welcher Art die erwarteten Neuigkeiten sein würden.

Es würden gute Nachrichten sein - es mussten einfach endlich gute Nachrichten sein.

Es war jetzt sechs Uhr am Nachmittag.

„Ambrosius wird bis zum Wochenende wieder bei uns sein."

Der Applaus war kurz, da musste noch etwas sein, das sie alle mehr interessierte. Es war die spannungsgeladene Erwartung die bei jedem die nervliche Belastung wieder einmal auf die Spitze trieb.

José-Maria machte eine Pause, schaute scheinbar konzentriert auf die Notizen auf dem Blatt vor ihm. Es war, wie letzthin mehr regelmäßig, eine Zusammenfassung der Erkenntnisse aus der Technischen Abteilung.

Seine Zuhörer waren sich einig, dass es diesmal nicht nur die fast routinemäßige Tages-Nachricht sein würde.

Und tatsächlich begann er seinen Vortrag, nicht wie gewöhnlich mit der regelmäßig frustrierenden Floskel: *Von Übersee gibt es nichts Neues.*

Er schaute wieder angestrengt auf seine Notizen.

Gespannte Erwartung wurde praktisch fühlbar.

„Es hat sich jetzt, nach beinahe zehn Tagen, etwas getan. An einer Stelle, die wir bisher eigentlich nicht auf unserer Rechnung hatten. **Belém**, das liegt im Mündunsbereich des Amazonas, an einem der Seitenarme des gleichen Flusses."

„Betlehem (Portugiesisch <Belém>), welch ein beziehungsreicher Name", rief Sá Benedicto Xavete Evaristo dazwischen.

José-Maria schaute kurz auf. Alle schauten ihn jetzt mit noch mehr Ungeduld an als sonst.

„Der Polizeipräsident von, ja, benutzen wir ruhig den beziehungsreichen Namen der Stadt Betlehem, in brasilianisch **Belém**, hat uns, unter Hinweis auf unsere Internetsuchaktion, per E-Mail mitgeteilt, dass seine Leute die Yacht *Espera* festgesetzt hätten. Die Besatzung sei festgenommen und in Sicherheit. Er bat um weitere Einzelheiten, damit womöglich eine Auslieferung in die Wege geleitet werden könne. Seine Leute würden sich im Voraus bereits für die ausgelobte Prämie bedanken."

„Clevere Kerlchen."

„Die sind ja ganz schön wach."

„Na endlich etwas Erfreuliches, ein Fortschritt."

Es waren Kommentare, die bei jedem Erleichterung ausdrücken sollten. Es war nicht mehr diese übliche, unter die Haut gehende, unheimlich frustrierende Stille.

„Was noch?"

José-Maria schaute wieder auf sein Papier.

„Wie gesagt, so weit unten hätten wir sie nicht erwartet. Die wollten sich vielleicht in den vielen Flussarmen der Amazonasmündung verstecken. Darauf warten, bis der Hype rund um die Suchaktion abgeflaut ist. Aber noch etwas steht in der Nachricht, wenigstens haben das die Techniker *so* interpretiert, als ob die Yacht beschädigt sei. Vielleicht, so meinen sie, sei sie beim Aufbringen beschädigt worden. Was natürlich peinlich werden könnte, wenn ich daran denke, dass sie dann vielleicht repariert werden müsste. Jeder kann sich denken, dass man dann auch an das Versteck herankommen könnte - würde - vielleicht. Wir suchen da Klarheit zu schaffen. Zwei Mann sind unterwegs nach **Belém**. Wenn es nichts Lebenswichtiges ist, werden wir selbstverständlich bemüht sein, die Yacht auch beschädigt zurückzunehmen. Wir bleiben dran, um das zu klären."

„Moment mal, José-Maria, du sagtest etwas von *Espera*, hast du das wirklich gesagt, oder habe ich mich da verhört?"

José-Maria schaute auf sein Papier und nach einer Weile sagte er dann. Ich scheine das tatsächlich gesagt zu haben, denn es steht hier. Sollte ich da in Gedanken ...?"

„Logisch", rief ein anderes Direktoriumsmitglied, „*Espera* ist ja nur der Anfangsteil des Wortbildes von *Esperanza*. Die haben einfach ein paar Buchstaben weggezaubert und dachten, dass sie damit durchkämen."

„Wenn es nicht zu unserem Nachteil geschehen wäre, müsste ich vielleicht applaudieren."

„Verdammt, das müsste ..."

„Bitte, meine Freunde, keine ordinären Gefühlsausbrüche. Fluchen wäre doch gegen unsere Ethikregeln."

„Jetzt übertreibst du aber, lieber José-Maria. Ich bitte dich nicht abzuheben."

„Die Technikabteilung schätzt, dass ..."

José-Maria unterbrach sich. Ein Bote war regelrecht hereingestürzt. Er überreichte ein weiteres Stück Papier, entschuldigte sich und verschwand wieder genauso schnell, wie er gekommen war.

José-Maria studierte auffallend lange die Nachricht. Seine Miene zeigte keine Regung. Er hatte sich ja schon immer fast perfekt unter Kontrolle gehabt.

„Jetzt mach schon, spanne uns nicht so lange auf die Folterbank."

„Jetzt komm mir nicht schon wieder mit einer schlechten Nachricht." Die Stimme Roberto Sebastiano Pizarro Ribadeneiras klang schon beinahe weinerlich.

José-Maria schaute in die Runde.

„Er ist wieder entwischt." José-Maria hatte es beinahe gehaucht. Seine Stimme hatte versagt. Trotzdem, alle hatten es verstanden, nicht nur gehört, die Botschaft drang wie eine ätzende Flüssigkeit in ihre Hirnwindungen.

Auch José-Maria musste jetzt erst einmal tief durchatmen. In seinem Pokergesicht zuckten einige bisher kaum aktivierte Muskeln. „Sie hatten ihn im Loch. Sie hatten Freddy im Knast. Aber irgendetwas muss schiefgegangen sein. Er ist weg. Es gibt dabei den kleinen Lichtblick, dass er einen nördlichen Kurs nahm. Die Küstenwache sei alarmiert worden. Zwei Boote seien auf ihn angesetzt und ein Flugzeug."

Pause. Stille. Dann fuhr er fort. Seine Stimme klang jetzt nicht mehr so selbstsicher. Sie zeugte vielmehr von Schwäche, ermüdenden Frustrationen. Jeder merkte den kleinen Unterschied und entsprechend sank ihre Erwartungshaltung. Ihre Gefühle, bis vor zehn Tagen beseelt von Allmachtsallüren, wirbelten in Richtung eines undefinierbaren Abgrunds.

„Sie lassen fragen, ob wir uns an den Kosten der Suchaktion beteiligen wollen." José-Maria trug diese Botschaft nur stotternd vor.

„Kretinos", rief einer. Dann kamen verschiedene Stimmen durcheinander.

„Kretinos de mierda - diese Scheiß minderwertigen Subjekte", rief aufgebracht Pedro-Ricardo Cesar Fonseca Hidalgo. „Da kann man mal wieder sehen, dass in diesem beschissenen Land nur Hurensöhne bei der Polizei ihr Unwesen treiben. Blutsauger sind das, Himmel, Arsch und Wolkenbruch, ich ... ich krieg mich nicht mehr. Da arbeitet man sein Leben lang hart und dann kommen da ein paar Polizisten, die auch nicht besser sind als unsere Kleinkriminellen und ... und. Scheiße. Was fällt einem da noch anderes ein als Scheiße. Wenn ..." Jetzt hatte er die Rufe José-Marias und Robertos gehört. Sie forderten mit ungewohnt lauter Stimme, dass er sich doch beruhigen möge.

Der so Geforderte schaute seine Freunde einer nach dem anderen irritiert an. Alle konnten erkennen, dass er in einem Moment der extremen Frustration über das übliche, bei ihm wohl bekannte Maß an fehlender Selbstbeherrschung, noch einmal hinausgeschossen war. Er riss sich die Krawatte aus dem Hemdkragen, knöpfte sich einige Knöpfe auf und fächelte sich mit der flachen rechten Hand Luft zu. Jeder befürchtete, dass er jeden Augenblick einen Infarkt bekommen konnte. Das hätte wohl für die Nerven aller Direktoren noch einmal einen neuen Tiefpunkt bedeutet. Dann aber murmelte Pedro-Ricardo Cesar Fonseca Hidalgo mehrere Male hintereinander, dass es ihm leid tue.

Dann herrschte für einige lange Augenblicke eine mehr peinliche Stille. Plötzlich begannen alle anderen fast gleichzeitig zu reden, oder irgendetwas zu artikulieren.

„Meine Freunde", rief José-Maria schon einige Male. Wieder trat die geforderte Stille ein. Pedro-Ricardo Cesar Fonseca Hidalgo begann die Hemdenknöpfe wieder zuzuknöpfen. Die Krawatte allerdings wickelte er über seinen linken Handrücken und steckte das so erzeugte Knäuel in eine Brusttasche.

„Der fährt uns doch in die Arme. Wenn er den eingeschlagenen Kurs beibehält, treffen wir unweigerlich aufeinander."

„Schicken wir ihm das Schnellboot entgegen." Dieser Vorschlag kam nicht von José-Maria. Er war ja auch aufgrund der Entfernungen nicht ganz realistisch. Scheinbar hatte der Zwischenrufer keine rechte Vorstellung von den geografischen Entfernungen vor Ort und den örtlichen Gegebenheiten allgemein.

„Meine Herren, wir sind uns doch wohl bewusst, dass der Atlantik kein Binnengewässer ist. Ohne technische Hilfe von modernsten Orientierungsgerätschaften, sind wir blind. Und wir bleiben so lange blind und auf Zufälle angewiesen, bis wir nicht wenigstens einen Anhaltspunkt für eine Ortung bekommen. Und es gibt keinen Hinweis, noch nicht einmal, dass wir einen bekommen könnten."

Eine beinahe unheimliche Stille folgte jetzt dieser Bemerkung.

Dann fuhr José-Maria fort. „Die bessere, und daher erfolgversprechendere Methode war bisher immer das Schmiermittel Geld. Die sind doch alle verrückt nach ein paar Dollars. Also sollten wir ihre grenzenlose Gier nutzen."

„Über sie hinwegfliegen und Dollars auf sie regnen lassen. Das kann es doch wohl auch nicht sein." Alle schauten überrascht auf ihren Freund Pedro-Ricardo Cesar. Er schien schon wieder der alte.

Wieder hatte José-Maria Schwierigkeiten sich Aufmerksamkeit zu verschaffen.

„Freunde, bitte - bitte, lassen wir die Kirche im Dorf. Krawall hilft uns nicht weiter. Und Uneinigkeit vergrößert nur unser Problem. Denkt doch nur daran, wie weit wir in der Bredouille gegenüber unseren Abnehmern stecken, unseren bisher verhätschelten Kunden."

Es wurde nicht ganz ruhig, aber die Zwischenrufe kamen nicht mehr. Hätte beredtes Schweigen hörbar gemacht werden können, es wäre jetzt recht laut geworden im Keller.

„Also fassen wir zusammen. Freddy kommt uns mit der *Espera* entgegen. Upps ... Ich bin untröstlich, dass mir der neue, amputierte Namen unserer Esperanza bereits so leicht über die Lippen kommt. Verzeihung meine Freunde. Ich denke, dass die Leute in Brasilien inkompetent sind. Dass sie korrupt sind, zählt ja zur Allgemeinbildung. Die hatten das Produkt unserer Suchaktion in der Hand, mitsamt der Besatzung, die sie sogar im Knast meldeten. Unsere Yacht lag irgendwo herrenlos angekettet an einem Pier. Dann sei alles weggewesen. Da ist etwas faul. Ich denke, dass wir denen überhaupt nichts mehr zusagen. Die können sich dann ihren Teil denken. Was halten sie davon, Roberto, was willst du sagen?"

„Ich bin ebenfalls dafür, dass wir diesem besch ... nun ja, ich will mich zurückhalten, aber jeder weiß, was ich sagen wollte. Dass wir diesem Pack, diesen ehrenwerten Herren in **Belém**, diesem korrupten, neuzeitlichen Betlehem, nicht weiter entgegenkommen sollten."

„Du, Sá, was denkst du?"

Ich bin der gleichen Meinung. Die haben doch versagt, sind schuld daran, dass wir jetzt hier schon wieder und immer noch mit leeren Händen sitzen."

„Holen wir noch die anwesenden Abteilungsleiter?"

Es gab dazu keinen Widerspruch. Jeder der neu Hinzugekommenen wurde über die letzte Entwicklung informiert. Dann sollten auch sie ihre Meinung festlegen.

„Du Jerónimo, was ist deine Meinung."

„Ich sehe keine Alternative."

„Pedro-Ricardo?"

„Machen wir es so."

„Ismaél, wie sieht es bei dir aus?"

„Ich bin im Moment so verärgert, ich könnte von diesen Schlappschwänzen glatt den einen oder anderen am ausgetreckten Arm verhungern lassen. Nichts für ungut, Freunde. Aber ich bin ganz schön frustriert."

„Sind wir doch alle."

„Hernán, wie stehst du dazu?"

„Ich stimme auch zu."

„Bitte, meine Freunde, bitte ... Ich bitte euch Ruhe zu bewahren, auch wenn es uns allen wirklich schwerfällt. Daran gibt es doch keinen Zweifel. Aber stimmen wir jetzt darüber ab, ob wir den Burschen in Brasilien vertrauen sollen, sie also weiter um Hilfe angehen oder uns weiter auf unsere Fähigkeiten verlassen wollen."

Einer hob seinen Arm und zeigte den ausgestreckten Mittelfinger. Dieses Symbol bewirkte mehr als eine kollektive Abstimmung.

Die wirkliche Abstimmung verlief dann ohne weitere Tumulte oder auch Aufregungen. Die Stimmung war aber nicht einheitlich. Einige wollten sich einreden, dass es nun bald vorbei sein würde. Andere zweifelten auch diesmal wieder am möglichen Erfolg. Man hatte schon so viele Rückschläge einstecken müssen.

José-Maria wies dann noch auf verschiedene Ereignisse im karibischen Raum hin. Es gab noch allerhand Aktivitäten und abstruse Fehlschläge. Trittbrettfahrer mischten mit und wollten schnell an ausgelobte Belohnungen kommen. Sie handelten fantasiereich.

Dann erbat José-Maria nochmals die Aufmerksamkeit für das Thema Cayman-Inseln.

Man sei weitergekommen und habe einen Drogensüchtigen aus der Bank, die Freddy genannt hatte, an der Angel.

Man habe ihn so weit, dass er versprechen musste eine CD oder DVD mit Detailangaben über eine Menge Kunden beizuschaffen. Ob dann auch Freddy darunter sei, könne er so aus dem Stegreif nicht sagen. Wir, das heißt unsere Technikabteilung, sollte dann versuchen, die Daten Menschen und Institutionen zuzuordnen."

„Das könnte uns doch ein neues Geschäftsfeld eröffnen", rief Ignacio dazwischen.

„Erpressung von Steuerflüchtlingen? Sind wir denn so weit gesunken?"

„Über die Geschichte sollten wir nachdenken, sobald wir mit diesen Hurensöhnen auf der Yacht abgerechnet haben", ließ sich Pedro-Ricardo vernehmen. Er schien seine Krise voll und ganz überwunden zu haben.

Es gab nun keine neuen Wortmeldungen oder Zwischenrufe mehr.

Dann startete José-Maria die Abschiedsfloskel.

„Möchte jemand die Aussprache weiterführen? - Das ist nicht der Fall. Ich vertage auf Morgen zu gleicher Zeit. Und wie immer, sorgt dafür, dass eure Piepser betriebsbereit sind. Danke."

34

„Wir sind jetzt gut 80 Kilometer vom Festland entfernt. Es wird Zeit, die Geschwindigkeit zurückzunehmen. Ich mache mir Sorgen um den Treibstoff." Henry hatte es zu Freddy gesagt, der es sich in einem Lehnstuhl bequem gemacht hatte und den Leiden Gunters mit offensichtlicher Befriedigung zusah. In Wirklichkeit *genoss* der Gangster die fatale Entwicklung Gunters in vollen Zügen.

„Geh auf 20 Knoten, Kurs eins-eins-null. Später, wenn dieser Sack"... Freddy zeigte auf Gunter, „nun ja es wird noch eine Weile dauern", räsonierte er. Es blieb etwas ungesagt. Henry konnte sich jedoch den Rest des zerbrochenen Satzes selbst zurechtreimen. Und er war sich im Klaren, dass es höchst gefährlich gewesen wäre, seinem Kumpel sein Vergnügen zu nehmen. Er war so veranlagt und er würde jetzt noch mehr nach der Kompensation für seinen Knastaufenthalt dürsten. Gunter musste für seine suffbedingte Schwatzhaftigkeit büßen. Mit dem Leben büßen. Auf eine ungemein grausame Weise

Beide waren einer sehr düsteren Zukunft entwichen und konnten nur hoffen, dass sie bis zum Ziel ihrer Reise nicht noch mehr solche oder ähnliche Ereignisse zu verkraften hatten.

Henry fühlte einmal mehr die Last der Einsamkeit auf ihm ruhen. Er hatte, bis auf Weiteres, keine einzige Chance eine Aussprache zu führen. Oder um Rat zu seinem Auftrag zu fragen. Wie und mit wem auch immer. Er war vollkommen auf sich alleine gestellt.

Der Bug der Yacht sank bei der Zurücknahme der Geschwindigkeit ein. Das Springen und nachfolgende Klatschen des Schlauchbootes kam jetzt nicht mehr vor. Es bestand keine Gefahr mehr, dass es sich überschlagen könnte. Gunter lag in dem jetzt ruhig auf dem Gischt liegenden Gummiboot bewegungslos. Aber das minderte seine ihm zugedachten Qualen keineswegs.

„Schön für ihn, uns den Gefallen zu tun und nicht so mir nichts dir nichts abzukratzen. Halt Ausschau nach Treibholz. Nicht dass wir nochmals diese Halbleiche Gunter für eine Reparatur reaktivieren müssen." Freddy grinste, dieser Ausspruch hatte ihm gefallen.

Er stand auf und füllte ein größeres Glas halb mit Zuckerrohrschnaps.

Dann zog er das Schlauchboot mit Gunter bis dicht an die Bootskante heran.

„Hier, damit du nichts vermissen musst."

Freddy hatte ihm den Schnaps auf seinen Körper geschüttet. Gunter schrie auf.

Auch das nur mehr sanft knurrende Motorengeräusch zeigte nun an, dass Henry die Fahrt zurückgenommen hatte. Nach einer Weile verstärkte es sich wieder ein wenig. Henry suchte die 20-Knoten-Marke zu treffen und danach den Tempomat einzustellen.

Gunters Körper war hellrot, wenigstens das was der Sonne zugewandt war. Der Schnaps auf seiner gerösteten Haut verursachte, den von Freddy angestrebten Schmerz. Gunter schrie jetzt in recht kurzen Intervallen auf. Es waren durch Mark und Knochen gehende Schreie.

„Lauter mein Junge, lauter, sonst können dich deine Retter nicht hören." Freddy zeigte auf ein Containerschiff, das in der Ferne vorbeizog, das aber erstens aufgrund seiner Lage von Gunter nicht einzusehen war. Zweitens hatten seine Augen begonnen sich zu verkleben. Wahrscheinlich waren sie bereits irrversibel geschädigt. Gunter für immer blind.

Dann überlegte sich Freddy, wie er diesen Ingenieur weiter quälen konnte.

„Die werden sich schon fragen, wenn sie mit ihren Fernrohren gucken. Weshalb hat sich dieser Kerl zum Sonnenbaden in ein Gummiboot gelegt?"

Über diesen, in der Sicht Freddys gelungen Scherz, musste er selbst herzhaft lachen.

Dann fiel Freddy noch etwas ein. Es war bei weitem nichts Geistreiches, was auch, gerade unter den besonderen Umständen, nicht zu erwarten war. Freddy wollte sich schlicht und einfach selbst hören. Damit gedachte er sein Allmachtsgefühl weiter zu unterfüttern. Dieser Gunter sollte es so lange wie möglich spüren. Bis jetzt war sein sadistischer Plan aufgegangen. Dabei interessierte Freddy wenig das intellektuelle Niveau. Präzise und in seinem Jargon ausgedrückt, war es ihm schlichtweg scheißegal, was da aus seinem Mund herauspladderte.

„Wegen deines unscheinbaren, verschrumpelten Pimmels, werden sie dich wohl auch nicht retten. Der stellt ja wirklich nichts mehr dar, was nach einer echten Männlichkeit aussieht. Du bist wirklich zu nichts mehr zu gebrauchen. Und pinkeln braucht der auch nicht mehr. Du schwitzt ja jetzt deine Körperflüssigkeiten durch die Rippen."

Inzwischen hatte sich Gunter aber verpinkelt. Ob er zudem sonst nach hinten etwas abgegeben hatte, konnte Freddy aus seiner Betrachterposition aus nicht erkennen. Er machte auch dazu Henry gegenüber eine entsprechende hirnlose Bemerkung. Wie zum Beispiel: Jeder diesbezügliche Geruch würde mit den Dieselabgasen nach hinten auf den Atlantik getrieben.

„Kurs eins-eins-null, Speed 20 Knoten. Ist es recht so Skipper?"

„Wir sollten was essen."

„Das Restaurant ist geöffnet. Heute ist Selbstbedienung. Oder sollen wir uns ein Mc Donalds in Brasilien aussuchen, schön fette Burgers verdrücken und ..."

„Bitte halt deinen Mund. Du quälst doch nur unseren Gast, den lieben Gunter. ... Und mir läuft auch das Wasser im Mund zusammen."

„Wenn die Amis etwas verstehen, dann ist es gutes, schmackhaftes Essen zuzubereiten. Und kauen braucht man dabei auch kaum. Doch, ich würde jetzt einen Big Mac nicht ablehnen."

„Ich sagte dir doch, dass du den Mund halten sollst. Siehst du nicht wie der arme Gunter leidet?"

Henry prustete etwas zu gekünstelt, wie er selbst befand. Freddy war es nicht aufgefallen und fiel ebenfalls in diese vermeintliche lautstarke Belustigung mit ein.

Später am Nachmittag hatten sich auf Gunters Bauch Blasen gebildet, das Gesicht war, offenbar auch unter dem Einfluss von Spritzern salzigen Wassers, aufgerissen, entstellt.

Freddy war später auf seinem Liegestuhl, den er nach dem Essen wieder eingenommen hatte, eingenickt. Ein Sonnenschutz bewahrte ihn vor dem Schicksal Gunters. Er hatte Schlaf nachzuholen. Der Knast in **Joanes** war kein Vergnügen gewesen.

Kurz vor Sonnenuntergang kam aus dem Schlauchboot

keine Bewegung und kein Ton mehr. Das war scheinbar schon eine ganze Zeit so.

Plötzlich sprang Freddy auf und schaute sich sein Opfer genauer an. Dann schrie er laut:

„Du wirst doch nicht von uns gegangen sein. So ganz ohne Abschiedsgruß. Das war aber nicht ganz freundlich von dir." Dann eine Tonlage höher: „Sack beschissener, Spielverderber, jetzt so kurz vor der Kühle der Nacht, du bist doch ein abgetakelter Feigling, wegen so einem bisschen Sonnenbrand die Kurve zu kratzen ..."

Henry war dazugekommen. „Was ist denn los?"

„Der hat sich davongemacht, mit was soll ich mich denn Morgen vergnügen? Das war wirklich ein fieser Trick von dem, der hat mich einfach reingelegt. Nicht einmal seinen letzten Atemzug mitzuerleben hat er mir gegönnt. Ein paar tröstende Worte für seinen alten Freund hatte er auch nicht drauf."

Freddy begann hysterisch zu lachen. Henry ging wieder wortlos zum Cockpit.

Dann hörte er über die internen Kommunikationssysteme seinen Kumpan nochmals unflätige, meist analbezogene Tiraden über die Heckpartie der Yacht brüllen.

Henry schürzte missbilligend die Lippen und schüttelte den Kopf.

„Freddy, Freddy", murmelte er vor sich hin.

Später kam dieser zu ihm in das Cockpit.

„Was machen wir jetzt mit dem Kerl? Oder hast du ihn schon entsorgt?"

„Der wird ein ordentliches Seemannsbegräbnis erhalten. Das machen wir Morgen. Ich übernehme jetzt das Steuer. Ist das o.k.?"

Henry brachte Toast und Schinken, sie aßen dann schweigsam.

Gegen zehn Uhr sah Henry, dass Freddy auf dem Pilotensitz die Augen zufielen. Er rüttelte ihn wach. Dass er aber eingeschlafen war, davon wollte Freddy nichts wissen. „Ich kann noch die ganze Nacht fahren, ich bin doch ausgeruht. Dazu hatte ich doch die letzten Tage und Nächte Gelegenheit. Abgesehen von dem Volleyballspiel". Henry sah in Freddy Wut hochkochen. Er wiederholte dann auch gereizt - „abgesehen von diesem Volleyballspiel, konnte ich mich doch gut ausruhen, brauchte nicht viel zu laufen, hatte einen guten Sitzplatz, Unterhaltung."

Freddy quälte sich im Moment selbst. Und er begann wieder.

„Ich habe da noch eine Rechnung offen mit diesem feisten Capitan. Dass er mir die 1000 Dollar gestohlen hat, das könnte ich vielleicht noch vergessen. Dass er mich aber zwang das Spiel zu verlieren, das werde ich ihm niemals verzeihen. Nein, nein und nochmals nein."

Henry sagte immer noch nichts. Er wusste, dass da noch mehr kommen würde. Vielleicht war es auch gut so. Den ganzen Dreck, den zu erleben und zu fressen er gezwungen worden war, musste heraus. Er würde hinterher entspannter sein, würde dann auch einsehen, dass er ausruhen und Henry das Steuer überlassen musste.

„Diese fette Sau, diese fette Drecksau."

Freddys Stimme war leiser geworden. Nur noch für Henrys Ohren bestimmt.

Und in derselben Tonlage gab er noch einen drauf. Das war typisch Freddy, der an seinen Schwur dachte, den er im Knast abgelegt hatte.

„Ich werde ihn eines Tages erwischen, wo immer er sich versteckt und ich werde ihn zerquetschen, mit diesen Händen. Das schwöre ich."

„Stell die Steuerung auf Automatik, dann kannst du dich ausschlafen gehen. Ich gucke dann, wenn du es für sinnvoll hältst, nach Baumstämmen und anderem Unrat."

Freddy sagte nichts mehr und stellte den Kurs ein. Das GPS sagte ihm, dass eine leichte Korrektur erforderlich sei, wenn er einen mittleren Abstand von etwa 80 Kilometer von der Küste halten wollte.

Dann war Henry allein. Der Mond, im Abnehmen, war noch nicht aufgegangen.

35

17. Oktober

Erst gegen acht Uhr in der Früh kam Freddy mit verquollenen Augen zu Henry.

Es entwickelte sich kein Gespräch und Henry sagte ihm auch nicht, dass er in der Nacht für eine längere Zeit eingeschlafen war. Der Sessel war auch zu bequem.

Dann endlich fragte Freddy, ob denn alles klar sei. Er musste zweimal ansetzen, seine Stimme war belegt und kratzig.

Statt einer richtigen Antwort, sagte Henry, dass er etwas zu Essen machen wolle. „Wieviel Eier"? fragte er noch.

„Der Radarschirm ist relativ sauber, ich komme auch runter. Du musst ja auch einmal an *deine* Ruhe denken." Er hatte das <deine> ungewohnt stark betont.

Henry konnte nicht anders. Er bekam Zweifel, ob Freddy nicht doch in der Nacht hochgekommen war und ihn beim Schlafen gesehen hatte. Ach was, dachte er dann doch, sich selbst beruhigend, dann hätte er mich bestimmt mit Trara geweckt.

Schweigend machten sie ihr Frühstück, schweigend aßen sie es. Henry wurde immer unbehaglicher.

Dann sagte doch Freddy mit zufriedener Stimmlage: „Ach ist das herrlich, ausgeschlafen, kein Gestank, kein Kackloch, man kann sich anständig waschen - das ist überhaupt *die* Idee, ich werde jetzt wieder jeden Morgen duschen."

Henry seufzte, „bei mir wird es ebenfalls Zeit mich ernsthaft mit diesem Thema zu beschäftigen."

„War was Besonderes in der Nacht?"

Jetzt fängt der schon wieder an. Henry hätte jetzt schwören mögen, dass der Kumpel in der Nacht auf der Brücke war.

„Ich sagte doch schon, dass alles problemlos war. Schwacher Verkehr, alles weit weg."

Dann ritt ihn der Teufel: „Ach, was ich dir noch sagen wollte, wir haben einen Viermastsegler über den Haufen gefahren, einen Panzerkreuzer irgendeiner Kriegsmarine und ein U-Boot. Die werden jetzt verdammt sauer sein und nach uns suchen."

Er rechnete jetzt mit einer entsprechenden Replik, vielleicht sogar mit einem Zornesausbruch, er würde ihm an den Kopf schmeißen, dass er doch gar nichts wahrnehmen konnte, denn er habe ja geschlafen.

Stattdessen lachte Freddy nach einer Weile der Spannung. „Das hast du gut gemacht. Die machen uns einmal keine Sorgen mehr. Ich ernenne dich zum Admiral. Von heute an verdoppele ich auch deine Rumration."

Scheinbar wusste Freddy doch nichts von seiner ungewollten Ruhepause in der Nacht. Henry fühlte sich jetzt wesentlich besser. Er ging wieder ins Cockpit, während sich Freddy duschen ging. Gunter war noch kein Gesprächsthema.

Es kam auf die Tagesordnung, nachdem Freddy wieder aufkreuzte, frisch eingekleidet. Gestern waren zu viele Erlebnisse noch zu frisch, um Zeit zu haben, an die eigene Hygiene zu denken.

„Ich löse dich jetzt ab. Hau dich ein wenig aufs Ohr, musst ja auch hundemüde sein." Schon wieder diese Anspielung, dachte Henry. Oder doch nicht?

„Später werden wir dann den Verblichenen, den wir ja immer hoch geschätzt haben und noch im Schlepptau haben, zu

Neptun auf den Grund des großen Ozeans schicken."

„Geh mit der Geschwindigkeit runter, wir wollen den Knaben an Bord hieven."

Sie zogen das Gummiboot bei, Freddy schnitt den Leichnam los. Dann zogen sie und rüttelten, bis er ins Wasser rutschte und verschwand.

„Du wolltest doch eine Zeremonie aus der Übergabe an Zeus, oder war es Neptun, machen?

„Ich bin froh, dass ich den Scheißkerl nicht mehr sehen muss. Aber", fuhr Freddy fort, „eine Leichenrede kann ich noch halten, wenngleich ich im Moment dazu keine große Lust habe. Einst wird kommen die Zeit ..."

„Was hältst du davon, wenn wir mal nachrechnen lassen, bis wohin wir mit dem Treibstoff kommen?"

„Gut, gut, keine schlechte Idee. Sowas sollte man ja vor Antritt einer Reise machen, aber unsere Freunde in **Joanes** ließen uns dazu ja keine Zeit. Wenigstens mussten wir nicht mit fast leeren Tanks, wie würde unser verblichener Freund Gunter gesagt haben: Bunkern, weiterfahren. Da fällt mir ein, ich schulde ja dem armen Felipe noch Geld für die Betankung."

Henry machte dazu keine Bemerkung.

Freddy fuhr dann fort: „Gehst du mit mir einig, dass wir bis **Montevideo** oder **Buenos Aires** runde sechstausend Kilometer haben?"

„Wenn GPS auch damit einverstanden ist?"

„Von dort habe ich ja meine Weisheit."

„Bei knapp 500 Meilen pro Tag und Nacht ..."

„Das bedeutet bei einer Geschwindigkeit von 20 Knoten rund eine Woche Fahrzeit."

„Was machen wir so lange? Holen wir uns ein paar Weiber an Bord?"

„Die Sache ist ernst. Allerdings, so sagt der Rechner, würden wir bei dieser Geschwindigkeit gut und gerne achttausend Kilometer weit kommen. Die Frage ist, legen wir einen Zahn zu, dann müssen wir früher tanken. Fahren wir weiter so gemütlich, dann schaffen wir es bis beinahe an die Kurve unten rum."

„Lass mal rechnen, wie weit wir kommen, wenn wir an die 25 Knoten fahren."

„Dann kommen wir ein gutes Stück über **Buenos Aires** hinaus in den südlichen Teil Argentiniens."

„Gerade in diesem **Buenos Aires** würde ich aber wiederum nicht gerne anlegen. Danach hätten wir wieder zwei Metropolen, nämlich **Mar del Plata** und **Bahia Blanca**. Sieht wenigstens auf der Karte danach aus. Denen sollten wir jedoch geflissentlich aus dem Weg gehen"

„Wenigstens reden die dort aber eine christliche Sprache. Das Portugiesisch steht mir bis hier oben". Henry fuhr mit einem Zeigefinger quer zur Stirn, „es ist mir ehrlich verhasst. Die haben doch keine klare und deutliche Aussprache. Die mit ihrem Genuschel und näseln, Sprachkultur nennen sie das!"

„Trotzdem geht es jetzt nicht um unsere begrenzten Sprachkenntnisse oder auch kulturelle Zuordnungen von Sprachwurzeln, sondern schlicht um unsere Zukunft, und hier speziell auf See."

„Ich denke, wir können das Risiko eingehen, 25 Knoten zu fahren. Das kann nicht sein, dass es nach den Metropolen auf eintausend Kilometern kein Fischernest mehr gibt, wo wir uns verproviantieren und tanken können."

„Vielleicht ist es eine gute Idee des Nachts einen Zahn rauszunehmen. Dann können wir ruhiger schlafen."

„Wir sollten am Tag schlafen. Uns abwechseln. Nachts, besonders zwischen 10 Uhr und sechs Uhr am Morgen, sollten wir gemeinsam fahren. So können wir uns gegenseitig wachhalten."

Verdammt, da war es schon wieder. Soll er es doch geradewegs heraussagen, wenn es ihn wurmt, dass ich in der Nacht gepennt habe. Laut sagte Henry dann:

„Bleiben wir also dabei. Am Tag 25 und nachts 20 Knoten?"

„Vernünftig."

„Das wären dann ...."

„Etwa eintausend Kilometer in 24 Stunden", fiel ihm Freddy ins Wort."

„Sind das nicht mehr? Immer diese Scheißumrechnerei von Meilen, Knoten, Kilometer. Können wir uns nicht *einmal* auf auf christliche Begriffe einigen? Wir haben doch so schöne Entfernungsangaben in Kilometern. Und die Seefahrt will einfach immer eine Extrawurst braten."

„Rechne nach, wenn es dir nicht passt. Bist doch sonst auch nicht auf den Kopf gefallen."

„Ist ja gut."

„Also eine Woche, vielleicht eine gute Woche. Es gibt halt immer noch den Unsicherheitsfaktor Wetter. Je weiter wir nach Süden kommen, desto nördlicher wird es."

„Wie-wo-was, was soll denn das schon wieder heißen. Bleibe bitte bei ordentlichen seemännischen Begriffen. Wir befinden uns auf einem Ozean und nicht in einer Badewanne."

„Ganz einfach, wenn wir südlich des Äquators weiter nach Süden fahren, wird es wieder kälter, so als würden wir auf der nördlichen Halbkugel nach Norden fahren."

„Mensch, wie vertrackt."

„Jetzt wird es Sommer im Süden. Deshalb wird es für uns wohl erst möglich, um die Südspitze Südamerikas zu fahren. Im Winter würde ich das nicht mitmachen. Es sei denn, wir nähmen einen Lotsen an Bord. Das möchte ich, sicher genauso wie du, vermeiden."

„Gut, gut, du bist der Skipper."

36

25. Oktober
Bis hierher war alles ohne Zwischenfälle gelaufen. Sie hatten ihre Planung umgesetzt und waren nun auf der Höhe von **Buenos Aires** oder auch **Montevideo**. Was in etwa und grob gerechnet auf das Gleiche herauskam. Und sie hatten einen mittleren Abstand vom Festland von ca. 150 Kilometern. Etwas weiter also wie ursprünglich geplant. Aber der Verkehr war immer dichter geworden und sie wollten am liebsten immer weit weg vom Gegenverkehr sein. Wie hatte sich Freddy ausgedrückt - „jedes Fahrzeug auf dem Wasser kann dutzende Augen haben. Also lieber nicht zu nahe rankommen lassen."

Sie konnten noch weiter. Die neueste Rechnung besagte, dass sie, bei Einhaltung des bisherigen Tempos, noch etwas weiter als 1500 Kilometer fahren konnten. Trotzdem machten sie sich vorsorglich Gedanken darüber, möglicherweise doch noch vor **Bahia Blanca** einen Hafen anlaufen zu müssen.

„Müssen ist immer schlecht. Wir sollten uns bei allen Planungen so verhalten, dass wir zu jeder Zeit entscheiden können, wo wir Anker werfen *wollen* und keinesfalls *müssen*." Das war die philosophische Anmerkung Freddys. Henry war natürlich der gleichen Meinung.

Im Kühlraum waren noch Reste aus der letzten Fahrt unter Zacharías. „Die schmeißen wir morgen raus", beschied Freddy nach einer Inspektion. „Nicht dass wir uns vergiften. Wir kaufen ein paar schöne Hammel, Schweine und mindestens ein Rindvieh."

„Jetzt übertreibst du aber. Wer soll das alles essen?"

„Bis nach Mittelamerika, vielleicht bis Mexiko, ist es ein weiter Weg. Oder bist du da anderer Meinung?"

„Wie weit es auch sei, das ganze Getier können wir doch nicht vertilgen."

„Besser zu viel und mit Reserve fahren als zu wenig. Obst und Gemüse müssen wir auch einlagern."

„Schinken und Eier für den Skipper."

Damit war die Unterhaltung wieder einmal gestoppt.

Freddy grinste etwas schief.

Sie hatten sich letztendlich auf einen Besuch in **Puerto Rawson** geeinigt. Der Ort lag ein gutes Stück südlich von **Bahia Blanca** an der Mündung eines Wasserlaufes. Vielleicht war es ein größeres Flüsschen und es gab keine Marina.

Gemeinsam suchten sie nach weiteren Info-Details der Lokalität. **Puerto Rawson** selbst schien mehr ein großes Dorf zu sein. Ca. 5 km landeinwärts lag die Stadt Rawson mit ca. 25 000 Einwohner. Es sollte also die gesicherte Möglichkeit geben Lebensmittel und Getränke zu übernehmen.

Weitere Informationen besagten, dass es mehrere Anlegestellen im Flusslauf gäbe. Die Flusseinfahrt war in Breite und Wassertiefe für größere Schiffe als die ESPERA ausgewiesen. Probleme mit der Wassertiefe und unzureichende Bewegungsfreiheit sollten also ausgeschlossen sein.

Nach dem Ausscheiden von **Bahia Blanca** als erste Wahl hatten sie zunächst **San Antonio Oeste** ins Auge gefasst. Aber dieser Hafen lag zu geschützt in der Tiefe einer Bucht. Im Falle von Problemen mit den Behörden oder der Flucht vor der Polizei allgemein, hätten sie da schlechte Karten. Der Hafen lag hinter einem verzweigten System von Gewässern mit unsicheren Angaben zu den Wassertiefen.

Ruerto Rawson schien das typische weit abgelegene verschlafene Nest. Es war kein bedeutender Hafen, da wiederum den Infos zufolge dazu das entsprechende Hinterland fehlte. Für die Versorgung der ESPERA ein absoluter Pluspunkt. Darüber waren sich die beiden Ganoven einig.

Es war dann kein Problem die Geschwindigkeit so zu planen, dass sie am nächsten Morgen gegen neun Uhr, etwa sechs Kilometer vor der Flussmündung kreuzten. Ein Patrouillenboot kam auf. Sie kamen ganz nah. Freddy und Henry wurde es ganz mulmig.

Aber von dort fragte einer der Besatzung mit der Flüstertüte, weshalb sie keine Funkanfrage beantworteten.

Ihre Anlage sei kaputt, schon allein deswegen wolle man den Hafen anlaufen und die Reparatur sei vorgesehen.

Sie erhielten dann noch freundliche Ratschläge, wo sie im Augenblick am besten mit dieser großen Maschine anlegen sollten.

„Na also", sagte Freddy, als sich das Küstenschutzboot wieder in nördlicher Richtung entfernt hatte, „sind doch freundliche Leute hier. Wir sind willkommen. Das ist doch mal etwas Neues."

37

26. Oktober

Gegen zehn Uhr lagen sie vertäut. Henry fragte einen Fischer wo er den Hafenmeister finden könne. Er suchte ihn auf, um sich zunächst nach den Modalitäten zu erkundigen, was denn zu beachten sei, wenn sie Lebensmittel einkaufen wollten und wo die Liegegebühr zu entrichten sei. Ach so, und tanken wollten sie auch. Wie das vor sich gehe. Welche zuverlässigen Möglichkeiten es denn gäbe.

Das sei ganz einfach, eine Servicegesellschaft habe ein Tankboot. Er solle es, jetzt wo er hier sei, am besten selbst gleich anfordern. Der zuvorkommende Hafenmeister ging zu einem Schreibtisch und brachte Freddy eine Visitenkarte. „Rufen sie am besten gleich von hier aus an", dabei zeigte er auf ein altmodisches schwarzes Telefon mit Wählscheibe.

„Wenn Sie auch Proviant, Trinkwasser und Getränke übernehmen wollen, wenden Sie sich an Radex, Radex Soc. Limitada. Sie erhalten dort alles aus einer Hand. Sie finden diese Handelsfirma in **Rawson**, die nächste Stadt, dieser Straße etwas mehr als 5 km landeinwärts folgend. Sie können sich nicht verlieren, es ist gut ausgeschildert." Er reichte Freddy noch eine Visitenkarte und zeigte auf die vor der Meisterei vorbeiführende Straße.

Freddy war bei solcher Freundlichkeit und Hilfsbereitschaft ziemlich irritiert. Er war raue Umgangstöne gewohnt und nach all den Problemen, die er zusammen mit Henry in letzter Zeit regelrecht akzeptieren musste, angenehm überrascht. Wenngleich er, es war eben sein Naturell, gerade wegen dieser demonstrativ angebotenen Freundlichkeit auch zutiefst misstrauisch war. Er konnte eben nicht aus seiner kriminellen Haut heraus. Da konnte vielleicht etwas Anderes dahinter stecken. Doch dann beschloss er, für dieses Mal, seine Bedenken beiseitezuschieben und die Hilfsbereitschaft dieses Mannes nicht weiter in Zweifel zu ziehen.

Bis um zwölf Uhr hatte die *Espera* den Bauch randvoll mit Diesel. Henry war mit einem Taxi, das der hilfsbereite Hafenmeister herbeitelefoniert hatte, unterwegs, um Lebensmittel und Getränke einzukaufen. Der empfohlene Großhändler in *Rawson City* nahm die gesamte Bestellung auf und versprach noch am gleichen Nachmittag zu liefern.

Gegen vier Uhr war auch das gelaufen. Sie brauchten sich um nichts zu kümmern. Der Lieferant ließ alles in den Kühlanlagen verstauen. Gemüse und Getränke, unter anderem auch Wein, Bier, Whisky und Schampus, getrennt von dem zu gefrierenden Fleisch. Es schien auch alles in guter Qualität zu sein.

Henry ging, um die Liegegebühr zu bezahlen. Der freundliche Herr bedauerte, dass die *Espera* seinen Hafen nicht noch längere Zeit beehrte.

Es gab keine Polizei, keine Hinterfragungen und somit keine Schwierigkeiten.

Um halb sechs hatten sie die Ausfahrt, die Flussmündung, wieder erreicht und fuhren, mit der tiefstehenden Sonne im

Rücken, durch die Ausfahrt der Wellenbrecheranlage hinaus auf den Atlantik. Freddy hielt zunächst den Kurs von 90°, direkt nach Osten auf den offenen Atlantik.

Zehn Kilometer weiter meinte Freddy, dass man den Tag eigentlich feiern sollte.

Beide einigten sich auf eine große Dose Bier. Und sie waren sich einig, dass sie noch lange nicht sorgenfrei waren. Sie hielten sich diesmal, für die Weiterreise in Richtung Süden, knapp 100 Kilometer vom Festland entfernt.

Laut GPS waren sie noch rund 1400 Kilometer von der Einfahrt des **Estrecho de Magallanes** entfernt.

38

27. Oktober

Der vergangene Tag war in jeder Hinsicht ereignislos.

Seit etwa 3 Uhr in der Früh, war ein Sturm aufgekommen. Sie hatten die Fahrt zurückgenommen und wurden ganz schön durchgeschüttelt. Jetzt hatten sie acht Uhr. Freddy am Steuer, hatte die Automatik ausgeschaltet. Er versuchte es wenigstens, die Wellenkämme im günstigsten Winkel zu nehmen.

„Du, Freddy, diese Durchfahrt durch die Meerenge der **Magellanstraße**, die scheint mir aber wirklich eng zu sein. Ich bin ernsthaft besorgt. Denn nach meiner Auffassung dürfte man dort auch ohne Fernglas von beiden Ufern aus unsere *Espera* erkennen können, inklusive Namenszug. Wäre es vielleicht nicht doch besser ganz untenrum zu fahren? Vielleicht drängen die Behörden uns auch einen Lotsen auf. Das wäre dann der GAU an sich."

„Es ist kein guter Moment diese Details durchzusprechen. Aber eins kann ich dir sagen, hast du eine Ahnung, was es heißt, außen rumzufahren, wie du es nennst? *Außen rum!*"

„Nun ja, der Weg ist bedeutend weiter. Und da soll es ganz schön windig sein."

„Windig ist gut. *Windig sagt mein Freund Henry!* Da bläst

es, ich meine, ich weiß es auch nur vom Hörensagen, aber da soll es recht ruppig zur Sache zugehen. Aber du hast Recht. Vielleicht ist es zu riskant sich auf einigen hundert Kilometern Strecke jedem in Großaufnahme zu präsentieren. Zudem ist es möglich, dass da die chilenischen Behörden, schon aus statistischen Gründen, jedes Schiff registrieren. Sowohl bei der Einfahrt als auch bei der Ausfahrt in den Pazifik."

„Wäre logisch, wer auf der einen Seite reinfährt, sollte auch tunlichst auf der anderen Seite rauskommen. So eine Art Kontrolle, damit auch keiner verlorengeht. Und außerdem, wenn wir alleine navigieren, ohne Lotse, schaffen wir die Durchfahrt wohl kaum am gleichen Tag. Dann müssten wir irgendwo festmachen. Was das bedeutet, brauche ich ja nicht unbedingt schriftlich niederzulegen."

„Ich hab's ja schon öfter gesagt, dass du ein schlaues Kerlchen bist. Aber nun mal im Ernst. Das sollten wir vielleicht wirklich nicht riskieren."

„Und wieviel weiter ist es den großen Bogen um die Zivilisation zu machen?"

„Fragen wir doch mal die Satelliten."

Doch die stellten sich umständlich an, oder sie schafften nicht die richtigen Einstellungen, und so erhielten sie auch keine klaren Angaben. Nach einiger Rechnerei hatten sie sich auf ca. 500 bis 600 Kilometer durch die Meerenge und auf ca. 1300 Kilometer bei einer Außenumrundung geeinigt.

„Plus-minus ziemlich viel, oder noch mehr. Je nachdem wie weit wir vom Festland oder den Inseln wegbleiben wollen." Freddy grinste, er hatte sein Vergnügen an dem kleinen Spaß, den er sich mit Henry geleistet hatte.

„O.k., das müssen wir aber machen, einverstanden?"

„Dann ändern wir sofort den Kurs auf fast genau Süd. Wir müssen dann, so wie ich das sehe, weiter raus auf den Atlantik. Die feste Erde mit Ihren Inseln hat dort so einen komisch gebogenen Schwanz in Richtung Osten."

„Wie weit kommen wir dann, wenn wir sparsam sind?"

„Das kümmert mich im Moment am wenigsten. Wichtiger wäre es zu wissen, welches Wetter uns dort erwartet."

„Dann lass dich doch beraten."

„Zufälligerweise sind dort alle Vorhersagen mit einem ganz großen Fragezeichen versehen. Das Wetter ändert sich scheinbar tatsächlich von einem Moment auf den anderen. Das wird ein ganz schöner Höllenritt."

„Aber nur vielleicht. Es wäre dabei von Nutzen, wenn wir nicht gleich so pessimistisch wären."

39

28. Oktober

Der Sturm legte sich in der Nacht. Es regnete. Nein, es schüttete. Die Nässe kam manchmal von hinten aber öfters von der Seite.

Es gab dann länger Tageslicht.

Zwischen ein und zwei Uhr nachmittags erreichten sie die Meerenge **Estrecho de la Maire**. Der Gegenwind der letzten Stunden war plötzlich ganz weg. Die Sicht war äußerst schlecht.

Das GPS leitete sie perfekt durch das Fahrwasser. Auf dem Radarschirm kamen zwei Boote in Sicht. Den Signalen nach mussten es Fischerboote sein.

Mehr für sich selbst äußerte Freddy halblaut seine Meinung: „Mein lieber Scholli, Hut ab vor den Burschen, die sich auf dieser Breite und bei dem Klima mit den Fischen beschäftigen."

Dann fauchte plötzlich der Wind. Der Regen kam jetzt waagrecht und prasselte direkt auf die Schutzscheibe. Die recht leistungsfsfähigen Scheibenwischer schafften es nicht ganz den Durchblick zu halten. Es galt eine Entscheidung zu treffen.

Die Geschwindigkeit musste reduziert werden. Es ging nur noch recht langsam und mühsam voran.

Am Abend waren sie zwar wieder auf Kurs Westnordwest, aber das Wetter setzte ihnen unerhört stark zu.

Kurz vor Dunkelwerden drehte der Wind und kam von Süden. Freddy sagte, dass es hundekalt sei, was immer das bedeuten sollte.

Sie versuchten jetzt etwas weiter auf das offene Meer zuzusteuern, weiter weg vom Land, hinaus, nun aber auf den Pazifik.

Noch vor Mitternacht flaute der Wind ab.

40

29. Oktober

Als der neue Tag anbrach war die Luft glasklar. Derartiges hatten beide noch nicht erlebt. Gegen Abend wurden in der Ferne schneebedeckte Berge von der untergehenden Sonne angestrahlt.

Sie schienen zum Greifen nahe - wohl aber vielleicht 200 bis 250 km entfernt.

41

30. Oktober

Es regnete wieder. Es war kein heftiger Regen. Die Tropfen fielen nicht in großer Dichte. Die Wolken schienen in Eile über die Yacht hinwegzuziehen. Die Sicht betrug im besten Falle einen Kilometer.

Laut GPS waren sie gut 100 Kilometer von einer Inselgruppe entfernt.

Sie beschlossen auf Automatik zu gehen und sich jeder ein Riesensteak zu braten.

Als der Tag zu Ende ging und es dunkel wurde, befanden sie sich südlich der Insel Chiloé.

42

31. Oktober

Es war warm geworden. Die schauerartigen Regenfälle der letzten Stunden hatten sich verzogen. Von der ersten Stunde an, schien die Sonne.

Gegen elf Uhr begann es dann wieder zu regnen, aber es war nicht kalt. Gegen sechs Uhr am Nachmittag waren sie auf der Höhe der chilenischen Großstadt **Concepción**.

Die Sonne zeigte sich noch einmal vor dem Untergehen. Es gab ein tolles Abendrot.

43

1. November

Bei Sonnenaufgang hatten sie die Höhe von **Valparaiso** erreicht. Eine halbe Stunde später kam ein kleines Propellerflugzeug. Es kam tiefer und kreiste einmal um sie herum.

„Scheiße", zischte Freddy, so als hätte er Angst bei voller Lautstärke von denen da oben gehört zu werden.

Doch das Flugzeug drehte ab und verschwand in Richtung Süden.

„Fehlalarm", sagte Henry, jetzt möglichst gleichgültig und ruhig.

„Trotzdem scheiße. Weshalb ist der tiefer gegangen? Wir sind doch die Einzigen hier weit und breit. Das macht mir Sorgen. Wir sollten uns weiter vom Festland wegbewegen."

„Wie steht es mit dem Treibstoff?"

„Bis **Arica** kommen wir noch locker. Scheint auch so ein verlorenes Kaff und Fischernest zu sein. Vielleicht haben wir Glück und treffen auf freundliche Trottel, wie in Argentinien. Unter Umständen können wir weiterfahren bis **Ilo** oder **Cumaná**, das ist in Peru."

„Und die zurückgelegte Strecke?"

„Bis **Arica** hätten wir dann so annähernd 6400 Kilometer

zurückgelegt. Der Umweg bei Feuerland hat halt mehr Sprit als normal gefressen. Aber wir haben immer noch eine beruhigende Reserve."

Es war jetzt sommerlich warm. Der Himmel wolkenlos.

44

2. November

Das Meer war jetzt fast spiegelglatt. Die Sonne wärmte vom ersten Augenblick ihres Erscheinens. Gegen zehn Uhr sahen sie auf dem Radarschirm einen ganzen Schwarm von Signalen.

„Fischerboote, aber alle so dicht beisammen? Das kann ich mir auch nicht erklären."

„Muss ein größerer Fischerhafen sein, **Antofagasta**."

„Nie davon gehört."

„Komischer Schlauch von einem Land. Auf der Karte sieht so aus, als müsstest du dich in Chile zum Schlafen immer in Nord-Südrichtung legen. Sonst hängen dir die Füße im Ozean."

Henry verzog den Mund zu einem Schmunzeln.

Freddy schaute irritiert oder enttäuscht. Er hatte einen weitaus größeren Lacherfolg erwartet.

45

3. November

Früh am Morgen dümpelte die *Espera* etwa 10 Kilometer vor **Arica**.

Dann fuhr sie Freddy in das Hafenbecken und stellte die Motoren ab. Er gab zwei Signaltöne. Nach einigen Minuten kam das Zollboot. Bevor es längsseits gehen konnte, rief Freddy, dass er tanken möchte, Diesel, sonst nichts. Nada mas.

„Nada mas"? kam die Rückfrage.

„Nada mas."

„Dann fahre vor den Frachter, der gerade Fischmehl aufnimmt. Wir geben Bescheid."

„Welch ein Service", sagte schließlich Freddy, aber nur an Henry gewandt. „Dann macht der auch gleich auf Du. So als wären wir alte Kumpels."

Henry klärte auf: „Die Schwester meiner Mutter, meine Tante, ist in Chile verheiratet. Von ihr weiß ich, dass man in Chile mit jedem per Du ist. Bis hoch zum Präsidenten."

„Na, das nenne ich mal Demokratie", kommentierte Freddy diese Belehrung. Trotzdem würde ich jedem Bengel, der mir so kumpelhaft respektlos kommt, liebevoll in den Arsch treten."

Etwa 20 Minuten später kam ein Tankwagen und die Übernahme begann.

Henry hatte Zeit sich die Gegend anzuschauen.

Da ragte, südöstlich des Hafens, ein kahler Bergrücken empor, der dann steil abfallend bis zum Meer reichte. Er schätzte ihn auf knapp 100 Meter Höhe. Oben waren Reste von einem Fort zu erkennen.

Der Bergrücken zog sich offenbar langgestreckt bis zu den Ausläufern der Cordillera. Er hatte eine schmutziggelbe bis bräunliche Farbe.

Hügel, Berge, alles, was Henry rund um die Stadt einsehen konnte, bestand aus Wüste. Ober- und außerhalb der Stadt kein bisschen Vegetation. Trocken und gelblich braun. Überall mehr ein schmutziges, dunkles Gelb. Alles. Überall. Muss ein trostloser Ort sein, dachte sich Henry. Nicht gerade einladend, um seinen Lebensabend hier zu verbringen. Da irrte er aber.

Die Stadt an sich schien recht groß. Es gab viele Palmen und auch sonst ziemlich viel Grünzeug. Ein krasser Kontrast zur Umgebung. Der Bergrücken im Osten hinter der Stadt war absolut kahl, direkt und ohne Übergang am Stadtrand beginnend.

Während der Betankung lief der Fahrer des Sattelschleppers mit dem riesigen Tank wie gelangweilt auf der Pier hin und her. Da fiel ihm plötzlich die Plakette mit dem Namenszug der Yacht auf. Und er warf nochmals einen genaueren Blick darauf. Sie schien ihm seltsam zurechtgestutzt. Das wollte er sich näher anschauen.

Wie gelangweilt lief er auf der Pier weiter nach vorne, ging auch auf Bughöhe noch ein Stück weiter, drehte, und beim Zurücklaufen beobachtete er noch einmal - wie er glaubte unauffällig - den recht verdächtigen Namenszug auf der Steuerbordseite der Yacht. An sich hatte er gegen den Namenszug nichts einzuwenden. Doch da gab es etwas, das seinem erfahrenen Auge unangenehm auffiel.

Da war gepfuscht worden. Das war ganz klar. Er glaubte auch auf gleicher Höhe, etwas weiter zum Bug hin, verspachtelte Stellen zu erkennen. Sie waren symmetrisch angeordnet und auf gleicher Linie wie die Plakettenbegrenzung. Also, so kombinierte er, war die ursprüngliche Plakette größer, die freigelegten Bohrungen für die Verschraubung waren zugespachtelt worden. Das passte.

Der aufmerksame Fahrer kam zu einer logischen Schlussfolgerung. Er hatte vorher als Metallfacharbeiter auf einer schließlich pleitegegangenen Werft in **Antofagasta** gearbeitet. Hier hatte er eine piekfeine Yacht vor sich, bei deren Bau an nichts gespart wurde. Dem Auftraggeber und Käufer sollte dann lediglich entgangen sein, dass sowohl bei der Namensplakette selbst als auch bei deren Befestigung geschludert worden war? Normaler weise war eben eine Namensplakette ein Teil des Spektakels, bei der Zurschaustellung bei einer Luxusyacht, und nicht nur bei einer solchen.

Kurzerhand nahm er sein Handy und rief seinen Chef an. Er schilderte seine Beobachtungen. Sein Chef empfahl ihm die Betankung zu verzögern, den Durchfluss des Treibstoffs auf den halben Wert zu reduzieren. So würde man Zeit für Nachforschungen gewinnen und Vorkehrungen für eine eventuelle Aktion treffen können. Falls wirklich erforderlich.

Auf diese Weise, und sollte er mit seiner Vermutung Recht haben, würde er bei seinen Freunden bei Hafenpolizei und Zoll wieder etwas gut haben.

So sprach der Chef mit seinem Freund, einem aktiven Polizeioberst, mit dem er dem hiesigen Schwimmsportverein vorstand. Der wiederum schickte die Hafeninspektion zu einer Verifizierung der Angaben. Sie sollten sich möglichst unauffällig mit ihrem Jeep bewegen und noch unauffälliger ein Foto vom Bug mit der Namensplakette schießen.

Henry kam irgendwann die Zeit des Betankens lange, außergewöhnlich lange vor. Freddy lag in einem Liegestuhl und war mit einer Dose Bier beschäftigt. Er schaute zum tiefblauen Himmel.

Ein Jeep fuhr vorbei. Auf der Tür stand <Hafeninspektion>. Der Beifahrer winkte ihm zu.

Der Hafenmeister und der inzwischen am Eingang zum Hafengelände eingetroffene Polizeioberst begutachteten mittlerweile das digitale Foto der *Espera*. Nach dem Zoomen konnten alle klar erkennen, dass daran manipuliert worden war.

Der Chef des Betankungsunternehmens wurde informiert, der dann seinen Fahrer anrief und ihm Anweisung gab, den Eigner zur Zahlung bei der Hafeninspektion zu bitten. Das sei üblich, sollte sein Mann vermitteln - wenngleich das zur wirklichen Gepflogenheit eine derbe Lüge darstellte. „Du gibst ihm den Lieferschein, den er dann mitbringen möge. Er soll die Schiffsdokumente mitbringen samt Eignernachweis."

Es vergingen dann noch ein paar Minuten bis der Versorgungsschlauch aufgerollt und die Verschlüsse überprüft waren. Freddy erhielt den Lieferschein, der direkt in einem kleinen Kasten auf der Seite des Lasters ausgedruckt wurde. Freddy schaute kurz darauf. „Ganz schöne Säuferin, unsere Schönheit", kommentierte Freddy leutselig. Dass er zur Hafeninspektion wegen der Zahlung kommen sollte, weckte immer noch nicht sein Misstrauen. Es schien doch klar, dass die nicht hierherkommen würden, um bar zu kassieren. Wahrscheinlich hätte er auch bei dem Fahrer direkt mit der Kreditkarte zahlen können, aber diese Zahlungsart schloss Freddy sowieso aus. Wie schnell würde er damit seinen gegenwärtigen Standort preisgeben. Er würde Bares auf die Hand des Lieferanten abzählen, so wie er es auch in Argentinien gemacht hatte.

Er fragte dann auch noch den Fahrer, ob er mit ihm im Tanklaster fahren könne. Das waren nette Leute hier in Chiles Norden. Es gab keine Probleme. --- Noch nicht.

Die Polizei und der Hafenschutz rotierten derweil. Sie suchten im Internet und auch in ihrem eigenen landesweiten Netz nach Informationen, die eine gewisse Yacht mit dem Namen *Espera* betrafen. Parallel dazu wurden die einschlägigen Informationen von Interpol angezapft. Die geballte Technik der modernen Datenansammlungen standen den Beamten zur Verfügung und sie wussten sie zu nutzen. Es ergaben sich Anhaltspunkte. Und sogar der Computer schien mitzuspielen. So hieß es bei verschiedenen Eingaben: „*...meinten Sie...?*

Es dauerte dann auch nicht lange, dann erhielten sie über den Hintergrund und die wahre Identität der *Espera* ex-*Esperanza* bestens verwertbare Informationen. Es ergab sich ein hochinteressantes und brauchbares Gesamtbild.

Die Yacht war gestohlen.

Mehr so nebenbei nahmen sie zur Kenntnis, dass auf Hinweise, die zur Wiederbeschaffung der Originalyacht *Esperanza*, alias *Espera*, eine hohe Geldsumme von einer wohltätigen Stiftung in Spanien ausgelobt war. Es gab nur einen einzelnen verwunderten Kommentar von einem der Polizisten, wieso sich eine Wohltätigkeitsstiftung - alle Achtung - eine solche Yacht erlauben könne! - Ausrufezeichen. Und dazu auch locker einmal einen Millionenbetrag als Finderlohn ausloben konnte. Sachen gab es!

Für einen Moment spukte dann in den Köpfen der meisten,

die diesen Kommentar aufgefangen hatten, ein Ansatz zum Nachdenken. Dann machten sie mit ihrer Arbeit weiter. Mit diesem Detail, das im Moment keinen Vorrang besaß, würden sie sich in aller Ruhe befassen - oder vielleicht auch nicht.

Mit dem Geldsegen konnte der Polizeioberst nichts anfangen. Zumindest für den Moment nicht. Er war ja im Staatsdienst und es war ja sowieso seine heilige Pflicht verlorengegangene oder gestohlene Sachen wiederzufinden. Von daher ließ ihn die verheißene Geldsumme recht kalt. Man war ja schließlich keine Bananenrepublik, in der sich wie selbstverständlich auch Polizisten bereicherten. Nicht alle, aber ...

Es herrschte jetzt Alarmstimmung. Es sah danach aus, als würde man einen internationalen, bedeutenden Kriminalfall lösen können.

Der Fahrer des Tanklasters lud Freddy beim Gebäude der Hafeninspektion ab. Vor dem niedrigen Gebäude stand deren Jeep in Fahrtrichtung Hafengelände. Der gleiche, der vorhin auf dem Kai bei der *Espera* vorbeigefahren war. Freddy erinnerte sich nur vage an diese Begegnung, und auch an das freundliche Winken des Beifahrers und maß ihm auch jetzt keine größere Bedeutung bei.

Freddy betrat eine Art Vorraum mit einem Tresen. Dahinter befand sich ein in Papieren blätternder Uniformierter, der grüßte und mit der traditionellen, ausgesuchten chilenischen Höflichkeit einen schönen Tag wünschte. Er bedeutete ihm mit Bedauern, dass der Treibstofflieferant in ein paar Sekunden hier sein werde, er habe bereits telefoniert. Freddy möge doch unterdessen schon mal seine Papiere registrieren lassen. „Eine rein formale Angelegenheit", betonte der Polizist wie nebenbei.

Im Hintergrund war aber bereits abgemacht worden, dass

Freddy zunächst seine Rechnung bezahlen sollte, bevor der Polizeiapparat den Zugriff machen würde.

Der Uniformierte fragte noch, ob er selbst Frederico Batistuta sei, Nationalität kolumbianisch. Er bestätigte dann nochmals, dass der Rechnungssteller des Treibstoffs in Sekunden hier sein werde. Dann nahm er die Dokumente Freddys an sich und verschwand im Nebenraum. Die Tür war nicht ganz verschlossen.

Es war äußerst dumm und unvorsichtig von dem Beamten, dass er erstens auf die nicht geschlossene Tür und zweitens auf die dünnen Holzwände keine Rücksicht nahm. Er begann eine Unterhaltung mit einem Kollegen. Wohl dämpfte er seine Stimme, aber bis Freddys Ohren drangen Worte wie - *Esperanza* - Valencia - Polizei - *Espera* - Interpol - Drogen - wie verheerende Explosionen. Dementsprechend puschten sie die Reaktionsgeschwindigkeit des mit allen Wassern gewaschenen Freddy auf ungeahnte Höhen. Seine Nerven lagen plötzlich blank. Seine ureigenen, höchst sensibel eingestellten, instinktiven Alarmglocken klangen schrill. Seine Augen wurden immer größer. Er saß offenbar in der Falle.

Er musste schnellstens reagieren.

Freddy drehte sich plötzlich um und rannte zur Tür hinaus. Er erinnerte sich jetzt doch blitzartig an Details seiner Begegnung mit dem Polizeijeep. Vor dem Betreten der Halbbaracke hatte er, wie so nebenbei, bemerkt, dass der Schlüssel in dem Jeep der Hafeninspektion im Zündschloss steckte. Seine antrainierten und auf Erfahrungen aufbauende kriminellen Instinkte sollten ihm also wieder einmal aus einer prekären Situation helfen.

Er schwang sich auf den Sitz, drehte den Schlüssel und der offene Jeep sprang an. Hinter ihm kam gerade der Rechnungssteller für den Treibstoff zum Stehen. Ein entsprechend eingefärbtes Polizeiauto stand nun schräg dahinter eingekeilt. Weiter vorne, in der Nähe des Zugangstores zum Hafengelände stand ein Mannschaftstransporter der Polizei. Freddy hatte das alles mit einem schnellen Blick registriert. Sie hatten ihm also eine Falle gestellt. Aber jetzt war er bereits unterwegs zur *Espera*. All das Gesehene und Registrierte war nun Geschichte. Jetzt musste er nach vorn schauen. Und mit all dem, was er ad hoc in die nächsten Planungen einbrachte, musste jeder Entschluss verdammt schnell gehen. Er wusste, dass ihm seine Verfolger auf den Fersen waren und, dass bei allem, was er jetzt zu unternehmen hatte, jeder Handgriff fehlerfrei sitzen musste. Sonst würde hier für ihn, für Henry und seine Planungen definitiv Endstation sein.

Der Treibstofflieferant stutzte für einige entscheidende Sekunden bei dem, was er gerade gesehen hatte. Er konnte aber nicht wissen und sich keineswegs sicher sein, dass das sein Kunde war, der da so sportlich in dem Jeep - dem Jeep der Hafeninspektion, auf das Hafengelände fuhr.

Er wandte sich wieder dem Büroeingang zu.

Freddy war bereits gute hundert Meter gefahren, hatte also bis zu diesem Moment einen großzügigen, aber, das war ihm klar, noch keinen entscheidenden Vorsprung. Ein Uniformierter des Hafenschutzes, der die Flucht bemerkt hatte, prallte in diesem Moment mit dem Treibstofflieferant in der Eingangstür zusammen. Auch das kostete die Gesetzeshüter wieder mitentscheidende, wichtige Sekunden.

Jetzt war auch die Polizei - die Carabineros - zur Stelle. Doch diese saßen fest. Der Treibstofflieferant drückte sich ein Taschentuch auf sein linkes Auge. Es war bei dem Zusammenstoß lädiert worden. Und wieder vergingen wertvolle Sekunden, bis sich die Polizisten entschlossen hatten mit dem Auto des Treibstofflieferanten die Verfolgung aufzunehmen.

Nein, dann entschieden sie sich dann doch ihr eigenes offizielles Fahrzeug zu nehmen, das nun frei aus der Parklücke herausgefahren werden konnte.

Bis die vier Polizisten wieder aus dem Auto heraus waren und im eigenen saßen, verging wiederum Zeit, die sie eigentlich nicht mehr hatten.

Freddy rauschte an Containern vorbei bis zum Liegeplatz der *Espera*. Er sprang von dem noch nicht stehenden Jeep, bei dem er nicht einmal den Gang herausgenommen hatte. Er löste in aller Hektik die Verknotungen der Leinen. Dabei schrie er unablässig nach Henry, dass er die Motoren anlassen solle. Der Jeep war aber weitergerollt und klatschte ca. 20 Meter hinter dem Heck in das Hafenwasser. Es dauerte nur wenige Sekunden bis er komplett unter der Wasseroberfläche verschwunden war. Freddy hatte gerade noch die zweite Leine losgemacht.

Einer der Diesel brummte bereits. Gerade als dann Freddy auf die *Espera* sprang und den schmalen Laufsteg einzog, begann auch der zweite Diesel mit seinem Lebenszeichen.

„Raus, raus, raus - schrie Freddy und rannte in Richtung Cockpit.

Die Motore heulten auf, die *Espera* bewegte sich nach Backbord, es kratzte am Heck. Henry gelang in der Hektik gerade so die Wende im Hafenbecken bis dann der Bug aus dem Hafengewässer hinaus auf den Pazifik zeigte. Dann gab er Vollgas.

Mit Blaulicht, die Sirene konnten die beiden Flüchtenden nicht hören, kam das Polizeiauto. Durch die Drehung der Yacht verloren sie auch schnell das Blaulicht aus den Augen. Dann hob sich die *Espera* signifikant mit dem Bug aus dem Wasser. Dem Wasser des Pazifiks mit dem Humboldtstrom. Sie legte sich elegant in die Linkskurve und nahm mit Höchstfahrt Kurs auf den offenen Pazifik.

Zunächst sprachen die beiden im Cockpit kein Wort miteinander. Henry wollte seinem Kompagnon nicht einmal in die Augen sehen. Der schien sich voll und ganz auf die Fahrt ihres flüchtenden Schiffes zu konzentrieren. Freddy konnte nun jeden Augenblick mit seinen Tiraden beginnen. Dann würde Henry noch früh genug erfahren, was Sache ist, beziehungsweise war.

Aber Freddy startete noch nicht durch. Er schien immer noch wie erstarrt geradeaus zu stieren. Henry erkannte aber dann doch, dass sich die Knöchel der linken Hand Freddys weiß färbten. Seine Hand umschloss einen Haltegriff. Er musste kurz vor einer Explosion stehen, so schien es wenigstens Henry.

Überraschend sanft begann dann Freddy. „Glück gehabt. Verdammtes Schwein gehabt."

Dann war wieder Stille.

„Hätten uns beinahe am Arsch gehabt." Seine Sprechweise klang immer noch nach guter Beherrschung seiner Stimmungslage.

Und wieder war Stille, die nur durch das entfernte Brummen der Diesel untermalt wurde.

Dann, nach einem kleinen Augenblick gefühlter Ewigkeit, sagte er doch noch halblaut, mehr zischend: „Nur schnell weg, weit weg von diesem garstigen Land. Hinterfotzig sind die."

Jetzt meldete sich Henry. „Immer westwärts? Kurs 270?"

„Schätze, dass die uns noch mit irgendeinem Kriegsgerät nachsetzen. Doch wir sind in einem interessanten Gewässer. Chile und Peru haben hier eine Seegrenze. Wenn es sein muss, werden wir uns diesen Umstand zunutze machen. Schauen wir mal, was GPS dazu sagt. Dort müsste das registriert sein, sonst könnten die sich die Fische gegenseitig nach Belieben klauen. Denk ich mal."

Auf ein Zeichen wechselten sie den Kommandoplatz.

Freddy hatte Recht. Laut GPS waren sie im Moment auf der chilenischen Seite.

Auf dem Radarschirm hatten sie einige Punkte eng beieinander gesehen. Jeder Punkt war ein Fischerboot. Keiner der Punkte bewegte sich signifikant. Sie kamen rasch näher, machten eine kleine Kurskorrektur und fuhren nördlich an ihnen vorbei. „Wenn wir die Grenze zu Peru überschreiten, riskieren wir von zwei Seiten bedrängt oder gar unter scharfen Beschuss genommen zu werden."

„Du denkst, dass beide Länder die Kriegsflotte mobilisieren, um uns alle zu machen?"

„Ich denke überhaupt nichts. Aber es könnte so kommen. Übernimmst du wieder das Steuer?"

Der Wechsel wurde rasch vollzogen.

„Fahr du nur mal zu. Ich kümmere mich um die Verteidigung. So einfach werden die uns nicht kriegen", sagte Freddy. Dann verließ er den Kommandostand. Henry war allein.

Weit hinter ihnen präsentierte sich die Atacamawüste jetzt als ein unregelmäßiger graubrauner Streifen. Die klimatischen Bedingungen waren, wie das ganze Jahr über, ausgezeichnet. In der Wetterstatistik hatten sie vor dem Einlaufen flüchtig gelesen, dass hier die Bedingungen für einen ewigen Frühling herrschten. Das ganze Jahr über Sonnenschein, kein nennenswerter Niederschlag.

Im Hafen von Arica war man dann doch vorübergehend wie schockiert und von der Kaltschnäuzigkeit dieses Gangsters Frederico Batistuta überrascht. Der Kerl hatte alle seine persönlichen und auch Yachtdokumente hiergelassen und war getürmt.

Den Ablauf dieses Vorfalles würden sie in enger Runde noch,

auf der Suche nach möglichen eigenen Fehlern, zu analysieren haben.

Der Polizeioberst rief den Flugplatz an, auf dem seine beiden Hubschrauber stationiert waren. Er beschrieb die Situation und befahl die Verfolgung. Dann gab er noch die Anweisung, die Fluchtroute aufzuklären und den Standort durchzugeben. Bewaffneter Einsatz nur zur Selbstverteidigung. Das war zwar hahnebüchen und doch für einen solchen Fall vollkommen normal, eigentlich in Anbetracht der wahren Gefahr aber hochgradig naiv.

Von der wirklichen Gefährlichkeit und möglichen Bewaffnung sowie einem tatsächlichen Einsatz von kriegstauglichen Schusswaffen der Flüchtenden, konnte er nichts wissen. An keiner Stelle hatte er eine entsprechende Warnung gesehen oder erhalten. Es war ja nur - „nur" - eine Luxusyacht und kein Kriegsschiff. Wenn die Flüchtenden nicht in peruanische Gewässer auswichen, würde man sie aufbringen und wenn man sie dafür in internationale Gewässer verfolgen musste. Doch zunächst, bevor er die Marine alarmierte, musste man über ihren Standort und möglichen Kurs informiert sein.

Nie und nimmer wollte er auf einen bewaffneten Konflikt tippen.

Leider konnte nur ein Hubschrauber eingesetzt werden. Der andere wurde gerade gewartet.

Dann gab er doch noch Alarm an die Marine. Sie hatte ein sehr schnelles Boot der Küstenwache im Einsatzgebiet. Es würde ausreichen und könnte gegen die Banditen eingesetzt werden. Man kam überein, dass man die spitzfindigen Rechtsfragen, so dicht an der Grenze zu Peru, später klären wolle.

Der Polizeioberst erfuhr, dass der Hubschrauber die Yacht wohl auf dem Radar identifiziert habe. Das Küstenwachboot habe Anweisung erhalten, Kurs auf sie zu nehmen und ihr den

Weg nach Peru abzuschneiden. Man werde es mit der Geschwindigkeit der Yacht wohl aufnehmen können. Der Standort des Bootes auf See sei in Relation zum verfolgten Objekt gegenwärtig so, dass man der Yacht entgegenfahren könne.

Die Besatzung des Helikopters meldete jetzt Sichtkontakt.

Sie erhielt Anweisung weitere Befehle bei Einhaltung eines angemessenen Abstandes abzuwarten. „Angemessen" war in diesem Falle für den Piloten eine Ermessensfrage. Und er sah offensichtlich von diesem Luxusboot keine Gefahr ausgehen. Es war doch nur ein Haufen Plastik, von geschickten Händen, für zahlungskräftige Menschen, in eine hochseetüchtige Form gebracht. Was sollte da schon passieren. Also! Sie waren hier oben in einem dreidimensional frei beweglichen Flugobjekt. Die Burschen da unten konnten sich nur zweidimensional *auf* dem Wasser bewegen.

Und sie wurden informiert, dass die Kriegsmarine bereits zum Angriff übergegangen sei. Das Küstenwachboot Arica II sei auf Kurs 020.

Freddy war nach achtern gegangen. Dann kam er wieder hochgerannt. Nicht sonderlich nervös teilte er Henry mit, dass ein Hubschrauber achteraus bei ihnen anhänge. Henry wunderte sich noch, dass der Kumpel unter diesen neuen Umständen so ruhig sein konnte.

Henry hatte auf dem auf zehn Meilenradius eingestellten Radar eine Bewegung erkannt. Nach kurzer Analyse rief er Freddy zu, dass da auf dem Radar backbord voraus ein kleines, schnell fahrendes Fahrzeug aufgetaucht sei. Es hält genau Kurs auf einen Kreuzungspunkt mit unserem Kurs. Das kann Zufall sein, aber in unserer Situation sollte man dem Genosse Zufall keine allzu optimistische Erwartungen entgegenbringen."

Freddy war wieder zurückgekommen, er hatte die Ausführungen Henrys auf diese Distanz nicht ganz verstanden. „Kannst du auch mal Klartext reden?"

In diesem Augenblick sah Henry, wie sich der Hubschrauber im Tiefflug auf Steuerbord mit ihrer Geschwindigkeit gleichschaltete. Dann setzte er sich etwas vor die Yacht. Sie konnten beide jetzt die Aufforderung hören beizudrehen und zum Hafen zurückzukehren.

Sie sahen den Piloten, die Entfernung betrug kaum dreißig Meter. Freddy machte in seine Richtung eine obszöne Geste mit dem ausgestreckten Mittelfinger.

Der Pilot drehte eine Runde um die Yacht, kam dann wieder auf Steuerbord. Die hintere Tür war nun geöffnet, ein Typ mit einem Gewehr oder einem Maschinegewehr war zu sehen. Freddy sagte noch kurz zu Henry: „Dem werde ich es geben." Dann verschwand er im Laufschritt.

Henry sah dann Mündungsfeuer. Einschüsse waren nicht zu spüren oder zu sehen. Jetzt hätte er Freddy brauchen können. Was sollte er tun? Er hatte schon die Hand um die Gashebel geschlossen und war bereit den Anweisungen Folge zu leisten. In diesem Fall auch ohne das Einverständnis Freddys.

Es kam - in dem Höllenlärm der dröhnenden Rotoren wieder eine Lautsprecheransage, derart, dass dies die letzte Warnung und Aufforderung sei umzukehren. Dann werde scharf geschossen.

Sekunden später, Henry hatte sich gerade einmal wieder nach Freddy umgeschaut, explodierte der Hubschrauber. Die brennenden Trümmer fielen in den Pazifik und verschwanden rasch unter Wasser. Dann stand plötzlich auch schon Freddy neben ihm.

Henry wollte gerade die Frage stellen, ob auch Freddy dieses Spektakel gesehen habe, als er in dessen Gesicht ein breites Grinsen sah. Trotzdem fragte er ihn jetzt, was das zu bedeuten habe.

Freddy antwortete nur knapp: „Schultergestütztes Kleinraketenabschusssystem".

„Du hast solche Dinger an Bord? Du hast ihn runtergeholt? Das ist doch eine Kriegswaffe."

„Na und? Um so besser. Ich sagte dir doch, so was wie ... Stinger. Schon davon gehört?"

Henry war perplex. Sie hatten also auch Kriegswaffen an Bord der *Espera/Esperanza*. Darauf war er nicht vorbereitet ... Darüber wurde er nicht informiert.

Nach einer kurzen Stille sagte Henry dann, dass sie jetzt mit hoher Wahrscheinlichkeit von der chilenischen Marine kleingehackt werden würden. Zu Fischfutter verarbeitet. Für sich fasste er zusammen: Aus! Mission beendet. Würden seine Auftraggeber von seinem Verschwinden erfahren?

Dann war Freddy wieder dran. „War doch weiter nichts als eine lästige Wespe. Und was macht man mit Wespen, bevor sie stechen können? Genau. Ja, und genau das habe ich gemacht. Patsch-klatsch."

„Der ist schnell", sagte jetzt Henry. Dabei zeigte er auf dem Radarschirm auf einen Punkt, der von süd-süd-west rasch aufkam. „Wenn wir so weiterfahren, schneidet sich sein Kurs punktgenau mit unserem."

Freddy schaute jetzt aufmerksam auf den sich bewegenden Punkt. Dann ließ er sich vom GPS den Grenzverlauf zeigen und mit ihrem Standort vergleichen.

Dann war wieder Stille. Nur die Motoren brummten, wie es schien, aus der Ferne.

Plötzlich griff Freddy nach Henrys Schulter. „Nimm Kurs nord-nord-west."

Henry schaute etwas ungläubig, doch Freddy wiederholte

rasch seine Angabe, wieder ohne eine nähere Erklärung.

Nach einer Weile sagte Henry, „wir kommen nach Peru. Das heißt, wir sind praktisch schon da."

„Ja dann ist ja alles paletti", fuhr Freddy fort. „Schau mal auf den schnellen Punkt da links von uns."

Der ominöse Punkt bewegte sich kaum noch.

„Der hat jetzt Order bekommen mit dem Nachbarland keinen Ärger heraufzubeschwören. Das sind doch noch ordnungsliebende Menschen. So lasse ich mir das Leben in diesem Teil der Erde gefallen." Freddy grinste nach dieser Ansprache. Er klopfte Henry zufrieden auf seinen Rücken. „gut gemacht, alter Junge", fügte er an.

Dann sahen sie, wie der gleiche Fleck wieder Fahrt aufnahm. Sein Kurs war nun aber mehr Richtung Küste.

Der Polizeioberst - *Oberst der Carabineros de Chile,* war sein offizieller Titel - war nun persönlich auf dem Flughafen eingetroffen. Seine Anweisung an den Befehlshaber des Marinestützpunktes in Iquique lautete jetzt, nach dem plötzlich vom Radarschirm des Flugplatzes verschwundenen Helikopters zu suchen. Man hatte von ihm auch keine weiteren Nachrichten mehr erhalten.

Er selbst ließ eine zweimotorige landgestützte Beechcraft startklar machen. Es war seine verdammte Pflicht selbst nach dem Rechten zu sehen.

Unterdessen gab der Polizeioberst Anweisung die Polizeibehörden im Nachbarland um Amtshilfe zu bitten. Und setzte noch einen besonderen Hinweis hinzu: „Unter besonderer Beachtung der bestehenden zwischenstaatlichen Modalitäten. Dass mir keiner Mist baut."

Vom Tower kam etwas später eine Nachricht und auch Bestätigung, dass sich die Yacht nun auf peruanischem Hohheitsgebiet befinde. Aus diesem Nachbarland sei ein Flugzeug in die Richtung der Verfolgten unterwegs geschickt worden. Mithin werde man den dortigen Behörden die Initiative überlassen.

Freddy hatte einen Teil des Oberdeckes geöffnet und suchte nun mit dem Fernglas den Himmel in nördlicher und östlicher Richtung ab. Er entdeckte ein Flugzeug und gab Anweisung an Henry sofort und ohne die Höchstgeschwindigkeit zu ändern auf südlichen Kurs zu gehen. Er fügte noch klar und deutlich an: „Neuer Kurs eins-acht-null."

Dann griff er nach einem Bügel, um sich während der Kursänderung festzuhalten. Er wusste, dass die Fliehkräfte bei einer Wende mit dieser Geschwindigkeit ganz schön kräftig werden konnten. Dann ging er zu Henry, klopfte ihm wieder einmal in zufriedener Geste auf die Schulter und sagte anerkennend, „gut gemacht, gut gemacht alter Junge. Aus dir wird noch ein richtiger Seemann."

Es dauerte nicht lange, dann bestätigte das GPS, dass sie wieder in Chile waren. Freddy ging wieder nach oben, um nach dem Flugzeug Ausschau zu halten. Er konnte es nicht mehr finden. Gerade als er wieder nach unten gehen wollte, donnerte eine zweimotorige Maschine im Tiefflug über ihn hinweg.

„Scheiße", brüllte Freddy, „wo kommt die denn her?"

Während er nach nordöstlicher Richtung Ausschau gehalten hatte, kam diese Maschine aus ost-süd-ost.

Dann schrie er auch schon den Kurs wieder auf drei-fünf-null zu legen.

Das Flugzeug drehte und kam nun direkt auf sie zu. Für einen kurzen Moment konnten sie den beiden Piloten ins Gesicht sehen. Dann war der Spuk vorbei. Und die *Espera* war wieder mit Höchstgeschwindigkeit in Richtung Peru unterwegs. Noch einmal konnte die Beechcraft in niedriger Höhe über sie fliegen, dann waren sie, nach der Anzeige des GPS, wieder in Peru. Die Herren im Flugzeug konnten ihnen den Hobel ausblasen - und Freddy setzte dann noch im Klartext dazu: Die können uns jetzt am Arsch lecken."

Würde das peruanische Flugzeug noch einmal kommen?

Freddy ließ wieder auf Kurs zwo-sieben-null steuern. Sie rauschten geradewegs Richtung Australien, wie Henry erleichtert feststellte.

„Wir fahren mindestens 300 Meilen weit hinaus.

Sie würden jetzt nicht mehr <belästigt> werden, wie Freddy lakonisch feststellte.

Die Yacht brauste immer noch mit Höchstgeschwindigkeit über die langwellige Dünung. Immer wieder hoch und dann wieder hinab in das Tal. Es gab in der nächsten halben Stunde keine Gespräche mehr im Cockpit.

Gegen Abend schwenkten sie auf Nordnordwest. Kurs 335.

46

4. November
Sonne, Sonne pur und sehr warm, registrierten sie.
Nein, das war nicht fürs Logbuch.
Sie führten nämlich seit dem Beginn ihres Abenteuers, wie es Freddy sarkastisch bezeichnete, kein Logbuch mehr.

47

5. November

Nach der ersten Stunde des neuen Tages bemerkte Henry, dass sie sich jetzt auf der Höhe der Hauptstadt Perus, **Lima**, befanden. „Dazu fällt mir nur ein, dass von hier aus die Spanier haufenweise Gold herausgeschafft hatten."

„Da siehst du mal wieder. Schlau, diese Spanier. Aber nicht so schlau wie wir. Wir leben halt nur in der verkehrten Zeit. Damals, ja da hätten wir uns auch unseren Teil geholt. Von wem hatten die eigentlich das Gold?"

„Sie haben es den Ureinwohnern abgenommen. Dafür haben sie schreckliche Blutbäder angerichtet."

„Ja, so ist es eben. *Von Nichts kommt Nichts.* Und, *wo gehobelt wird, fallen Späne.* Noch niemals von diesen Naturgesetzen gehört? Und, apropos Naturgesetz, noch einen dieser starken Sprüche: *der Stärkere gewinnt.*"

Henry antwortete nicht mehr.

48

6. November

Als es hell wurde, waren sie dabei im Norden Perus die westlichste Spitze des Südamerikanischen Subkontinents zu umfahren.

Es war nun heiß geworden. Die Wassertemperatur lag bei über 27 Grad.

„Wir könnten einen Abstecher nach den Galapagos machen."

„Doch nicht im Ernst"? fragte Henry.

„War nur ein Spaß. Aber mit einem Sack voller Geld, werde ich den Besuch noch nachholen. Ich werde mir dann als Souvenir eine der sagenhaften Schildkröten mitnehmen. Sie muss es ja geben, wenn schon der Inselname in unserem christlichen Sprachgebrauch *Schildkröte* bedeutet."

„Wenn alle Besucher bisher so gedacht haben, wie du jetzt, dann wirst du keine mehr antreffen."

„Schweine, so was sollte verboten werden."

„Ist es auch."

„Und wer verbietet es?"

„Mensch Kumpel, dir setzt das heiße tropische Klima der Äquatorgegend zu. Lass uns das Thema wechseln."

Freddy zeigte sich plötzlich verärgert und machte sich Luft. „Henry, manchmal kannst du mich ganz schön aufregen mit deiner Scheiß-Besserwisserei. Lass mir doch auch mal ein bisschen Raum für ... na sagen wir halt mal - Fantasien oder Träumereien." Bei sich dachte er, dass er schon viel zu lange diesen Freund - *Freund* - ausgehalten habe. Scheiße, lass diese Reise zu Ende gehen, dann ... Freddy griff sich an den Hals, er lockerte den Kragen seines Sporthemdes. Das war eine Verlegenheitsgeste. In Wirklichkeit hatte er ganz andere Gefühle und Gedanken.

Und Henry interpretierte diese vielsagende Geste auf seine Art. Ließ sich aber nichts anmerken.

Für heute würde es nicht mehr reichen. Aber Morgen würden sie in **Buenaventura** sein. Die Zufahrt zum Hafen führte über das sehr breite Mündungsgebiet eines Flusses, das als Bucht bezeichnet war. Es ab eine Menge Untiefen in diesem Bereich. Bei Dunkelheit war es nicht ratsam diese Strecke ohne Lotsen zu bewältigen. Und eben, so einen Scheißlotsen konnten sie sich aus Mangel an Papieren und Dokumenten nicht leisten. Jetzt war Freddy zumute als müsste er mindestens ein halbes Dutzend Scheiße herauslassen. Henry spürte es und duckte sich weg.

Das Fahrwasser dieser Bucht oder sehr breiten und trägen Flusslaufs war, oberflächlich besehen, breit genug auch für große Frachtschiffe mit ihren tausenden Containern. Aber es war äußerst tückisch. Die Fahrtrinne musste unbedingt eingehalten werden. Gleich daneben begannen unkalkulierbare Untiefen mit Schlick und Mangroven. Es gab Stellen an denen der Dschungel wie eine feindselige Wand die Fahrrinne einrahmte. Tatsächlich gab es auch Versteckmöglichkeiten. In denen konnte sich zwar eine Yacht weitgehend unsichtbar machen aber auch total festfahren. Je nachdem ob sie bei ablaufendem oder auflaufendem Wasser operieren würden.

Freddy plante an *Carrera 2* festmachen. Was ohne Sondererlaubnis eigentlich nicht geduldet wurde. Das war wie eine Mole. Ein breiter, gut befestigter Steg, eigentlich für die vielen Fischerboote und Touristenboote gedacht. Freddy hatte da seine eigenen Pläne. Von dort konnte man nämlich direkt in die Stadt gelangen. Er hätte dann kein Hafengelände mit unzähligen Containern zu durchqueren. Dort bestand auch noch die Möglichkeit bei Zoll und Polizei aufzulaufen.

Ja, er würde die Polente zu seinem Anlegeplatz überzeugen können, wenn sich denn ein Zusammentreffen nicht vermeiden ließe. Freddy kannte ja aus erster Hand, wie die Uniformierten seiner Heimat gerne die Hand aufhielten. Ach was, beide Hände hielten sie nur allzu gerne auf. Und sie würden auch sein mehr vorgeschobenes Argument akzeptieren, dass er doch unmöglich mit diesem feinen Kahn neben oder zwischen den dreckigen Containerschiffen festmachen konnte.

Auch hoffte Freddy, dass er den einen oder anderen Polizisten aus anderen Zeiten wiedersehen würde. Das würde die ganze Anlegerei erleichtern. Stopp, sagte er sich, es könnte die Sache auch erschweren, wenn er auf Typen traf, die mit ihm noch ein Hühnchen zu rupfen hatten. Aber er setzte dann doch mehr auf sein sprichwörtliches Glück, so wie er in einschlägigen Kreisen bekannt war. Eben vom Glück angefressen.

Buenaventura war ein wichtiger Hafen für Kolumbien. Solange Freddy diese Stadt kannte, er war ja in der Nähe geboren, war sie für ihn eines der abstoßendsten Drecklöcher, die er sich vorstellen konnte. Und das wollte bei Freddy etwas heißen. Wenn der schon mit Superlativen um sich warf, dann ... Seine Redensart: Hier hatte der Herrgott sein Scheißhaus gebaut und für gewisse Menschen hatte er es als Hölle ausgedacht.

„Da ist was dran", sagte Freddy und ohne einen für Henry erkennbaren Zusammenhang.

„An was", fragte Henry?

Scheinheilig nahm sich Freddy Zeit um sich eine Antwort zurechtzudrechseln. „Ach ich dachte gerade an unser erstes und nächstes Ziel, an **Buenaventura,** der Traum jedes anständigen Menschen. Der Name sagt es ja bereits, *-buena aventura-* *<Gutes Abenteuer.>*"

„Darüber habe ich mir noch keine Gedanken gemacht. Auf was beziehst du dich jetzt?"

Allem Anschein nach waren sie nun auf ihrer Reise dem anvisierten Ziel recht nahegekommen. Henry hatte die schwache Hoffnung, dass sich Freddy nun bald etwas konkreter über seine Pläne äußern würde. Er war sein Kumpel, er war sein Komplize und Teilhaber bei dieser Operation. Diesem kriminellen Unsinn, verbesserte er seine Gedankengänge. Aber über das Ziel und die endgültigen Pläne, was dann die genaue Absicht Freddys sein sollte, darüber hatte der Kumpan alles im Ungefähren gelassen. Bald würde es jedoch Zeit sein Genaueres zu wissen. Er hatte so seine Verpflichtungen.

„Du kannst dich freuen. Nutten, Nutten und nochmals Nutten. Ein Nutten- und Puffparadies. Und Geschäfte kannst du hier machen! Sowas gibt es nicht nochmals auf der Welt. Solltest aber immer auf der Hut sein."

„Du meinst, es ist auch gefährlich?"

„Leichte und gute, große Geschäfte haben immer ein gewisses Gefahrenpotential. Ganz besonders wichtig zu wissen, dass hier die Messer lockersitzen. Die geben nicht großartig Geld für Kugeln aus. Eine Entsorgung von unliebsamen oder auch unvorsichtigen Konkurrenten, beziehungsweise anderen Scheißkerlen ist damit viel ökonomischer. Hieb- und stichfest sind die, um es praxisnäher auszudrücken. Verstehst du? Das verstehst du doch? Ich offenbare dir noch etwas:

Buenaventura ist für meine Interessen der Nabel aller guten Geschäfte. Oder in Abwandlung eines Spruches des damaligen irakischen Herrschers: *Die Mutter aller lukrativen Geschäftsfelder.* "

„Du hast meine Frage nicht beantwortet. Es ist auch gefährlich?"

Freddy schaute zunächst seinen Partner an als hätte der eine völlig abwegige Frage gestellt. Dann sagte er, dass das ja eigentlich gar keine Frage gewesen war, sondern mehr eine Feststellung.

Dann redete er doch noch Tacheles: „Und ob, und wie sie gefährlich sein kann. Deshalb kann ich dir nur raten, bleibe am besten an Bord. Außerdem können wir die Yacht sowieso nicht allein lassen, ganz besonders nicht hier. Lass mich das Terrain durchkämmen. Wir müssen ja schließlich wissen, woran wir sind. Da gibt es noch ein paar alte Verbindungen, die werde ich einspannen. Vielleicht leben auch noch jene, die mir einen Gefallen schulden. Nach so langer Abwesenheit aus meinem Vaterland und von den Nachrichten abgeschnitten, muss ich mal wieder wissen, was Sache ist."

„Du hast die Nutten erwähnt?"

Freddy war jetzt ganz aufgedreht, gesprächig, ja sogar geschwätzig. So hatte Henry seinen Partner noch nicht erlebt und er hatte darauf so lange warten müssen. Und so hoffte er auch, dass noch mehr aus dem Leben Freddys und seinen Plänen zur Sprache kommen würde.

„Ja, da muss ich auch mal nach dem Rechten schauen. Ich habe da auch einmal bei diesen Geschäften mitgemischt. Koka war aber einfacher. Und einträglicher. Mit den Weibern hast du immer mal wieder Scherereien. Mit Koka machst du einfaches und schnelles Geld. Koka bedeutet Macht. Kumpel, und von dieser Macht haben wir eine ganz schöne Portion unter unseren Füßen. Noch ein paar Tage, im schlimmsten Fall noch die eine oder höchstens die nächste Woche. Dann ... dann wird Kasse gemacht." Freddy begann auf seiner Unterlippe zu kauen, bewegte langsam seinen Kopf hin und her - hatte er zuviel gesagt?

Henry wusste, dass es nun Zeit war dem Thema die Spitze zu nehmen. Jede weitere Frage konnte ihn verdächtig machen oder gar entlarven.

Aber, war nun die berühmte Katze aus dem Sack? Oder anders herum, wieviel davon? Mitnichten. Das waren immer noch nur Andeutungen. Zudem machte sich Henry keine Illusionen, dass bei Eintreten der Realität für ihn etwas abfallen könnte - wie es allerdings vereinbart war. Aber er würde ja doch nichts damit anfangen können. Er sollte ja auf einer ganz anderen Linie arbeiten. Dabei mitmischen - bei der Operation *Esperanza*.

Seine vorgegebene Aufgabe und sein Ziel war auch seine Bestimmung. Es hatte mit Drogen und den damit verbundenen Geschäften zu tun, aber nicht so, wie es sich Freddy gerne ausmalte.

49

7. November

Sie hatten weit vor der Bucht geankert und den Tag abgewartet. Kurz nach Sonnenaufgang kam aus Richtung Buenaventura ein hoch beladenes Containerschiff. Es fuhr auf seinem Weg um die Halbinsel und nahm dann Kurs Nord.

Im Flussbett selbst war in einer Fahrrinne die Wassertiefe
seit dem 2. Weltkrieg bereits mehrere Male vertieft worden. In
dem Aufblühen des Handels mit immer größeren Schiffen waren diese Maßnahmen für das Aufblühen und schließlich auch
für die Hafenstadt überlebenswichtig. Für den vergleichsweise
geringen Tiefgang der Yacht gab es nicht das geringste Problem, wenn sie sich an die Markierungen hielten.

Der gesamte Mündungsbereich, heute einer Bucht ähnlich,
war eine schiffbar gemachte natürliche Wasserstraße. Links und
rechts, in unterschiedlicher Entfernung gab es die undurchdring-
liche grüne Hölle des Urwaldes. Das Ufer selbst war nicht zu
sehen, das Grünzeug hing bis auf die Wasseroberfläche. Zeitweise waren Äste und Zweige eingetaucht. Je nach Wasser-
stand. Der wechselte auch hier konstant aufgrund von Ebbe
und Flut.

Gegen acht Uhr legten sie dann an einer langen, ziemlich verdreckten Mole an. Sie ragte, offenbar vom Altstadtteil der Flussinsel, hakenförmig in westlicher Richtung in die Wasserfläche hinein und war als „Carrera 2" bezeichnet. Eine ideale Lage, wenn sie einmal wieder flüchten mussten, dachte sich Henry.

Die großen Kais für die dicken Pötte lagen weiter entfernt und mehrheitlich auf der anderen Seite des von Wasser umgebenen Stadtteiles. Über einem Teil der Stadtsilhouette waren eine Reihe großer Spezialkräne zu erkennen.

Niemand schien sich um die Yacht zu kümmern. Henry machte die Leinen an einem freien Platz zwischen unregelmäßig vertäuten Booten fest. Er hatte ja jetzt schon Übung darin.

Das Wasser zeigte im Moment keinerlei Bewegung. Ein trübes und verdrecktes, scheinbar stehendes Wasser. Es führte, neben Unrat aller Art, eine Menge Treibgut mit, keine größeren Brocken, aber Grünzeug aller Art. Und Plastikflaschen noch und nöcher. Bunt schillernde Schlieren von Ölresten lagen bewegungslos auf der vollkommen glatten Wasserfläche. Henry fand den allgegenwärtigen Gestank, vor allem nach Verfaulendem und Verwesendem eine Zumutung. Eigentlich sollte er ihn ja kennen, aber er hatte ihn verdrängt oder schlicht aus seinem Gedächtnis gestrichen.

Buenaventura war der einzige Hochseehafen Kolumbiens auf der Pazifikseite. Von dort ging es tausende von Metern rauf in die Regionen der Cordillera, durch zunächst feuchten, ungesund heißen Urwald. Von hier wurde ein Gutteil der Kokaproduktion in alle Welt verschifft. Allerdings heute nicht mehr so einfach fantasie- und gefahrlos wie in den goldenen achtziger Jahren. Aber es ernährte immer noch und erst recht heute so manchen Mann bis zum Milliardär. Und vielen ging es besser denn je.

In diesem Getriebe hatte sich Freddy auch einmal getummelt. Hier hatte er seine ersten Sporen verdient und hier hatte er seinen ersten Mord begangen. Nicht mit dem Messer, sondern bereits mit einem Revolver, den er zuvor seinem Opfer abgenommen hatte. Hier, in dieser Stadt, hatte er entdeckt, dass ihm nicht nur der Mord an sich Spaß machte, sondern auch noch gewisse Begleitumstände.

Er liebte es zuzusehen, wie sein Opfer sich quälte und langsam starb. Er spürte dann, wie ihn so eine Art Allmachtsgefühl durchströmte. Nein, es war nicht das überwältigende Gefühl eines Orgasmus. *Sein* Gefühl hatte damals noch wenig mit sexueller Erregung zu tun. In keinem Augenblick erschlaffte sein Geist oder Organismus. Im Gegenteil. Sein Geist schien ihm zu suggerieren, dass er schöpferisch tätig war. Es war wie ein Rauschzustand, nur mit anderen Vorzeichen, was seine Kontrolle über die fünf Sinne anging. Ein einfacher Mord, das konnte jeder. Aber daraus eine Zeremonie zu machen, eine Hinrichtung zu zelebrieren, ein künstlerisch schöpferischer Akt, das hatte er, wie er zynisch glaubte, zu einer Kunst entwickelt.

Freddy der Künstler für unumkehrbare Entscheidungen im Leben. So oder so ähnlich hätte er sich gerne im Kreise seiner Kollegen gesehen. *„Freddy der Künstler."* Und hier war er in seiner Heimatstadt. Ein Heimkehrer? Soweit wollte er nicht gehen. Er würde das Geld und die Macht haben dort zu leben wo es ihn beliebte zu leben. Hier, in dieser Gegend eher nicht. Bei diesem Gedanken spuckte er in das trübe Wasser.

Andere Erinnerungen: Hier, in dieser Stadt wurde er von einer ganz speziellen Klientel entdeckt. Auf der Karriereleiter stieg er rasch und unaufhaltsam nach oben. Einer der jüngeren Drogenbosse wurde auf ihn aufmerksam. Er war es, der in ihm den Künstler erweckte. Schließlich schuldete der Freddy etwas und auf der anderen Seite schuldete ihm Zacharías alias Alvarado etwas. So wurde die Brücke gebaut und er wurde Mitarbeiter, und, letztendlich, ein wichtiger Mitarbeiter der Stiftung.

Über alles, was die Geschäfte mit Koka anging berichtete er dem kolumbianischen Kokaboss. Und bei der Stiftung drehte sich alles um Koka, wenigstens auf der dunklen Seite der Organisation. Nun, er berichtete nicht gerade alles. Er war ja keine Maschine, wie er gerne augenzwinkernd kommentierte. Er war ein Mensch mit eigenen Vorstellungen und Illusionen. Der Plan, sich die Yacht anzueignen, der war auf seinem eigenen Mist gewachsen. Er wollte sich selbständig machen. Damit würde er das große Los gezogen haben, den Haupttreffer.

Er hatte bisher bei allen seinen Aufträgen und Aufgaben Erfolg gehabt. Er zweifelte auch nicht einen Augenblick daran, dass er mit seinem Entschluss die Yacht zu kapern, den Geniestreich an sich vollzogen hatte. Dass es Opfer gegeben hatte, dass er bei der Durchführung der Operation buchstäblich über Leichen gehen musste, das machte ihm kein Kopfzerbrechen. Im Gegenteil. So war nun einmal das Leben. Auf sein Bitten hätten sie ihm die Yacht nicht überschrieben. Also, der Stärkere siegt, der Schwache bleibt auf der Strecke. Das war ein Naturgesetz, schon seit denkbar langen Zeiten. So sah er die Welt und er nannte es seinen Pragmatismus. Das Leben, *sein* Leben, das beanspruchte er als ein Vorrecht. Sterben lassen ebenfalls, wenn es das Ziel rechtfertigte.

Er würde die Frage, ob ihm das Töten Spaß mache, ob er Freude daran empfinde, klar und deutlich mit Ja beantworten. Und nicht nur am Töten selbst. Es sollte immer eine Zelebration sein - nicht einfach umbringen, vom Leben in den Tod befördern. Das konnte jeder. Das glaubte er wenigstens. Er machte aus dem Sterben seiner Gegner ein Event, an dem er sich ergötzte. Er war halt Künstler. Und rief sich das alles wieder und wieder genauso ins Gedächtnis. Solche Charakterzüge machen einen normalen Mörder zum Künstler. Schon bei dem Gedanken an seine Eigenschaft machte ihn high, spürte er eine innere Kraft mit großer Genugtuung. Er war halt Künstler, wiederholte er für sich. Und bestätigte derart immer wieder seinen Gehirnwindungen seine Lebensauffassung.

Wegen dem Coup mit der Yacht würden sie lamentieren, sie würden ihn eine Zeitlang jagen, eine gefahrenvolle Zeit lang, das ja. Aber irgendwann würden sie in den diversen Kokaorganisationen wieder zu dem wohl spezifisch berüchtigten Pragmatismus zurückkehren, der sie ja auch auszeichnete. Ja, und Kokabarone würden wieder mit ihm Geschäfte machen. Ja, auch mit ihm. Sie würden alle wieder gut verdienen.

Vielleicht würden sie auch wieder Geschäfte mit der Stiftung machen. Deshalb wollte er die in seinem Besitz befindlichen Dokumente auch wirklich nur als letzte Möglichkeit, als allerletztes Druckmittel ansehen. Alle würden sich wieder beruhigen. Er würde sie überzeugen und auch sicherlich die Stiftung mit der Zeit umsatzmäßig überholen. Weshalb also sollten die Kartelle ihm nachtragend sein?

War er erst einmal reich und wenn er jederzeit über die erforderlichen Geldmittel verfügen konnte, so war er auch auf einer großen Bühne einflussreich. Er würde sich seinen eigenen Vertriebsweg bis zum Endverbraucher aufbauen können. Andere hatten es ja auch geschafft. Keiner, den er in der Branche kannte, war zu Geld und Einfluss gekommen, weil er zimperlich war. Wer am zielstrebigsten über Leichen gehen konnte, schwamm heute ganz oben auf.

Er hatte ja eine ganz schöne Menge, einen schönen Wert in seinem Bunker. Auf der *Espera*. Zusammen mit seinem Ersparten auf den Caymans, ergab das ein recht hübsches Sümmchen als Startkapital.

... Henry? Für seinen Geschmack war der Kerl ein wenig zu weich oder überflüssigerweise gefährlich intelligent. Auch wenn er manchmal tat, als könne er nicht bis drei zählen. Und genau bei diesem Punkt läuteten bei Freddy regelmäßig die Alarmglocken. Freddy beschloss definitiv, dass Henry in seiner Organisation keine Rolle übernehmen konnte. Er wäre an seiner Seite ein sehr ernst zu nehmender Gegner. Der wusste einfach schon zu viel, als dass er ihn einfach seine Wege gehen lassen konnte. Mein Gott, dann würde ihn also zur gegebenen Zeit ein Unglück ereilen. Dagegen ist man halt nicht gefeit.

Hier, in seiner Heimat, das spürte er mit einem Gefühl der Begeisterung, lief er mit seinen Planungen wieder zu Hochform auf. Er spürte eine große Genugtuung, dass er in den letzten Minuten sich wieder voll und ganz mit seinen Planungen befassen konnte. Alles lief in seinem Kopf wie am Schnürchen ab.

Freddy würde hier und heute seine Angel auswerfen, nach den alten Beziehungen forschen, sie wieder aufwärmen. Er würde ja bald eine gute Mannschaft brauchen.

Er schaute bei der Polizeistation vorbei. Es gab ein neues Gesicht. Ansonsten hatten sie ihn noch nicht vergessen.

<Wie geht es diesem und jenem>? Ach so, Gustavo hat es erwischt. Ein gemeiner, hinterhältiger Mord. Nein, an den oder die Täter ist nicht ranzukommen. Kannst du was machen? „Zur Zeit nicht, aber ich vergesse euch nicht. Ich komme wieder."

„Wie lange bleibst du? Du gehst also zu der schielenden Natter? Hat sich ganz schön breit gemacht hier. Mischt jetzt im Mädchenhandel mit. Gerissen, nimm dich in Acht. Wir halten ein Auge offen."

„Versprochen?"

„Aber klar doch."

Zunächst traf Freddy diesen alten Widersacher, der jetzt im Geschäft mit den Nutten eine achtbare Größe war. Beinahe ein Monopol errichtet hatte. Die *Schielende Natter* schuldete ihm noch einen Gefallen. Es war an der Zeit die Außenstände einzutreiben. Bei diesem Gedanken lief eine freudige Erregung durch seinen Körper. So landete Freddy doch wieder zunächst in einem Puff.

Es gab Gezeter und Säbelrasseln. Es konnte aber nicht schaden, überzeugte sich Freddy selbst, wenn er zunächst, nach der langen Abstinenz, erstmal wieder ausgiebig bumsen würde. Dann konnte er sich immer noch den wichtigeren Angelegenheiten zuwenden. Und so nahm er das Angebot zur teilweisen Schuldenbegleichung an und ließ sich im Taxi mit zwei Nutten zur Yacht bringen. Freddy hatte aber klargestellt, dass dies noch nicht die gesamte Miete sei. „Da steht noch etwas offen."

Die allgemeinen und strengen Vorsichtsmaßnahmen, die ihn auf der gesamten langen Rundreise mit der *Espera* kaum Schlaf finden ließen, warf er nun buchstäblich von einem zum anderen Moment über Bord. Wie dem bei Männern so ist. Das Blut, das der kleine Mann zwischen den Beinen anfordert, fehlt dann im Kopf.

Für Henry nahm er eine Perle mit. Sie war 15 oder höchstens 16. Etwas kostspielig, um sie so einfach Henry zuzuschustern. Aber, was soll's, er war jetzt, hier, nahe seiner Geburtsstätte, in Geberlaune. So hatte er vergessen oder verdrängt, dass der lange Arm der Stiftung auch bis hierher reichen konnte, ja musste. Ungeachtet der Tatsache, dass er sich nun auf der Pazifikseite und nicht im Atlantik, dem Heimatgewässer der Stiftung befand.

Die Kleine sah noch wie ein halbes Kind aus. „Sie ist gerade mal zugeritten worden", hatte ihm sein alter Kontrahent versichert. „Aus der wird mal etwas."

Andererseits dachte er schon wieder sehr praktisch. Die Kleine hatte erfahrungsgemäß in den nächsten Tagen, nach den Initiationsriten, durchgeführt von seinem Kumpel und Freunden, gewisse Schwierigkeiten einem Mann Freuden zu bereiten.

„Die nehme ich mit für Henry, mein erster Offizier", gab er an. „Ich selbst brauche was mit Erfahrung. Es soll ja ein entspannendes Vergnügen und keine Sportveranstaltung werden. Immer schön delegieren, nicht selbst arbeiten." Er knetete der von ihm ausgewählten Nutte den Hintern.

„Bist wieder ganz der Alte", kommentierte der Hurenheinichef.

Das war Wasser auf die Gemütsmühle Freddys. Morgen würde er hier mit ganz anderen Bandagen auftreten, Ordnung in seinem Sinne schaffen.

Dass da irgendjemand dagegenhalten könnte, darüber wollte er nicht nachdenken.

Henry hatte seinerseits während der Abwesenheit Freddys darüber nachgedacht, dass es nun bald an der Zeit wäre, mit seinen Auftraggebern Kontakt aufzunehmen. Aber hier, in Buenaventura, in diesem stickig heißen, stinkenden Dreckloch, verließ ihn ein wenig der Mut.

Bisher hatte er, während der Abwesenheit Freddys, Passanten beobachtet und Arbeitern bei der Reparatur eines Fischerbootes zugeschaut.

Hier würde er partout nicht in Schwierigkeiten kommen wollen. Die Menschen, die hier wohnten, lebten und vielleicht auch arbeiteten, hatten sich an den Dreck und Gestank gewöhnt. Sie mussten, wenn auch ungewollt, sich damit abgefunden haben. Und letztendlich würde das auch auf ihren Charakter abgefärbt haben. Das ließ ihn doch ein wenig schaudern.

Besser so schnell wie möglich wieder heraus. Ganz gleich

wohin, aber es würde, ja es musste überall angenehmer sein als in diesem Dreckloch. Wie aber sollte er Freddy überzeugen, bei dem er, seit sie hier angelegt hatten, eine gewisse Veränderung in seinem Verhalten bemerkt hatte? Er strahlte nicht mehr das gewohnte Misstrauen in Person aus. Er schien irgendwie losgelöst von unsichtbaren Fesseln.

Freddy schien sich auf das Wiedersehen mit dieser Stadt und oder auch Umgebung gefreut zu haben. Hier konnte er ihm nicht entgegentreten. Er musste für die Erledigung seiner Aufgabe ein besseres Umfeld wählen und abwarten.

Henry war über die Wahl, die Freddy für ihn getroffen hatte, nicht wirklich glücklich.

Die Nutte, sie war ja noch ein Kind, wenngleich äußerlich als junge Frau gut entwickelt, konnte ihn nicht wirklich begeistern.

Freddy war im Luxusschlafraum von Al verschwunden. Er hatte Henry die Suite überlassen. Das nicht nur heute, sondern vom ersten Tag an. Für Freddy hatte das praktische Gründe. Die Suite lag tief im Vorschiff. Er selbst konnte von Als Wohn/Schlafraum die Tür aufmachen und war mit wenigen Schritten auf dem Achterdeck. Es war ihm zur Gewohnheit geworden sich in jeder Lebenslage einen Fluchtweg offenzuhalten und einzuprägen. Wenn das einmal nicht zielgerichtet möglich war, dann sah er dies als eine Einschränkung seiner persönlichen Freiheit an. Und Freddy hasste jede Einschränkung seiner Bewegungs- und Entscheidungsfreiheit. Er hatte es ja auch schon unter Beweis gestellt. Er konnte, für die Durchsetzung seiner Lebensart, leichtfüßig über Leichen gehen.

Auf den Eingang der Suite war eine Kamera gerichtet. Der dazugehörige Monitor war in Als Zimmer. So konnte Freddy, wenn es darauf ankam, Henrys Bewegungen, zumindest teil-

und zeitweise überwachen. Die Kamera und den Monitor schaltete er jetzt ein. Die Klimaanlage summte leise. Hier drinnen konnte man es aushalten. Draußen war ja die Hölle, die grüne, schmutzige Hölle, das erdrückendschwüle und heiße Wetter passte dazu. Nur die Bezeichnung, der Stadtname: <Buenaventura> war grotesk unangebracht. Wer würde hier schon von einem „guten Abenteuer" träumen?

Hätte Henry eine Kamera in der Suite gehabt, er hätte Merkwürdiges sehen können. Wahrscheinlich aber doch nicht, denn es ging hart zur Sache und er hatte zunächst keinen Blick für seine Umgebung. Oder für versteckte Kameras.

Die Nutte bei Henry brach in Tränen aus. Sie verschränkte die Arme vor der Brust, so ganz untypisch für eine Berufstätige aus der horizontalen Branche. Und sie hatte den Kopf gesenkt, begann zu wimmern. Ihre sehr spärliche Bekleidung wollte so gar nicht ihrem Ruf und Benehmen entsprechen. Henry sah, dass da etwas faul war. Wenngleich von einem Verbrecher, wie von ihm vorausgesetzt, eine ganz andere Verhaltensweise erwartet wurde, hatte er das Gefühl helfen zu müssen. Aber, vielleicht war es auch eine Falle, in die er tappen sollte. Eine Prüfung. Wieder mal eine, dachte er, die er bestehen sollte. Die Organisation, in die er hineingeraten war, hineinversetzt wurde, hatte einen furchterregenden langen Atem. Für den, der die Prüfungen nicht bestand, hatten sie einen langen Arm, einen immer ausreichend bewaffneten Arm. Vielleicht würde aber auch sein Alptraum bald vorbei sein. Sie waren ja jetzt in absehbarer Zeit in dem vorausbedachten Einsatzgebiet.

Henry schaute sich zum X-ten Male auf dieser Reise in den Gemächern der Suite um. Gegen Mikrofone konnte er ein Musikgerät einschalten. Es kotzte ihn aber schon an, immer die gleiche Musik von einem Speicher, immer den gleichen Lärm hören zu müssen. Neue auszusuchen hatte er aber auch keine

Lust. Was er hörte, war letztendlich am wenigsten verdächtig. Er konnte wieder keine Kamera entdecken. So schaltete er also wieder einmal die traditionelle Lärmquelle ein.

„Komm, setz dich", sagte er schon im Verschwörerton. Das Mädchen schaute ihn verängstigt an. Henry sah jetzt, dass ihre linke Gesichtshälfte etwas angeschwollen war.

Er musste sein Angebot noch zweimal wiederholen, bis das Mädchen, sich wirklich auf den Rand des luxuriösen, herzförmig gestalteten Wasserbettes setzte.

„Ich werde jetzt meinen Arm um dich legen", sagte er leise und hoffte, dass sie nicht gleich aufschreien würde. Aber, ein Schrei an sich hätte Freddy, sollte er ihn vernehmen können, sogar als gutes Zeichen aufgefasst. <Henry steht seinen Mann>, würde er zufrieden denken.

Sie/es schrie aber nicht, nur das Wimmern wurde eine Tonlage lauter. Sie zitterte am ganzen Körper, als er sich neben es setzte und ganz vorsichtig seinen Arm um ihre Schulter gelegt hatte.

„Du solltest Vertrauen zu mir haben", sagte er ihr fast flüsternd ins linke Ohr. Doch mit ein paar wohl gutgemeinten Worten konnte er so auf die Schnelle noch keine hoffnungsvolle Glücksmomente bei der offensichtlich geschundenen Kreatur wecken. Zu Recht übertraf die Angst und das Misstrauen jede andere Gefühlsregung.

Das Mädchen stöhnte ziemlich laut auf. Der Kopf sank noch tiefer. Henry sah jetzt klar, dass er Zeit brauchen würde, wenn er sein Ziel erreichen wollte. Er musste zunächst das Vertrauen dieser jungen Frau gewinnen. Als junge Frau wollte er sie jetzt sehen. Sie war noch nicht in dem Sumpf verloren und Henry dachte an seine zwei jüngeren Geschwister. Die Jüngste mochte jetzt ebenfalls in diesem Alter sein. Es schauderte ihn bei dem Gedanken, dass dies hier auch seine eigene Schwester sein könnte. Das Schicksal brauchte nur hart zuzuschlagen, und schon würde sie rettungslos untergehen in dem Dreck und hoffnungslos verloren sein.

„Ich werde dir nichts tun."

Das Zittern ging weiter.

„Ich will dir helfen."

Das Zittern ließ nach.

„Ich hol dir was zu trinken."

Sie fasste das Wasserglas mit beiden Händen und bewegte langsam ihren Blick zu dem Henrys.

Es kamen keine Tränen mehr, Henry bemerkte, dass sie vielleicht keine mehr weinen konnte. Es musste für sie zu viel gewesen in den letzten Tagen. Ihre Augen waren stark gerötet und jetzt bemerkte er auch die Schatten unter den Augen.

„Ich habe Angst", sagte sie leise.

„Ich will dir helfen, du...."

In diesem Augenblick fuhr draußen auf dem Kai, ein gutes Stück von der Yacht entfernt und noch nicht auf dem Steg, ein Jeep vor. Henry kannte das Geräusch der Reifen die mit Tempo und gleichzeitig gebremst in eine enge Kurve gefahren wurden.

Männer sprangen heraus. Spurteten den Steg entlang. Henry konnte sie durch die dicke Plexiglasscheibe sehen.

„Jetzt geht das schon wieder los", dachte er. Waren die denn nicht informiert, dass er mit einem Sonderauftrag an Bord war? Aber nein, das war ja Quatsch. Das wäre das Letzte, was seine Führung machen würde, diese korrupte Bande von Polizisten und ausgerechnet in Buenaventura in geheime Operationen einzuweihen.

Die Männer waren jetzt außer Sicht. Er hörte Schritte, dann ein leises, kaum wahrnehmbares Vibrieren. Da schien jemand an Bord gekommen zu sein.

„Bleib ganz ruhig", sagte er noch dem Mädchen. „Es wird dir nichts geschehen."

Bei sich überlegte er, was er wohl tun könnte, wenn die vom Puff kämen, um sie zu holen.

Dann sagte er, „am besten du ziehst dich aus, leg dich ins Bett und bedecke dich."

Sie schaute ihn groß an.

„Es ist für deine Sicherheit", sagte er schnell. „Mach, mach, mach."

Dann hörte er Stimmen und gleich darauf hastende Schritte. Dann liefen in ganz kurzem Abstand die Diesel an. <Verdammt, was war das?>

Die Yacht bewegte sich und drehte, er konnte es aus einem Lichtschacht sehen, vor dem er die Gardine weggezogen hatte.

Dann drehten die Diesel höher und sie schossen bald zwischen den grünen Urwaldwänden dahin, in Richtung offenes Meer.

„Bleib hier, ich schließe die Tür von außen ab. Und denk daran, zieh alles aus, ich werde dich beschützen."

Henry rannte zum Cockpit, stoppte und näherte sich dann vorsichtig. Wer mochte da am Steuer sitzen? Dann erkannte er, dass es Freddy war.

„Was war *da* los, du bist ja nackt."

„Ach nein, das hätte ich ohne deine Spitzfindigkeit gar nicht gemerkt. Verdammte Scheiße. Wenn man so von seiner Lieblingsbeschäftigung weggezerrt wird. Scheiße, Scheiße und nochmals scheiße. Scheiße im Quadrat," schrie jetzt Freddy.

„Na da bin ich ja mal gespannt."

„Gespannt - gespannt bist du?"

Henry schwieg.

„Ich - äh, wir können von Glück sagen, dass die Bullen wenigstens noch ehrlich geblieben sind. Alte Kumpels von mir. Sie kamen um mich zu warnen."

„Ja und? Das freut mich für dich."

„Nun, deinen Arsch haben die ja damit auch gerettet. Du könntest ruhig und der Lage angemessen, ein wenig mehr Dankesgefühle zeigen. Die kamen, um mich zu warnen, dass sich die Drecksäcke zusammengerottet hatten, im Rudel wollten sie mich, nun ja, sicher auch dich, kaltmachen. Mit Maschinenpistolen. Eckler und Kotch - Heckler und Koch. Nicht mal die Polizei ist so gut ausgerüstet wie die."

„Und daher die Eile!"

Es war keine Frage, nur eine Feststellung. Henry war innerlich erleichtert. Da hatte die Polizei doch keinen Fehler gemacht. Ob sie jetzt in erster Linie Freddy retten wollten oder die gute Tat auf Anweisung von oben ihm gegolten hatte, das würde er später feststellen wollen. Etwas verwundert stellte er sich die Frage, ob er in dieser Weltgegend bereits wieder unter dem schützenden Schirm *seiner* Leute war? Das auf einem Territorium, das von der DEA zwar nicht kontrolliert aber wenigstens überwacht und in gewisser Weise in Sachen Drogen mitgestaltet wurde.

Hier hatte diese amerikanische Antidrogenagentur in vielerlei Hinsicht ihre Finger im Spiel. Und Henry war in diesem Katz- und Mausspiel, über eine Spezialausbildung, in das gegenwärtige, noch laufende Himmelfahrtkommando eingeschleust worden. Sein altes Leben war getilgt worden. Er erhielt eine vollkommen neue Vergangenheit, eine gerne als wasserdicht bezeichnete Legende. Eine in den gewünschten Kreisen respekterheischende Legende.

„Eile, Eile", äffte Freddy mit einer deutlichen Verspätung nach, „fällt dir sonst nichts ein?", Freddy war immer noch außer sich vor Wut. Würde sie noch steigerungsfähig sein? Henry war jetzt so viele Wochen mit diesem Typen auf engstem Raum und exklusiv unterwegs. Aber er war immer noch nicht in der Lage sich über ihn ein abschließendes Urteil zu bilden.

Henry schwieg wieder. Er fand es sicherer.

„Diese *hijos de una miserable apestosa podrida ignoranten* ... *puta* - diese Söhne einer armseligen stinkenden verfaulten unterbelichteten ... Nutte. Diese verdammten Stücke von Affenscheiße."

„Geh und zieh etwas an, ich übernehme so lange das Steuer."

Freddy rührte sich nicht.

Die Yacht fegte immer noch mit Höchstgeschwindigkeit dem offenen Ozean entgegen.

An einer leichten Biegung kam ihnen ein Frachter entgegen. Freddy nahm nicht ein bisschen Gas weg. Henry stellten sich die Haare zu Berg, als er sah, dass Freddy die Yacht so fuhr, dass sie unweigerlich mit des Frachters linker Seite kollidieren mussten. Doch dann, kurz vor der scheinbar unabwendbaren Kollision, wurden sie von seiner Bugwelle zur Seite versetzt. In weniger als zwei Metern Distanz zu dem stählernen Schiffskörper rauschten sie dann vorbei.

Dieser raffinierte Hund. Wo und von wem hatte er diesen Trick gelernt?

Henry schwieg. Dachte aber besorgt daran, dass der eine oder andere Baumstamm doch zwischen dem Grünzeug treiben konnte. Hier, nach einer Havarie, zwischen Krokodilen baden zu gehen, wäre alles andere als ein Vergnügen.

„Da dachte ich, wir könnten uns vor den großen Ereignissen noch etwas ausruhen und stärken. Ich zählte auf die alten Seilschaften in dieser schönen Stadt. Und was ist davon geblieben - nur die Bullen. Die haben meinen Arsch gerettet. Selbigen, den meine guten alten Freunde aufreißen wollten. Und deinen Arsch gleich mit." Freddy hatte es eben gerne mit drastischer Umschreibung und Analprodukten zu tun. Seinem Freund konnte das schon lange nicht mehr imponieren. Aber es war nicht sein Jargon und immer wieder spürte Henry eine innere Rebellion. Gerade dann, wenn

Freddy einmal wieder Schlag auf Schlag analfixiert formulierte.

Sie waren schon weit auf dem Meer und immer noch Kurs West. Freddy wollte bewusst oder aus schierer Panik möglichst entfernt, immer weiter weg von diesem Platz. Der bis jetzt die größte Gefahr, und sicher auch Enttäuschung dieser Reise darstellte.

„Nimm das Steuer", knurrte Freddy plötzlich, „ich habe ja noch einen Braten im Backofen."

Er fragte nicht nach Henrys Damenbegleitung. Das war ihm nur recht.

Freddy drehte sich im Weggehen noch einmal um: „Kannst jetzt ruhig Gas rausnehmen. Folgen können sie uns ja nicht mehr."

Es mochten zwei Stunden vergangen sein. Henry hatte bereits vor über einer Stunde die Geschwindigkeit so weit gedrosselt, dass die Yacht eigentlich nur noch auf dem tiefblauen Wasser des Pazifiks dahinschlich. Er wusste ja nicht, wohin Freddy jetzt steuern wollte.

Dann kam er, frisch geduscht, die Haare noch nass. Er hatte gute Laune. Das war doch schon die halbe Miete für den Rest des Tages.

„Was machen wir jetzt mit den - äh ... Nutten?"

„Die bleiben erst einmal bei uns. Wenn sie uns dummkommen schmeißen wir sie raus."

„Du meinst, eben mal so zu den Fischen ins Meer?"

„Nun komm mir nicht wieder mit deinen Sentimentalitäten. Mit deinen Gewissenskonflikten und Seelenqualen. Manchmal versteh´ ich dich einfach nicht. Man braucht doch nicht einen außergewöhnlichen Intelligenzquotienten, um die einfachsten Naturgesetze zu kapieren. Wenn nutzvolle Last zum behindernden Ballast wird, dann muss die Entscheidung doch ohne langes Nachdenken fallen. Der Ballast muss weg. Wann fängst du denn endlich an rational zu denken?"

„Mann, ich denke, dass wir sie doch nicht gleich wegwerfen müssen, wenn sie als Sexspielzeug nicht mehr interessant sind. Man muss ja nicht den ganzen Tag auf ihnen rumreiten. Man könnte sie zum Beispiel auch anstellen zum Kochen. Sie könnten unsere Dienerinnen sein, unsere Hausmädchen und dazu noch unsere Gespielinnen. So ähnlich, wie es damals die alten Römer vorlebten. Ich versuche halt ein bisschen weiter zu denken. Wir bräuchten schmutziges Geschirr nicht, wie üblich, über Bord zu werfen. Die könnten es abwaschen."

„Ich kann Weiber auf die Dauer nicht ausstehen. Dann labern sie dir die Ohren voll und du kannst keinen vernünftigen Gedanken mehr aufbringen. Ich sage dir, am besten weg mit ihnen, wenn es so weit ist. Eher früher als später. Wir können uns ja bald so viele kaufen, wie wir wollen, jedenfalls mehr als wir vernaschen können. Und zudem, nach einer alten Seemannsregel bringen Weiber an Bord Unglück."

„Also, sentimental hin, sentimental her, ich kann mich mit deiner Idee nicht anfreunden."

Henry suchte weiter nach einer Argumentation, mit der er Freddy überzeugen konnte und sich doch gleichzeitig nicht zu weit gefährlich vorwagen musste. Diplomat sein nach außen, ohne als solcher aufzufallen. Hartnäckig sein und doch den Anschein erwecken, als würde ihm zwar an der jungen Frau nichts liegen, jedoch, sie verteidigen, ihr Recht auf Leben verteidigen. Schon mehrere Male war er auf dieser Fahrt in Verlegenheit gekommen sich mit seinen Moralvorstellungen zu weit vorzuwagen und sich zu verraten, wenngleich nicht wegen einer Frau. Jetzt ein kleiner Schritt oder ein Wort zu viel, konnte bei Freddy einen Schalter umlegen, ohne dass dann Aussicht bestand, diesen wieder so zu justieren, dass die Mission nicht in

Gefahr kam zu scheitern. <Vorsicht, Vorsicht> mahnte sich Henry. Noch musste er seine Rolle weiterspielen.

Die Mission stand jetzt kurz vor dem Ziel oder auch der Vollendung. Jetzt musste er sich zusammennehmen, damit nicht auf den letzten Metern ein Scheitern drohte. Dann nämlich hätte er mehrfachen Ärger. Von der DEA durfte er in einem solchen Fall nicht mit Verständnis rechnen. Seine persönlichen Einstellungen hatte er der gestellten Aufgabe unterzuordnen. Vom Erfolg hing aber auch sein komplettes zukünftiges Leben ab. Dafür musste er aber gerade jetzt und in der nahen Zukunft überleben.

Die DEA hatte viel investiert, um in langer, mühevoller Kleinarbeit eine klandestine Organisationsform aufzubauen, die in der Lage war, die Kokaszene zu infiltrieren. Um einen großen Schlag zu landen, hatte sich in letzter Konsequenz alles auf ihn zugespitzt. Letztendlich stand oder fiel das ganze Unternehmen mit ihm. Auf sein geschicktes Verhalten kam es in erster Linie an.

Andererseits, wie würde er sich vor seinen Auftraggebern verantworten können, wenn er so einfach zuschaute, wenngleich nur passiv handelte, wie Leben vernichtet wurde? Die Menschenopfer Al und das holländische Brautpaar waren als Risiko noch einkalkuliert worden. Was natürlich in keinem offiziellen Bericht stehen würde. Gunter war ein Zufallsprodukt. Ihn zu retten war einfach nicht möglich, ohne die bereits weit fortgeschrittene Operation komplett zum Scheitern zu bringen. Gunters Opfer war nicht einkalkuliert, aber auch nicht zu verhindern. Dieser Schluss war vollkommen wertefrei und er zielte in keiner Weise auf den Lebenslauf des Ingenieurs.

Das große Ziel, auf das die Antidrogenbehörde, mit ihm in der Hauptrolle, so lange hingearbeitet hatte, es war dann aber durchaus in Gefahr verfehlt zu werden. So gesehen steckte er jetzt in einer verzweifelten Zwickmühle. Sollte er wirklich scheitern, und damit alles scheitern, letztendlich wegen einer - er wollte es partout nicht weiterdenken, wegen einer Nutte? Man würde es ihm sicher nicht als Pluspunkt in seiner Akte vermerken. Henry fühlte sich beschissen, wie es wohl Freddy ausgedrückt haben würde, dachte er.

„Mensch, machst du ein Geschiss, wegen einer Nutte. Es gibt sie doch wie Sand am Meer. Ich schenke dir zehn, wenn wir unser Ding durchhaben."

Auch Freddy sah, dass er sich nicht wegen einer Nutte mit Henry überwerfen durfte. Er brauchte ihn ja - *noch*. Er machte eine eigenartige, schwer zu interpretierende Kopfbewegung, die er jedoch gerne sofort wieder zurückgenommen hätte. Nun ja, dachte er dann, es war eine Kopfbewegung, er hatte ja dazu nichts gesagt. Sie hatte, beziehungsweise hätte nur lautlos seine Absichten verraten können. Konnte es Henry bemerkt haben? Aber, verdammter Mist, aus dem Burschen Henry wurde er nicht schlau. Er war so intelligent und nun klammerte er sich an eine wertlose Nutte.

Als beruhigende, als verständnisvolle Geste gedacht, sagte er dann allerdings: „Kumpel, wenn dir so viel an ihr liegt, dann behalte sie doch. Vögel sie so oft durch, wie es dir Spaß macht und wir bleiben Freunde, wir streiten uns nicht wegen eines ... Weibsstückes." Gerne hätte er noch ausdruckkräftig den Begriff - ..."*verdammten, Scheißweibstückes*"- hinzugefügt. <Heute nicht>, beruhigte er seine mörderischen Gefühle.

„So gefällst du mir besser. Manchmal bist du so verbohrt, wie besessen von einer Idee. Sei doch mal locker."

Wäre Freddy nicht in einer so entspannten körperlichen Situation gewesen, er hätte die Sache nicht so gütlich zu den Akten gelegt. Er hätte die aufsässige Bemerkung Henrys nicht so nachgiebig bereinigt oder auf sich beruhen lassen. Und Henry wusste das auch, dass er die Gunst der Stunde für sich genutzt hatte. Dann pfiff er sich innerlich zurück. <Bleib

vorsichtig>, befahl er sich, <setz deine Aufgabe nicht aufs Spiel>.

„Ich mach uns etwas zu Essen. Auf was hast du Lust?"
Damit war das andere Thema vom Tisch, die sprichwörtliche Kuh vom Eis. „Kann ich deine Freundin anspornen mir zur Hand zu gehen?"
„Anspornen ... anspornen"? äffte Freddy mit gekünstelter hoher Frauenstimme. „Geb ihr einen Tritt in ihren fetten Arsch, wenn sie sich nicht nützlich machen will. Die will doch sicher auch etwas essen, dann soll sie auch etwas dafür tun."
„O. k. ich werde deine Wünsche übermitteln."
Freddy lachte. „Wünsche, Wünsche, das ist gut. Vielleicht soll ich auch noch ein guter Gastgeber sein." Das war wirklich zum Lachen. So entspannt hatte er sich schon lange nicht mehr gefühlt. Über diese Hurensöhne in **Buenaventura** machte er sich im Augenblick keine Sorgen mehr. Was er in dieser Sache unternehmen würde, das musste er sich gut überlegen. Aber es würde eine Rache sein müssen, von der man in einschlägigen Kreisen, am besten in ganz Kolumbien, noch lange sprechen sollte. Und zu meinem Vergnügen soll es auch sein. Er atmete tief durch. Eigentlich verspürte er gerade Lust auf eine entspannte Sexpartie mit seiner .... „Scheiß drauf", artikulierte er für sich. Andererseits war Henry bereits außer Hörweite, der in dieser Sexpartie den Steuermannssitz hätte übernehmen müssen. „Sollen sie mal Mittagessen machen." Auch das hatte er mehr so vor sich hingemurmelt.

Henry klopfte wiederholt an die Tür zu Als Ex-Appartement. Keine Antwort. Die Tür war nicht verschlossen, so schaute er hinein. Die Dame lag quer über dem großen, ebenfalls luxuriösen Bett und schnarchte. Al hatte allerdings sein Wasserbett durch ein Bett mit recht harten orthopädischen

Matratzen ersetzen lassen. Mit seinem immer wieder eingegipsten Bein konnte er die unkalkulierbaren Eigenheiten eines Wasserbetts nicht ausstehen.

Henry fasste sie am Arm und sagte: „Aufstehen.“

Ohne die Augen zu öffnen, knurrte sie: „Haste noch immer nicht genug? Ach, du bist es. Ist die Kleine nicht nach deinem Geschmack? Oder willst du es lieber mal wirklich professionell?“

Henry präzisierte dann sein Anliegen.

„Und dafür weckst du mich?“ Sie schien ernsthaft beleidigt. Ihre Stimme war schrill, gewohnheitsmäßig, wie es im Puff eben Usus war.

„Freddy will es so.“

„Wer ist Freddy?“

„Jetzt hast du es zwei Stunden mit ihm getrieben und weißt noch nicht mal seinen Namen.“

Jetzt schien sie zu kapieren. „*Was* will er?“, schrie sie fast?

„Ich soll kochen helfen? Ich mache gerne jede Schweinerei mit, aber kochen. Bin ich denn ein Dienstmädchen? Zu was will der mich denn machen? Ich soll mir meine Hände und Nägel in der Küche ruinieren?“

Henry versuchte es ihr klarzumachen, dass ihre Weigerung unter Umständen schwerwiegende Folgen haben konnte.

„Warum hast du es nicht gleich im Klartext gesagt.“ Halblaut fügte sie dann noch an: „Fick dich ins Knie.“

Was hatte das denn jetzt mit der neuen Situation und einem Klartext zu tun? Henry stellte sich diese Frage. Verzichtete aber umgehend darauf nach einer letztendlich klärenden Antwort zu suchen.

Dann zog sie sich etwas an.

Sie stellte sich dann doch ziemlich dämlich an und vielleicht war es auch ihre Absicht. Die junge Frau aus dem Besitz Henrys, mittlerweile wieder in ihren spärlichen Kleidungsstücken, stets mit gesenktem Kopf, schien dagegen ein Interesse zu haben zur Hand zu gehen. Sie schaute aber die ausgereifte Nutte nicht ein einziges Mal an. Später sollte Henry erfahren, dass sie dabei war und zugesehen hatte, als sie mehrmals vergewaltigt wurde. Sie hatte die Typen angefeuert und stets ein dämliches oder hämisches Grinsen zur Schau getragen. Und seelenruhig eine Zigarette nach der anderen gequalmt.

„Wo sind denn eigentlich hier die Zigaretten", wollte die ausgereifte Hure jetzt wissen?

„An Bord raucht niemand, folglich sind auch keine Zigaretten da."

Sie motzte und wollte es einfach nicht wahrhaben, dass ihr Liebhaber eine solch protzige Yacht besaß und mit Zigaretten knauserte. „Na, das kann ja heiter werden, Blödmann", kommentierte und titulierte sie Henry.

Henry gab ihr dann doch noch den ehrlich gutgemeinten Rat, keinen Streit zu suchen, schon gar nicht wegen Zigaretten.

„Was hast *du* denn überhaupt zu sagen? Du machst besser deine Arbeit, hältst die Klappe. Ich brauche von solchen Typen, Schlappschwänzen wie du, keine Ratschläge." Ihre Stimme hatte in einen außerordentlich ordinären Tonfall gewechselt.

Sie hatte ihn offensichtlich mit einem Dienstboten verwechselt. Nun ja, das war nicht schwer, denn nach echt kolumbianischer Lebensauffassung musste ein Mensch, der einen solchen Luxus sein Eigen nannte, auch seine Küchenhilfen, Putzhilfen, Kindermädchen, Gärtner und Köchinnen oder Köche haben. Und schon fühlte sie sich als Mätresse, mit allen zugehörigen häuslichen Rechten. Von jeder Arbeit freigesprochen und überhaupt davon regelrecht abgestoßen.

Henry stellte mit einer gewissen Erleichterung fest, dass diese Frau ihm nun weniger bedeutete als noch vor fünfzehn

Minuten. Trotzdem wehrte er sich gegen den Gedanken, möglicherweise ihr vorauszusehendes Ableben als gerechtfertigt und schon gar nicht als Erleichterung zu empfinden. Er rief sich ernsthaft zur Ordnung und dazu auf, ja nicht in die moralischen Niederungen Freddys einzutauchen.

Für den Abwasch bot sich die junge Frau an.

Die Hure hatte Freddy wegen Zigaretten angesprochen und fing an zu zetern. „Du schleppst mich auf dein Schiff und hast noch nicht einmal Zigaretten."

„Ich geb´ dir zehn Dollar. Dann schwimmst du an Land und kaufst dir welche. Was hältst du davon?"

„Verarschen kann ich mich selbst. Was glaubst du eigentlich wer du bist?", bekam er postwendend zur Antwort.

„Ich rate dir deine Frechheiten runterzuschlucken. Ich höre sie mir nicht lange an. Kapiert?"

Sie sagte daraufhin auch nichts mehr. Wahrscheinlich kannte sie aus Erfahrung, wie schmerzhaft es für sie werden konnte, wenn sie vor einem dominanten Mannsbild auf ihrer Position weiter herumreiten würde.

Nach dem Essen wurde Henry von Freddy angesprochen, dass sie sich doch wegen der nahen Zukunft unterhalten müssten. Ihr Ziel und damit der Tag der Entscheidung oder gar Entscheidungen käme ja immer näher. Er würde es schon schätzen, wenn ihm Henry dabei zur Hand ginge. Dazu, und wenn es so weit wäre, sollte er auch Bescheid wissen, auf dem Laufenden sein und mitentscheiden, ihm mit guten Ratschlägen zur Seite stehen. Er hoffe natürlich auch auf seine tatkräftige Hilfe, auch und besonders, wenn es mal brenzlig werden sollte. Dass er professionell handeln könne, habe er ja bereits bewiesen.

Freddy hoffte, dass diese salbungsvolle Einleitung ihre Wirkung nicht verfehlen würde.

Henry war gerade von dieser Ansprache überrascht, hatte

sich doch der Kumpan angehört als hätte er Kreide gefressen. Wahrscheinlich, nein, ganz bestimmt waren die für Freddy nicht sehr erfreulichen Ereignisse und Entwicklungen in **Buenaventura** zumindest mitentscheidend für die neue Anhänglichkeit des so plötzlich gewandelten Freddy.

Er zeigte dann Henry zunächst die Karte von Panama bis in den Süden Mexikos, nahe dem Golf der Halbinsel **Baja California**.

„Was ist deine Meinung, wo würdest du vor Anker gehen? Es geht um unsere Sicherheit und nicht zuletzt um das Geschäft. Irgendwo, an einer geografisch geeigneten Stelle, muss ich die Verbindung zu potentiellen Geschäftspartnern aufnehmen. Das kann ich nicht von einer in einem Hafen liegenden Yacht tun. Die Gründe dürften sich dir ja, aufgrund der Erfahrungen während der Reise, eingeprägt haben.

Über die Geschäftsleute oder Geschäftspartner hatten sie bis jetzt noch nicht gesprochen. Henry hielt sich vornehm zurück. Der Kumpel Freddy hielt sich ebenfalls zurück. Das war vielsagend, dachte sich Henry. Aber er wollte auch keinerlei Verdacht aufkommen lassen, indem er zu wissen begehrte, oder auf genauere Auskunft drängte, an welche Verbindungsleute Freddy dachte oder sie in der Hinterhand hatte.

Er hatte lange Zeit gehofft, Freddy würde ihm das von sich aus zu einem früheren Zeitpunkt ihrer Reise mitteilen. Denn nur unter dieser Voraussetzung, das hatte er Freddy vor der Kaperung der Yacht klargemacht, würde er mit von der Partie sein. Er sollte nämlich stets allumfassend informiert werden.

Henry musste aber bald feststellen, dass Freddy von Grund auf total misstrauisch war. In Sachen Zukunftsplanung war er komplett verschwiegen und zu keinem Augenblick hatte er vor, sich in die Karten schauen zu lassen und die Absichten mit seinem Partner zu teilen.

Das erleichterte nicht gerade Henrys Position. Hätten die

Leute, die in die DEA-Operation eingeweiht waren, darüber Bescheid gewusst, sie wären in wachsendem Maße beunruhigt gewesen.

Von daher war sich Henry ziemlich sicher, ja er neigte immer mehr zu der Meinung, dass Freddy letztendlich zumindest versuchen würde die Aktion allein zu Ende zu bringen. Im entscheidenden Augenblick würde er im Wege stehen und Freddy würde keinen einzigen Moment zögern, ihm die Kugel zu verpassen.

Wenn er aber jetzt mehr Einzelheiten, vielleicht sogar entscheidende Einzelheiten über das weitere Vorgehen Freddys erfahren würde, konnte er eigene Initiativen entwickeln. Er könnte sich in die Lage versetzt sehen die eigenen Planungen auszuarbeiten und seine Chancen zu nutzen, sie an seine Auftraggeber weiterzuleiten.

Henry wertete es als weiteren Beweis seiner Theorie, dass Freddy sich bei dem Thema Nutte, beziehungsweise die junge Frau an Bord zu behalten, so verständnisvoll nachgiebig gezeigt hatte. Das war nicht Freddys Art. Der wollte jetzt, nachdem er seine Gefühle und Absichten so lange unter Verschluss gehalten hatte, nicht sozusagen in letzter Sekunde, den Erfolg gefährden. Und für den Erfolg brauchte er offensichtlich Henry. Zumindest bis er seine geplante Position im Kreise seiner Kokahändler gefestigt oder gar gesichert hatte.

Da gab es aber zeitnah ein heikles Thema. Klar war, dass Henry bei Freddy den Eindruck erweckte, dass er an dieser Nutte irgendwie den Narren gefressen hatte. Ein recht menschliches Interesse entwickelt hatte. Schnell konnte da ein Zerwürfnis in handfesten Streit ausarten und die ganze Operation wäre gefährdet. Wegen Weibern! Und in diesem Punkt hatte Freddy seine unumstößliche Meinung.

Freddy hatte ja Zeit, *er* brauchte nichts zu überstürzen. Geduldig würde er den richtigen Moment abwarten können, das heißt den Moment ab dem Henry entbehrlich sein würde. Und dann ... das versprach sich Freddy und umfasste mit einem festen Griff den Knauf seiner Pistole. Auf keinen Fall und auch niemals hatte sich Freddy mit dem Gedanken überhaupt beschäftigt, seine zu erwartende Beute durch zwei zu teilen. Ja überhaupt zu teilen, zu welchen Prozentsätzen auch immer.

Freddy fuhr jetzt mit einem Zeigefinger die Pazifikküste der Mittelamerikanischen Staaten entlang nach Nordwesten. Dann fasste er seine Gedanken in Worte. „Früher oder später, lieber etwas später, denke ich, sollten wir einen Platz finden, wo wir die *Espera* verankern können. Der Platz sollte nicht allzu nahe der Küste sein, vor allem aber außerhalb der Dreimeilenzone. Er soll aber auch nicht zu weit weg sein, weil ich ja schließlich so eine Art Pendelverkehr von der Yacht zum Festland und umgekehrt einrichten muss. Um es vorweg zu sagen, **Costa Rica** ist mir zu modern. Ein recht gefährliches Pflaster, wenn es darum geht Gesetze anzuwenden und Andersdenkende von der Polizei jagen zu lassen. Je rückständiger einer dieser beschissenen Flecken auf der Landkarte ist, desto aussichtsreicher entwickeln sich die Geschäfte bis hin zum gewünschten Erfolg."

„Du sagtest Pendelverkehr. Darf ich erfahren, wie du das einzurichten gedenkst? Willst Du vielleicht einen Fischerkahn kapern?"

„Lass dich überraschen", sagte Freddy geheimnisvoll und grinste über das ganze Gesicht.

Henry beugte sich über die Kartenansicht und sagte schließlich. „Ich würde also nicht so weit nach Norden gehen. Dort laufen wir doch Gefahr, dass uns die Mexikaner den Amis in die Arme treiben. Ich würde weiter südlich davon bleiben. Je beschissener ein kleines Land ist, in diesem Fall pflichte ich dir voll bei, desto leichter wird es immer sein, Entscheidungsträger zu finden, die die Hand aufhalten, die man für gewisse Gefälligkeiten bezahlen kann."

„Dito, das hatten wir schon."

Was Henry nicht gesagt hatte, war, dass es seinen Vorhaben und den Absichten seiner Auftraggeber von der DEA nicht entgegenkommen würde, wenn sie sich in einem so großen Land wie Mexiko möglicherweise verlieren würden. Freddy konnte auf die Idee kommen dort unterzutauchen, zu verschwinden. Außerdem mussten sie Konflikten mit der dortigen Machtfülle der ortsansässigen äußerst brutalen Narcofürsten aus dem Weg gehen. Es galt zum gegenwärtigen Zeitpunkt zu vermeiden sich noch mehr Gegner und damit Komplikationen zu schaffen. Mit Sicherheit würden sie von diesen fast allmächtigen Organisationen als unliebsame Eindringlinge und Konkurrenten angesehen werden. Dann wäre nicht nur der schöne Plan der DEA zunichte, sondern sie würden direkt in Lebensgefahr schweben.

Henry gedachte zur rechten Zeit die Voraussetzungen zu schaffen, um einen erfolgreichen operativen Zugriff auf die Kokaorganisatoren in einem der kleineren übersichtlichen Mittelamerikanischen Ländern zu ermöglichen. Immer unter Wahrung höchster Vorsicht auftragsgemäß versuchen, die planmäßige <Endlösung> zu ermöglichen. Das hieß, er musste versuchen Freddy möglichst total unauffällig auf die günstigsten Lösungswege für die Strafverfolger zu dirigieren. Dies natürlich im Sinne der Planungen, Vorbereitungen und Möglichkeiten der DEA. Der Schaden, der dadurch den verschiedenen Kokamanagern und ihren Organisationsformen zustoßen musste, sollte sich im größtmöglichen Rahmen bewegen.

Ihr Standort, mit der *Espera* als vorläufiges Vertriebs- oder Verteilerzentrum, sollte so sein, dass die DEA mit bereitstehenden Spezialkräften jederzeit die beste Aussicht auf den größtmöglichen Erfolg hatte. Die Zielsetzung, und damit Erfolg, hieß in erster Linie in einer Zusammenfassung: Kokainproduzenten, Vertriebswege und Verteiler aufzuspüren und so nachhaltig wie möglich zu schädigen und aus dem Verkehr zu ziehen. Man hoffte auch auf einen bedeutenden Kollateralschaden bei den Koka-Kartellen. Alle beteiligten Organisationen mussten einen so nachhaltigen Rückschlag erleiden, dass sie erst nach einer möglichst langen Zeit wieder an die gegenwärtigen Geschäftserfolge aufschließen konnten.

Freddy schien begeistert. „Also ja, das hatten wir doch schon", wiederholte sich Freddy. Er schien angestrengt nachzudenken. „Aber Scheiße, wie du das auf den Punkt gebracht hast. Ich hätte das mit den korrupten Bananenrepubliken nicht so vornehm ausgedrückt, aber das trifft den Nagel genau auf den Kopf."

„Ich würde einmal Panama ausschließen", fuhr Henry fort, „denn die Stiftung dürfte dort so gut wie alles mobilisiert haben, um uns gebührend in Empfang zu nehmen. Sowohl auf der Atlantikseite als auch hier an der Pazifikküste. Wir können sicher sein, dass die Yacht mit ihrer Fracht unser und ihr wertvollster Besitz ist, den sie folgerichtig nicht verlieren wollen. Das andere Pfand sind natürlich die kompromittierenden Dokumente, die du sicher verwahrt hast. In allererster Linie müssen wir aber zunächst für den Schutz der Yacht sorgen. Wenn die Yacht in Sicherheit ist, dann sind wir es auch - ich meine relativ."

„Analyse o.k., Panama ist abgehakt. Das mit der relativen Sicherheit ist auch gut. Sie könnten nämlich im Endeffekt, wenn sie uns, wenn sie dich oder mich haben, an alle gewünschten Informationen kommen, inklusive dem Standort der Yacht. Die dazu erforderlichen subtilen Mittel und Wege sind uns auch bekannt. Das ist unstrittig. Insofern könnten wir sie so gut verstecken, wie wir es nur fertig brächten ... Ich verstehe. Wir sollten vielleicht einfach eine der vielen kleinen Inseln aussuchen. Viele sind zudem nicht einmal bewohnt oder bewohnbar."

Jetzt musste Henry ganz besonders vorsichtig sein. Was er nun sagen wollte, barg Brisanz. „Was denkst du darüber, sie gar nicht zu verstecken ..."

„Das ist Wahnsinn, glatter Wahnsinn. Du bist doch sonst nicht so bescheuert? Ja, wenn wir ein U-Boot wären. Aber die gute alte *Espera* ist nun mal kein U-Boot. Wenn die unter Wasser kommt, dann war es gleichzeitig das erste und letzte Mal."

„Lass mich doch einmal ausreden. Vielleicht können wir ihren Schutz lokalen Sicherheitskreisen oder gar Regierungskreisen anvertrauen."

„Du bist tatsächlich verrückt. Das Bestechen ganzer Regierungen mitsamt den Sicherheitskräften, das müssen wir uns für später aufheben. Das können wir doch beim besten Willen beim gegenwärtigen Stand der Dinge und unserer Kapitaldecke nicht schultern ... noch nicht. Du bist dir doch hoffentlich darüber im Klaren, dass es nicht damit getan ist die Spitze einer Pyramide zu kaufen. Der Sog des Geldes geht bis in die Pyramidenbasis. Das könnte sich zum Fass ohne Boden entwickeln."

Henry zog es vor zunächst einmal nichts dazu zu sagen. Freddy hatte seine Einrede falsch und ganz nach eigenem Gutdünken interpretiert. Es war ihm klar, dass er Freddys gedankliche Aufnahmefähigkeit nicht überlasten durfte. Gerade jetzt nicht.

„Andererseits hast du mich aber mit deinen Ideen schon einige Male aufs Kreuz gelegt. Red´ weiter. Aber bitte unterlass´ es zu reden, wenn du mir Scheiße präsentieren willst. Die Sache ist mir zu delikat, als dass ..." Freddy hatte sich ereifert.

Jetzt musste Henry wieder eingreifen, Freddy hätte sich sonst tiefer in Rage reden können, mit weiteren nachteiligen Folgen. „Nun rege dich mal ab. Pass auf, wir sollten es so einrichten, dass sich gewisse Kreise, ich meine nun insbesondere Bullen, Militär oder andere hohe Staatsfunktionäre, interessiert zeigen, uns und der Yacht ihren Schutz zu geben."

„Ja, und ... und? Gleich an eine Mole fahren, ins Innenministerium gehen, guten Tag sagen und hinausposaunen, dass wir kostbare Fracht geladen haben. Wie wäre es, meine Herren, wollt ihr nicht am Umsatz von gut drei Tonnen Kokain beteiligt werden? ... Lass dir mal was Besseres einfallen."

„Entdeckt werden wir so oder so. Das dürfte doch klar sein. Ob wir die Yacht an einer Insel anbinden oder in einen Yachtclub einfahren. Wie wäre es aber, wenn wir sie so platzieren, dass sich rivalisierende und am besten auch uniformierte Kräfte gegenseitig neutralisieren?"

Henry hatte bei der Ausbildung auch die politisch-geografischen Besonderheiten in der Region, die sie jetzt für ihre Geschäfte anpeilten, studiert. Dazu erhielten die Azubis hochkarätige Spezialisten aus dem Pentagon und aus Washingtoner Regierungskreisen als Dozenten.

„Oh, oh, oh, jetzt wird's spannend", bemerkte Freddy mit reduzierter Lautstärke. „Wie willst du *das* machen? Schön wäre es ja, wenn die sich wegen uns in die Haare kriegen würden. Da käme Freude auf." Er schaute seinem Begleiter mit zusammengekniffenen Augen an. „Henry, Henry! Kramst du wieder in deinem Oberstübchen nach Überraschungen für deinen alten Kumpel Freddy?"

„Wenn zwei sich streiten, den Rest kennst du ja. Schauen wir doch einmal, wo wir so eine Stelle finden. Wo wir die Heinis in Uniformen in ihrem eigenen Saft braten lassen können. Vielleicht finden wir einen sowohl politisch als auch militärisch umstrittenen Küstenstreifen. Soll es ja geben. Dann sind doch diese Herren gefordert. Sie müssten sich entscheiden, vielleicht aus Prestigegründen oder noch unverständlicher, aus Rechthaberei einen Krieg zu führen, welchen Umfangs auch immer. Ich kenne mich allerdings in der Politik zu wenig aus, um darüber Bescheid zu wissen. Hat es nicht einmal zwischen Honduras und El Salvador einen Krieg gegeben?"

Freddy grinste maliziös.

„Das war wegen eines verlorenen Fußballspiels. Wer dabei allerdings verloren hatte, das weiß ich nicht mehr."

Schon vor ein paar Tagen, als Freddy schlief, hatte sich Henry die nächste Zukunft eingehender durch den Kopf gehen lassen und die Küste, mit ihren kleinen Staaten, genauer angesehen. Fast alle diese Staaten, mit Ausnahme von Costa Rica, waren arm, eingebildet, stolz, anfällig für Korruption und hielten ihre Bevölkerung ignorant. Dass sie in den Mittelamerikanischen Raum wollten, das stand ja damals für Henry bereits fest. Dass andererseits Freddy nicht allzu nahe bei den Yankees kreuzen wollte, das war offensichtlich. Panama kam nicht in Frage, das war auch zu gefährlich. Costa Rica sollte ein recht stabiler Rechtsstaat sein, das wollte er ebenfalls außen vor lassen. Es mussten also die anderen kleineren Länder zwischen Mexiko und Costa Rica sein.

Henry hatte noch die Themen ihrer Spezialkurse in seinem Gedächtnis gespeichert. Er konnte sich erinnern, dass es einen Golf gab, eine Meeresbucht, an die drei Staaten angrenzten. Den **Golf** von **Fonseca**. Sicher würden dort die Regierungen von El Salvador, von Honduras und Nicaragua über ihre Hoheitsrechte eifersüchtig wachen. Er könnte jetzt eine Karte gebrauchen, auf der die einzelnen Interessengebiete festgelegt waren. Damit wäre es ein Leichtes die günstigste Stelle auszusuchen, von der man ohne große Probleme von einem Land ins andere wechseln konnte. Oder von einem Seegebiet in das Seegebiet eines Nachbarlandes fahren konnte. Wie sie es mit den Chilenen und Peruanern geübt hatten. Mit der Yacht und dem GPS überhaupt kein Problem. Aber, bei seinen Recherchen stellte er fest, dass es gleich mehrere Karten mit Sichtweisen gab, die je nach Länderinteressen einseitig ausgelegt waren.

Wenn man sich also eine Position aussuchen könnte, die interessenpolitisch nicht eindeutig klar war. Wenn man dort stets fahrbereit blieb, dann konnte man sich möglicherweise wie im Zentrum eines Tornados fühlen. Man könnte zuschauen, wie sich die Behörden ringsum in den Turbulenzen bürokratisch oder auch handgreiflich beharkten. Zu ungemein günstigen Bedingungen für die Yacht und ihre Besatzung.

„Na Kumpel, wie denkst du darüber? Schau dir diese schöne Bucht an. **Golfo de Fonseca**. Drei Länder, die zufällig auch noch zu den beschissensten Mittelamerikas gehören, haben daran Anteil. Er dürfte etwa 30 Kilometer breit und ebenso weit in die erwähnten Länder hineinreichen. In der Bucht selbst befinden sich einige, offenbar unbewohnte Inseln, eigentlich Inselchen. Die Bucht selbst weist eine Vergrößerung, wenn man so will eine Ausbuchtung in das Staatsgebiet von Nicaragua aus."

Freddy schaute sich die Gegend auf Google Earth genauer an. Er vergrößerte die Abbildung, schüttelte seinen Kopf so, dass man einerseits eine Bewunderung und andererseits eine gewisse Zustimmung bereits entnehmen konnte. Sicher, er würde noch mit allerlei Einwänden kommen. Aber angebissen hatte er nun mal. Doch Henry wollte und durfte noch nicht triumphieren.

Nach einer, wie Henry dachte, angemessenen psychologisch günstig berechneten Pause fuhr er fort. „Normalerweise gibt es ja die Dreimeilenzone und danach die *Wirtschafts Interessen Zone*, die bis zu 200 Meilen aufs Meer hinaus reicht."

„Gut, gut, ist ja gut. Ich bin ja nicht von gestern", unterbrach Freddy.

„Außerhalb der Dreimeilenzone können wir allemal bleiben, also außerhalb der Hoheitsgewässer. Und um das, was in dieser 200-Meilenzone geschieht, da werden die hochverehrten Staatenlenker sich bis zum Sankt Nimmerleinstag streiten. Zudem, wir beuten dabei ja keinerlei Ressourcen aus. Und eine Yacht kann sich in internationalen Gewässern jederzeit herumtreiben, ankern und sich sehen lassen. Die bekannte Freiheit der Meere."

„Das macht irgendwie einen Sinn", sagte Freddy ganz langsam. „Aber wie bist du darauf gekommen?"

Freddy schaute ihn wieder einmal mit seinen zusammengekniffenen Augen an. Henry schwieg und hielt sich wieder vornehm zurück, ließ seine Ausführungen wirken. Freddy musste jetzt den nächsten Schritt tun.

„Wo ist hier der Pferdefuß?" Er hatte es beinahe gemurmelt. Freddy schaute Henry immer noch an. Sein Blick hatte sich aber mittlerweile entspannt. So fuhr er in einem nahezu als belehrend klingendem Tonfall fort. „Einen Pferdefuß gibt es immer. Besonders dann, wenn alles so einfach und einleuchtend aussieht. Wenn ich eine Lektion im Leben gelernt habe, dann ist es diese: Misstraue den offensichtlich einfachen Lösungen." Dann fuhr er fort, weitaus versöhnlicher im Ton. „Wir müssen uns gut überlegen, gut nachdenken, um herauszufinden, wo da der mögliche, berüchtigte Pferdefuß sein könnte."

Jetzt war Henry wieder am Zug. „Du könntest vielleicht Google fragen und versuchen an Informationen zu diesem Golf oder den Interessen der Anliegerstaaten heranzukommen. Da müsste doch etwas zu finden sein und es wäre für uns von Vorteil, darüber besser, am besten perfekt informiert zu sein."

Das gefiel offensichtlich Freddy.

Er klang jetzt beinahe wie erleichtert als er auf Henrys Bemerkung antwortete: „Ich kann´s ja mal versuchen. Wäre ja klasse, wenn wir ein paar Bullen gegeneinander hetzen könnten. Sozusagen unsere Interessenvertreter. Von einer Einmischung der Militärs halte ich nicht so viel. Da sind zu viele die zu habgierig sind. Da könnte, bis zur Lösung eines künstlich aufgebauten Problems, am Ende nichts mehr für mich - ich meine, für uns übrigbleiben."

Freddy packte das mögliche Problem wie schon so oft, strategisch an. Andere sollten für seine Interessen einspringen und gegebenenfalls auch den Kopf hinhalten.

„Wir haben ja noch Zeit, um uns das bis Morgen durch den Kopf gehen zu lassen."

„Ich gehe aber gleich einmal auf Informationstour. Wozu sonst gibt es Satelliten?"

Henry war es zufrieden. Es hatte geklappt. Er war noch nicht aus der Gefahrenzone, aber er brauchte jetzt, wenn sich nichts mehr änderte, nur noch eine kurze Info an seine Leute abzusetzen.

Freddy fand dann die Bestätigung, dass die politisch-geografische Lage tatsächlich und nach so langer Zeit des Zusammenlebens niemals zur vollen Zufriedenheit aller beteiligten Staaten geregelt war. Es gab auf allen Seiten immer wieder Politiker, die darauf bestanden, dass Handlungsbedarf bestand. Das heißt, sie schufen Handlungsbedarf.

Freddy erkannte auch, dass **Nicaragua** eine Landzunge besaß, eine Halbinsel, die sich in nördlicher Richtung erstreckte und in den Golf hineinreichte. Die Nicaraguaner hatten von den drei Anliegern den kleineren Anteil am Golf selbst, Honduras den größten. An der tiefsten Stelle des Golfs schien sich die Staatsgrenze zwischen **Honduras** und **Nicaragua** zu befinden.

Nordwestlich schien **San Salvador** einen Küstenstreifen als Hoheitsgebiet zu besitzen. Der weitaus größere Teil des Golfs schien tatsächlich zu **Honduras** zu gehören. Die angezeigten

Inseln müssten demnach Staatsgebiet dieses Landes sein.

Freddy versuchte, diese geografischen Details und besonders die Sonderheiten bildhaft in seinem Gedächtnis zu speichern.

Wenn sie also bei dieser kleinen Inselgruppe ankern würden, nämlich in der Mitte des Golfeingangs, dann wären sie bestimmt in Honduranischen Gewässern. Ein Ausflug nach **San Salvadors** Gestaden, würde gänzlich durch honduranisches Hoheitsgebiet führen.

Würde er sich aber in Richtung **Nicaragua** bewegen, dann käme er ebenfalls nur über eine Seegrenze in dieses Land. Mit einem schnellen Boot würde er unter Umständen und bei Bedarf Katz und Maus mit den Behörden spielen können. Der Gangster Freddy grinste bei diesem Gedanken. Allerdings, so weit konnte er klar denken, jede Art Hetzjagd wäre seinen geplanten Geschäftstätigkeiten nicht zuträglich. Auch unter Nutzung eines sehr schnellen Bootes.

Henry hatte bis jetzt überhaupt keine Kenntnis von dem schnellen <Jackpot> benannten Beiboot. Von dem Boot im Boot. Der würde Augen machen.

Einen Nachteil hatte die Sache, denn der einzige Hafen in der Bucht schien der nigaraguanische Ort **Potosí** zu sein. Es schien mehr eine Anlegestelle zu sein. Und die lag in dem nach Süden verlaufenden Fortsatz der Bucht. Freddy würde also in östlicher Richtung in die Bucht einfahren müssen. Dann am Ende einer flachen Landspitze auf Süd gehen. Danach hätte er noch ca. sechs bis sieben Kilometer bis **Potosí** zu fahren. Eine Strecke von wahrscheinlich 25 Kilometer vom geplanten und angedachten Liegeplatz der Yacht.

So beschloss er dann vor der Bucht zu ankern, aber bedeutend *vor* einer gedachten Küstenlinie **Nicaragua-San Salvador**.

„Diese Entscheidung dürfte die Beste sein", stimmte ihm auch Henry zu."

50

Valencia.
José-Maria eröffnete die außergewöhnliche Zusammenkunft gegen zehn Uhr. Er hatte alle Beteiligten anpiepsen lassen und die Zusammenkunft als sehr wichtig bezeichnet.

Mit dem Piepser hatte er sich durchgesetzt. Bereits zweimal kam der Vorschlag zur Beschlussfassung auf den Tisch, doch das Piepsen durch SMS zu ersetzen. Er konnte das mit dem Argument verhindern, dass dadurch immer die Gefahr bestand, dass Mithörer von den betroffenen Direktoren ein gewisses Bewegungsprofil erstellen konnten. Das könnte ihnen irgendwann einmal zum Nachteil gereichen.

„Ich komme gleich zur Sache. Die *Esperanza* hat Signale ausgesandt. Zwar nur kurz, aber sowohl wir als auch **La Palma** und drei Stationen im Karibikraum empfingen sie zur gleichen Zeit. Die genaue Uhrzeit lässt sich leider nicht angeben, genauso wenig wie der genaue Standort ...“

Es kamen unterschiedlich laute Unmutsbekundungen von den Versammelten, wie sie in ihrer Lautstärke und dem Duktus nach, bisher weithin unbekannt waren.

José-Maria versuchte zu beschwichtigen. Beide Hände erhob er so, als wollte er die versammelte Gemeinde segnen. Der Pegel der Unruhe senkte sich dann doch rasch. Man ließ José-Maria nach einer Weile doch wieder zu Wort kommen.

„Meine Freunde! Der Winkel, den unsere Empfänger erkannten, konnte, aufgrund der extrem kurzen Sendezeit, nicht ganz genau ermittelt werden. Zudem war er, zum Sender auf unserer Yacht, von allen Seiten her sehr spitz. Unsere Techniker haben trotzdem einen Standort ermitteln können, der in einiger Entfernung vor Ecuador im Meer liegt. Es wäre nicht abwegig, wenn wir den Standort zwischen der Küste Ecuadors und den Galapagosinseln festlegen würden."

„In der Cordillera kann er ja schlecht liegen", rief Ricardo Cesar Fonseca Hidalgo dazwischen." Es kam Gemurmel auf, das der Zwischenrufer, nicht ganz plausibel, als gelungen interpretierte.

Roberto Sebastiano Pizarro Ribadeneira wollte gehört werden. „Ich denke, dass wir die Spekulationen über den möglichen genauen Standort vernachlässigen können. Wichtig, ja sogar ganz entscheidend wichtig ist doch, dass wir überhaupt ein Signal empfangen haben und, dass wir dadurch einen unumstößlichen Fakt haben. Die Yacht befindet sich im Pazifik. Und unbestreitbar auf dem Weg nach Norden, von Ecuador aus gesehen. Welche Länder kommen von da aus als potentielle Empfängerländer für die Ware und die Yacht infrage?"

Ambrosio Hermenegildo gab zu bedenken, dass dieses Thema zwar auch wichtig aber zunächst nachgeordnet sei. Zunächst sollte man doch die Situation nach den neuen Erkenntnissen über die Lage und Bewegungsrichtung der Yacht sowie der Entführer besprechen und analysieren.

José-Maria sekundierte: „Meine Freunde, die wichtigste Nachricht ist doch, dass sie existiert, dass die *Esperanza* noch existiert, dass wir sie wiedergefunden haben, dass sie noch senden kann, wenn die Besatzung es will. Vor allem wissen wir jetzt, dass sie sich auf der Westseite Südamerikas aufhält. Dorthin konzentrieren wir jetzt unsere Suche. Unsere Techniker haben zwar nachgerechnet und waren zu dem Schluss gekommen, dass die *Esperanza*, bei ganz normaler Kreuzerfahrt, um die Südspitze herum, auch tatsächlich sich dort befinden müsste. Nämlich im Pazifik, ungefähr auf Äquatorhöhe, plus minus einiger Tage. Wir sind also insgesamt endlich auf gutem Weg. Das sehe ich so und unsere Experten ebenso. Jetzt ist es tatsächlich nur noch eine Frage der Zeit, bis wir sie zu sehen bekommen. Und wenn wir sie sehen, dann ... das ist jetzt endlich keine Spekulation mehr, sondern eine belastbare Tatsache. Ich würde dann so sagen, dann haben wir sie auch bald wieder."

„Und dann kommt doch wieder diese und jene Entschuldigung." Es war wieder Pedro-Ricardo, der damit seine Zweifel anmeldete.

„Auf jeden Fall sollten wir unsere alltägliche Routinezusammenkunft auch heute wieder stattfinden lassen. Es könnten sich, optimistisch gesehen, schnell neue Nachrichten ergeben."

Alle waren einverstanden.

Am Nachmittag kamen sie zur üblichen Uhrzeit wieder zusammen. José-Maria stand an seinem Platz, schaute ungewöhnlich lange schweigend in die Runde. Auf seinem Pokergesicht glaubten doch einige seiner Kollegen einen gewissen Ausdruck von Triumph zu erkennen.

„Nun mach schon, spann uns nicht so lange auf die Folter", rief Sá Benedicto Xavete Evaristo, denke an den Gesundheitszustand von Ambrosius.

José-Maria begann: „Diesmal, meine Freunde, haben wir einen Volltreffer. Die *Espera*, alias *Esperanza*, war bis kurz vor Mittag, Ortszeit wohlgemerkt, in **Buenaventura**. Hafenstadt Kolumbiens am Pazifik. Dies für alle, denen die Lage dieser schönverdreckten und vergammelten Metropole nicht geläufig sein sollte."

„Man sollte uns nicht für dümmer halten als wir ohnehin sind", sagte wieder Pedro-Ricardo, diesmal aber gutgelaunt.

„Also meine Freunde", fuhr José-Maria fort, „sie, die Besatzung, hat dann mit der Yacht den Hafen Hals über Kopf verlassen. Den genauen Grund kennen wir noch nicht. Unser Verbindungsmann meinte aber gesehen zu haben, dass zwei Polizisten die Yacht stürmten, dann aber wieder genauso rasch an Land kamen, bevor das Schiff überstürzt abfuhr. Wir sind zur Zeit noch dabei herauszubekommen, was wirklich vorgefallen ist. Wobei wir bisher immer davon ausgingen, dass die dortige Polizei uns keinerlei Schwierigkeiten macht."

„Vielleicht ein neuer Chef, der mit den Gepflogenheiten noch nicht so vertraut ist?"

„Dessen Konto, seiner Meinung nach, noch immer unterbelichtet ist."

„In Kolumbien kommt man auf die Welt und ist mit den Gepflogenheiten vertraut. Das ist schon in den Genen verankert." Das war Roberto Sebastiano, der damit einen gewissen Heiterkeitserfolg verbuchen konnte.

„Wobei wiederum der Kontostand über die gesunde Entwicklung der Gene einen recht großen Einfluss ausüben kann."

Die Spannung der Mitglieder schien von ihnen abgefallen zu sein und einer gewissen Gelassenheit mit Humor Platz gemacht zu haben.

„Freunde, lasst uns mit den Albernheiten wenigstens so lange warten, bis wir unsere Nerven, nach erfolgreich getaner Arbeit, wieder unter Kontrolle haben."

Schweigen in der Runde.

José-Maria übernahm wieder die Wortführung.

„Auf jeden Fall sind sich alle an der Suche Beteiligten einig, dass wir zunächst einmal damit rechnen sollten, dass die Yacht in Panama aufkreuzen wird. Nicht nochmals in Kolumbien. Aber auch nicht allzu weit entfernt. Es sei nicht auszuschließen, dass sie die Fracht gegen Lösegeld an ein Kartell abzugeben bereit wäre. Zumindest ist dies die Meinung unserer Experten. Sollte sie sich wieder über den Sender melden, dann hoffen alle, dass wir diesmal, wegen einer zu erwartenden günstigeren geografischen Lage, die genaue Position tatsächlich ermitteln können."

Es wurde nicht mehr lange diskutiert. Es herrschte Einigkeit, dass sie Morgen um zehn Uhr wieder zusammenkommen wollten.

51

8. November
Die beiden Männer hatten vereinbart je vier Stunden Wache auf der Brücke zu schieben. Sie rechneten noch vor Mittag mit ihrer Ankunft auf der Höhe ihres erkundeten und einvernehmlich ausgewählten Zieles.

Sie erlaubten sich ein gemeinsames Frühstück, wer konnte schon wissen, wann sie wieder in Ruhe ihren Hunger stillen konnten.

Freddy war jetzt allein. Henry gab sich mit seiner weiblichen Begleitung ab. Dabei hatte er immer noch gedacht, dass Freddys Nutte auftauchen würde. Nicht zuletzt wegen einer Vorahnung, vermied er es das Thema hier und jetzt anzuschneiden. Dann entschied er sich doch noch zu einer Frage in Richtung Freddy: „Hat die Dame keinen Hunger oder will sie das Frühstück am Bett serviert bekommen?"

„Hab sie rausgeschmissen", sagte er lakonisch, ohne jede Gefühlsregung, mehr so wie beiläufig. Trotzdem schaute er dann Henry an und bewegte vielsagend den Kopf in Richtung Yolanda, der jungen Frau in der Obhut Henrys.

Der schluckte erst einmal.

Freddy hatte tatsächlich zunächst einmal auf eine Reaktion

Henrys gewartet. Es gehörte halt zu seinem Charakter, doch dann fing er von sich aus wieder an zu reden.

„Fängt doch mitten in der Nacht, gerade als wir so schön am Vögeln waren, mit Gegeifer an, mit Zetern, wieso ich ihr keine Zigaretten besorge. Die wollte das Thema offensichtlich die Nacht über am Köcheln halten. Dann dachte sie wohl mich mit Liebesentzug bestrafen zu können." Freddy machte eine Schnute und dann eine Geste als spucke er aus. „Ich habe sie verwarnt, das kann sie mir nicht vorwerfen, dann habe ich sie gepackt und in den Bach geworfen. Ruck-Zuck war ihr das Gezeter vergangen." Henry lief es etwas kalt über den Rücken, als er in des Kumpels Gesicht ein gemeines Grinsen erkannte.

Freddy kaute jetzt weiter an seinem Schinken mit Eiern. Dann sagte er unvermittelt: „Und wie geht es dir, wie geht es euch so?"

„Yolanda raucht nicht", sagte Henry.

„Kann ja noch kommen", antwortete Freddy, „dann kennst du ja das Rezept, wie du ihr es am schnellsten abgewöhnen kannst." Er schaute jetzt verstohlen auf Henry, ohne den Kopf dabei hochzuheben. Er wollte zweifellos den Schrecken im Gesicht Henrys genießen.

Yolanda rannte in die Küche. Henry sagte nichts. Aber es lag jetzt eine gewisse Hochspannung in der Luft. Er nahm sich vor, kein Wort mehr zu dem Thema zu verlieren. Die Mission stand so oder so bald vor dem Abschluss. Es hatte sich auf der Fahrt so viel Spannung in ihm aufgestaut. Er sehnte jetzt das Ende herbei. Aber vorher brauchte er noch Anweisungen und bestätigte Informationen aus der Zentrale des Sonderkommandos der DEA. Schon deshalb musste er schnellstmöglich die neueste Entwicklung, bezüglich ihrer Pläne im Zusammenhang mit ihrem vorgesehenen Ankerplatz, weitergeben.

In der Nacht hatte ihm Yolanda ihr Herz ausgeschüttet. Man brauchte schon starke Nerven, um die Schilderung ohne seelische Verwerfungen aufzunehmen. Es war aber leider eine Geschichte, wie sie im Kolumbien unserer Tage keine Sensation mehr war. Kaum eine Zeitung hätte sie wohl, wenigstens mit einigen Zeilen zusammengefasst gedruckt. Nicht einmal auf der letzten Seite. Zu alltäglich wurden die Brutalitäten der Narcos und Paramilitärs. Dazwischen kochten immer wieder politisch, sozial oder irgendwie ideologisch anders einzuordnende Grüppchen ihr eigenes verbrecherisches Süppchen. Parasiten unter Geschmeiß.

Es schien als bäumte sich niemand mehr in diesem Land gegen die entsetzlichen Orgien von Morden, Entführungen, Vergewaltigungen, Erpressungen, Bedrohungen, Betrugsdelikten, Massaker, Folterungen, Verstümmelungen, tödlichen Enteignungen, Überfälle, Willkür, Brandschatzungen, Zerstörungen und-und-und auf. Alles war zu alltäglich geworden. Es war zur kolumbianischen Normalität geworden. Ausländische Helfer verloren auf kürzestem Weg ihren missionarischen Eifer. Ja, sie wurden selbst Opfer und resignierten. Ausländische Korrespondenten mieden jeden Besuch in den verseuchten Gebieten. Es war ein flauer Spruch, dass Kolumbien doch so schön wäre, gäbe es die Kolumbianer nicht. Das war natürlich eine ungerechtfertigte Aussage. Tatsache aber war, dass sich selbst Nachbarn nicht mehr über den Zaun zu solchen Vorfällen austauschten.

In diesem Land lief eine Katastrophe ab, die aus einem vertrackten Blickwinkel recht erfolgreich, in einzelne Episoden zergliedert, irgendwo im Urwald stattfanden. Hauptsache, dass die Menschen in den Städten glimpflich davonkamen. Was mit den arbeitsamen Menschen in den entlegenen Bergregionen geschah - nun, das war weit weg. Es geschah im Gefühl allzuvieler Menschen wie auf einem anderen Stern. <Wir Kolumbianer machen doch sowas nicht.>

Yolanda war noch keine 16, sie war die Älteste von 6 Geschwistern. Ihr Vater besaß eine nicht gerade große Kaffeeplantage an den Berghängen, kaum 80 Kilometer von Cali entfernt. Die Familie war fleißig und konnte sich von ihrer Pflanzung und von ihrer Arbeit ernähren. Es blieb zwar über das Jahr gesehen kaum etwas übrig. Aber daran war nichts zu ändern. Sie nahmen es hin. Auch wenn sie unter Ihresgleichen hin und wieder über die harten Zeiten klagten.

Die Gegend war schon längere Zeit unruhig. <Unruhig> war eine geschönte Umschreibung der wahren Verhältnisse. Eigentlich, solange sich ihr Vater erinnern konnte. Paramilitärs und die Bluthunde von den Kokakartellen trugen mit modernen Waffen ihre grausamen Interessengegensätze aus.

In der Nachbarschaft hatten die Paras eine andere Plantage niedergebrannt, sie hatten niemals mehr etwas über das Schicksal jener Familie erfahren.

Bei einer anderen Gelegenheit hatten sie in den Bergen, auf einer rudimentären, wenig befahrenen Straße, einen vollbesetzten Kleinbus gestoppt. Sie ließen alle Passagiere antreten, die Frauen auf einer Seite des Weges, die Männer auf der anderen Wegeseite, mit dem Rücken zu einem Abgrund. Sie schnitten den Männern die Ohren ab. Jeder musste seine eigenen Ohren aufessen. Dann schlugen sie ihnen die Köpfe ab und warfen die Leichen in den Abgrund.

Die Frauen ließen sie leben, mit Ausnahme einer Frau, die sichtbar schwanger war, sie traten sie in den Unterleib. Sie überlebte auch nicht.

Henry hatte davon gelesen. Wo? Mein Gott, wo liest man so etwas?

Dann seien eines Tages die Paras gekommen und hätten von ihrem Vater, von der Familie verlangt, dass ihnen ihre Plantage als geheimer Stützpunkt dienen sollte. Dazu wollten sie mindestens ein halbes Dutzend Untergrundkämpfer, verkleidet als Peones, als gewöhnliche Arbeiter, auf der Plantage lassen. Sie würden getrennt wohnen und sich selbst versorgen. Und würden auch nicht ständig anwesend sein. Damit das alles geheim bliebe, haben sie mich mitgenommen. Sie war jetzt eine Geisel. Ihrem Vater hatten sie gedroht, sie umzubringen, wenn er zum Verräter werden sollte. Gegenüber offiziellen Regierungsstellen und gegenüber den Kartellen, sollte die Familie absolutes Schweigen bewahren, sonst sei die schöne Tochter dran.

Sie hatten sie mitgenommen und, entgegen ihren Versprechungen, sie dann bald an diese schrecklichen Menschen von Menschenhändlern in **Buenaventura** verkauft. Sie hatten ihr gesagt, dass es zwecklos sei, zur Polizei zu gehen, denn sie würden von ihr geschützt. Und wenn sie es trotzdem täte, sei Ihre Mutter tot, eine Leiche.

Dann hätten sie sie vergewaltigt, drei schmutzige, stinkende Männer. Und diese Frau, die bei Freddy war, die habe zugesehen. Mit übereinandergeschlagenen Beinen habe sie Zigaretten rauchend zugesehen, habe die Kerle angefeuert.

Henry versuchte sie zu trösten. Er versprach alles zu tun, dass sie nicht mehr nach **Buenaventura** zurückmüsse, er werde sie, sobald es möglich sei, zu ihrer Familie bringen.

Sie hatte geweint und dann schließlich gesagt, dass dies, zumindest für den Augenblick, eine sehr schlechte Idee sei, denn dann müsste die Familie sicher furchtbar büßen, wahrscheinlich sogar mit dem Leben.

Sie habe davon gehört, dass man Plantagenbesitzern ihre Plantage abgepresst habe, ebenfalls mit Entführungen, oder wenn alles gut ging, dann nur Lösegeld verlangt. Aber letztendlich mussten diese Menschen dann ihre Plantagen verkaufen, eben an die Paras oder Erpresser, was auf das Gleiche hinauslief. Dann seien sie doch noch ermordet worden.

Sie wisse jetzt aber auch nicht was richtig sei, was sie machen solle. Zurückkehren könne sie ja nicht, sie sei jetzt zudem auch ein geschändetes Mädchen, eine Ausgestoßene, kein Mann wolle sie jetzt noch haben. Möglicherweise würde sie jetzt, im Umfeld ihrer Familie und im Bekanntenkreis, wie eine Aussätzige behandelt. Zwangsläufig müsste ihr Weg dann wieder in einem Bordell enden. Allein als Prostituierte sei sie noch zu empfehlen.

Henry hatte dann versprochen, für sie zu sorgen, sie möge sich nicht so viel beunruhigen. Aber so richtig wollte sie ihm nicht glauben. Er war ja schließlich mit einem Gangster, mit einem potentiellen Mörder unterwegs, das habe sie bei dem in seinen Augen gesehen. *<Man lernt ja so allerhand in dem verfluchten Land, in dem sie geboren und aufgewachsen war.>*

Henry konnte ihr aber unmöglich erklären, weshalb er mit Freddy auf der Yacht zusammen war. Das hätte seine Mission in Gefahr gebracht und seine Macher von der DEA hätten das absolut sicher missbilligt. Wegen einer Frau ein solch wichtiges Unternehmen zum Scheitern zu bringen? Das ganze Unternehmen wäre zumindest verkompliziert worden, allein deswegen musste er bis auf Weiteres schweigen.

Er dachte an seine Mutter und die Geschwister, die dann das gelobte Land, die USA, niemals sehen würden. Dann hätte er sich und sie unnötigerweise in große Gefahr begeben.

Er bat Yolanda, Vertrauen in ihn zu haben. Er könne ihr im Augenblick nichts weiter erklären. „Tut mir leid, sehr leid."

Er konnte jetzt nur noch hoffen, dass sie ihm vertrauen würde. Dass sie ihn vielleicht, mit ihrer Lebenserfahrung, die sie ja schon hatte, durchschauen würde. Dass sie eventuell verstand, was er sehr vage zum Ausdruck brachte, dass er zurzeit, im Augenblick, einfach nichts weiter erklären konnte.

„Wir werden doch erst einmal an einer flachen Stelle Anker werfen, nahe einer dieser Inselfleckchen. Ich muss ja meinen potentiellen Geschäftspartnern Warenproben vorlegen. Ich muss also an unseren Vorrat ran."

„Hast du Erfahrung im Tauchen?"

„Musste ja nicht jeder wissen. Aber ich habe Unterricht genommen, in Spanien. Für viele von uns war das eine Pflicht. Ich habe es überprüft. Einer der Taucheranzüge an Bord hat meine Größe. Kein Problem."

Für Henry war es wieder eine Überraschung, eine wichtige Neuigkeit. Er würde sie weiterleiten müssen. Die DEA-Leute mussten das in ihre Planungen mit einbeziehen können.

„Also werden wir ein Fleckchen Erde, beziehungsweise in diesem Fall Meeresgrund suchen, zu dem wir uns als Nächstes begeben. Dein Vorschlag", sagte Freddy erwartungsvoll, an Henry gewandt. Es sollte eine Aufforderung zur Stellungnahme sein.

Henry bewegte die zusammengepressten Daumen und Zeigefinger vor dem verschlossenen Mund, so als würde er einen Schlüssel umdrehen. Dann verdrehte und bewegte er seine Augen in Richtung, dort, wo er glaubte, dass sich Yolanda befinden musste.

Freddy machte eine wegwerfende Handbewegung. Derart ließ er erkennen, dass sie für ihn etwas recht Unbedeutendes war. Ein Etwas, das jederzeit entsorgt werden, zum endgültigen Schweigen gebracht werden konnte. Wenn sie zu viel wusste, dann sowieso. In Wahrheit hatte er schon längst entschieden, sie nicht mehr lange am Leben zu lassen. Er musste nur noch den richtigen Moment abwarten. Nicht wegen Yolanda, sondern wegen Henry. Er wollte ihn jetzt noch nicht verprellen. Er brauchte ihn noch, für eine Woche vielleicht, möglicherweise auch weniger. Er gab also dem Weibsstück eine Gnadenfrist, mehr aber auch nicht.

Henry seinerseits machte jetzt eine Handbewegung, legte den Kopf etwas schief, kniff die Augen für einen Moment zusammen und dachte, dass er damit Freddy wortlos klargemacht hatte, damit nicht einverstanden zu sein. Mit was? Aber Gesten konnten manchmal mehr aussagen als Worte.

Dann sagte er doch noch: „Du hast sie mir gegeben, *ich* sollte also über ihr Schicksal bestimmen dürfen. Ein Geschenk fordert man nicht zurück. Folglich, am besten reden wir nicht mehr darüber."

Freddy spielte den Überraschten, klopfte dann Henry im Aufstehen auf die Schulter: „Wenn dir so viel daran liegt, Mann, wegen einer Frau, noch mit einer solchen, mit dieser Vergangenheit, werden wir uns nicht streiten. Sei lieb zu ihr", fügte er noch ironisch hinzu.

„Ich geh´ hoch und werde mal den Computer fragen, zu welchem Ankerplatz er uns rät."

Henry drehte sich ein Stück um und sagte ihm hinterher. „Frag ihn auch, was er zu den Fischern sagt. Die können wir in größerer Anzahl auch nicht brauchen, sie würden unsere Exklusivität unterlaufen. Am besten wäre gar keiner."

„Zu Befehl, Herr Kapitän", sagte Freddy, stand stramm und salutierte.

Entweder ist der jetzt sehr gut gelaunt, oder er führt wieder eine Schweinerei im Schilde. Wenn Freddy diese Platte abspulte, erweckte er den Eindruck, dass er gefährlich werden konnte. Damit brachte er seine Hinterhältigkeit ziemlich klar zum Ausdruck. Henry entschloss sich, Yolanda so weit wie möglich in seiner Nähe zu halten und so gut es ging wachsam zu sein.

Freddy rief Seekarten auf. Sie wiesen, etwas nördlich des Golfs, zwar keine Inseln auf, aber es gab auch so etwas wie Sandbänke mit Untiefen. Die konnte man wohl als vorübergehenden Stützpunkt verwenden, bis sie dann von der nächsten rauen See wieder an einen anderen Platz transportiert werden würden. Sandbänke, über oder unter Wasser, waren wie Inseln auf Zeit oder auf der Wanderschaft, so konnte man sie bezeichnen. Der Golf selbst sorgte scheinbar für unberechenbare Strömungen. Freddy setzte dann auf das Prinzip Hoffnung. Darauf, dass in den nächsten Tagen keine gravierende Änderung der unterseeischen Verhältnisse eintreten würde.

Er markierte eine Stelle und gab die Route in das GPS ein. Für die konstante Tiefenmessung schaltete er auf die entsprechende Software.

Henry war jetzt auch zur Brücke hochgekommen. Sie fuhren mit weniger als 15 Knoten.

Es war kurz vor zwölf Uhr. Die Luft war recht klar und gut warm. Das elektronische Thermometer zeigte 28 Grad im Schatten.

Freddy stoppte die Maschinen.

Es war kein Land und kein Sand zu sehen. Ihr erster Anker traf bei acht Meter auf Grund. Henry warf auch den zweiten. Die Yacht drehte bei abgeschalteten Motoren langsam mit dem Bug zur offenen See. Es war ein Zeichen, dass die Flut, hier im Pazifik nicht gerade besonders bedeutend, am Auflaufen war. Also gab Henry bei jedem Anker noch einen Meter zu. Peinlich, wenn Freddy am Kiel arbeiten würde, die Ankerleinen wären zu kurz und die Yacht würde anfangen abzutreiben.

Freddy war dann mit seiner Taucherausrüstung erst nach 40 Minuten tauchbereit. Es war halt die fehlende Übung und jede Prüfung der Technik machte er sicherheitshalber lieber dreifach. Pressluftflaschen schienen genug an Bord zu sein.

Er hakte sich eine an Deck sicher befestigte dünne Nylonleine in die Schlaufe am Gürtel. Mit ihr sollte Henry auf das Signal warten, auf ein dreifaches Rucken dann die Päckchen hochziehen. Sich selbst hakte er an einem Tau ein, das knapp fingerdick war, das, damit ihn eine Strömung nicht an Land oder ins Ungewisse spülte. „Es wäre doch peinlich irgendwo in **Honduras** oder **El Salvador** als Froschmann aufzutauchen. So ganz nackt und ohne einen Cent in einer Tasche - und ohne Revolver", fügte er noch in weiterführenden Gedanken an.

Freddy steckte sich verschiedene Werkzeuge in ein entsprechend vorbereitetes Behältnis an seinem Gürtel.

Dann dauerte es eine gute halbe Stunde, bis das erste Signal kam. Henry holte das dünne Seil hoch und damit vier Kilopäckchen mit Koka. Freddy würde jetzt das Versteck wieder ordnungsgemäß verschließen. Mindestens 25 Minuten, wahrscheinlich aber mehr, würde er dazu brauchen.

Es war nur so ein Gedanke. Es ging ihm einfach so durch den Kopf. Wenn er jetzt die Diesel anwerfen, das Tau abschnitte und wegfahren würde? Den mörderischen Schurken Freddy würde es dann bald nicht mehr geben. Niemand würde ihm eine Träne nachweinen. Das Problem Freddy wäre damit zwar gelöst. Der Plan aber, der Drogenmafia einen schweren Schlag zu versetzen, müsste als gescheitert angesehen werden.

Und irgendwo und irgendwann würde er gesichtet und dann würden sie ihn gnadenlos jagen und auch eliminieren. Er wäre auch allein, um die Yacht zu führen. Ein so gut wie unmögliches Unternehmen. Nein, diesen Gedanken, so verlockend er auch erschien, den konnte er nicht durchziehen.

Und sowieso, seine Leute bei der DEA wären dann sehr ungehalten ob dieser Eigenmächtigkeit. Die wollten nicht nur Freddy, und selbstverständlich auch die Kokamenge aus dem Verkehr ziehen. Sie waren vor allem an den Connections interessiert. Ein größtmöglicher Schaden sollte der Kokaorganisation zugefügt werden.

Sie beabsichtigten so viel wie möglich von dem Misthaufen, von dieser Teufelsbrut, die auch nur irgendwie mit den kolumbianischen Drogen zu tun hatte, zu beseitigen. Er selbst war als Befehlsempfänger und entsprechend geschulter Hauptakteur, allerdings in einer höchst sensiblen Gefahrenzone eingesetzt. Und wenn er nicht spurte, oder gegen die Anweisungen handelte, dann war auch seine schöne und hoffnungsvolle Planung zunichte. Die hatte wiederum mit seiner Familie zu tun.

Er war auf Gedeih und Verderb an die DEA gebunden. Auch wenn es am Beginn seines aktiven Lebensabschnittes nicht danach ausgesehen hatte. Er würde sich Yolanda offenbaren. Sobald sie allein wären, Freddy auf dem Weg zum Festland, zu seinen Kunden - <Kunden> und Abnehmern, wie er letzthin betonte. Aber wäre eine Beichte klug? Zweifel beschlichen Henry. Er musste das alles noch einmal besonders gut überdenken.

Es war halb vier, sie waren nun bereit den nächsten Schritt zu tun. In langsamer Fahrt steuerten sie auf den **Golf von Fonseca** zu. Freddy wollte versuchen die Yacht, wie angedacht, eine gute Strecke vor dem Eingang zur Bucht zu halten. Wo genau, würde bald die direkte Begutachtung vor Ort bringen. Ein Fluchtweg stand ihnen dann nach drei Seiten offen.

Fischerboote waren zu dieser Tageszeit so gut wie keine mehr unterwegs. Ein Großsegler zog ca. fünf Meilen hinter ihnen vorbei. Zwei Küstenmotorschiffe bogen nacheinander von Süd-osten kommend in die Bucht ein. Sie selbst fuhren jetzt nur noch höchstens fünf Meilen langsam. Dann versuchten sie zu ankern, fanden aber keinen Grund. Das Echolot zeigte über 30 Meter Tiefe an.

Halb fünf, Zeit, um noch etwas zu unternehmen.

„Dann wirst du also außerhalb der Dreimeilenzone kreuzen. Mal zwei Kilometer nach Südost, dann wieder dieselbe Strecke zurück. Ich werde heute noch meine Ostereier verstecken gehen", entschied sich Freddy. „Ich muss dich dann immer sehen können. Die Yacht gehört dann dir, aber mein Boot ist mehr als zehn Knoten schneller." Freddy schaute Henry mit einem mehr schelmischen Gesichtsausdruck an. Gleich würde sein Kumpel Augen machen.

„Komm", sagte er dann, „du musst Bescheid wissen und mir assistieren."

„Was muss ich", fragte Henry ungläubig?

Vor der Küche öffnete Freddy einen Kasten und zeigte auf eine Armatur. „Zuerst <Einschalten>, dann läuft die Hydraulik. Dann <Schacht öffnen>. Wenn dieser Schalter dann grün blinkt, drückst du <Ausfahren>. Kapiert?"

„Ja, und was bedeutet das?"

„Pass auf, also <einschalten>, hast du etwas gemerkt? Nein? Aber die Hydraulikpumpe läuft trotzdem. Und jetzt Schacht öffnen. Warten, bis das grüne Licht aufleuchtet. Wenn du trotzdem einen anderen Schalter betätigst, wird nichts passieren. Die Elektronik funktioniert erst wieder, wenn grün aufleuchtet. Komm, ich zeige dir, was sich getan hat."

Sie stiegen auf das Achterdeck und gingen zur Steuerbordseite. Dort sah Henry zu seiner größten Überraschung, dass sich eine richtig große Klappe nach oben geöffnet hatte. Dass es da eine Tür geben könnte, dazu hatte er bisher keine Anzeichen entdeckt. Nun, er hatte ja auch noch nicht spezifisch darauf geachtet. Die Öffnung, die sich jetzt im Rumpf der *Espera* gebildet hatte, lag mit der Unterkante vielleicht 20 Centimeter unter der Wasserlinie.

„Laufen wir jetzt nicht voll?"

„Schwimmwesten anlegen, alle Mann von Bord, Frauen und Kinder zuerst", rief Freddy in einem gekünstelten Tonfall, der einen scheppernden Lautsprecher nachahmen sollte.

Dann: „Überraschung, was?"

„Die ist dir gelungen. Wie konntest du das so lange vor mir verheimlichen? Und, lass mich mal raten, darin befindet sich ein ausgewachsener Fötus, unsere gute alte *Espera* wird kalben."

„Komm, jetzt zum nächsten Schritt."

Auf dem Boden, vor dem Schaltkasten löste Freddy ein Stück des Läufers. Es klickte mehrmals. Das, was Henry bisher für Dekoration gehalten hatte, waren Druckknöpfe, die den Belag festhielten. Darunter war eine Klappe. Freddy drehte an einem Griff und zog die Klappe hoch. In dem gut zimmergroßen Raum unter ihnen lag ein Boot.

Freddy drückte im Schaltkasten dann den Knopf, zu dem die Beschreibung <Ausfahren> gehörte. Henry vernahm ein leises Summen, die Yacht schien sich in ihrer Struktur zu bewegen. Dann hörte das Summen auf.

„So das war die Vorführung, jetzt übernimmst du die Sache. Schalte auf <Einfahren>."

Henry drückte und unmittelbar darauf begann wieder das Summen und die Yacht bewegte sich mit ihrer kompletten Struktur stärker als vorher. Irgendetwas geschah in ihrem Innern. Die Struktur erzitterte für einen Moment leicht. Dann sah Henry unter dem Schacht wie das Boot wieder an seinen Platz zurückkam. Die Hydraulik schaltete sich selbst aus.

„Ich werde mit der <*Jackpot*> einen Ausflug machen und du fährst mit der *Espera* auf und ab, wie wir es besprochen haben. Gibt es dazu noch weitere Fragen?"

Henry hatte jetzt keine mehr.

Das war also das Fahrzeug, das gut zehn Knoten schneller war als die *Espera*.

„Gratulation Freddy, du hast es wirklich fertig gebracht mich total zu überraschen. Hast wohl das Beste unserer ersten Reise für den Schluss aufgehoben?"

Henry wusste, dass er jetzt mit seinen Gefühlsausbrüchen ein wenig übertreiben musste. Freddy würde sich als überlegener Chef fühlen. Sollte er nur, desto besser für das, was noch bevorstand. Er würde Henry jetzt doch wieder für ein bisschen einfältig halten. Gut, dachte Henry. Umso leichter würde er sich sein Spiel vorstellen.

Freddy holte die vier Kilo Koka, nahm sich ein paar Blatt Papier, Kugelschreiber und eine kleine Digitalkamera mit dem großen Display. Er legte alles auf den Rand des Schachtes. Dann stieg er die Aluleiter, die an der Seite nach unten befestigt war, hinunter in das Boot. Henry reichte ihm sein ausgewähltes Zubehör nach. Jetzt fiel ihm auf, dass Freddy auch seine großkalibrige Pistole im Hosenbund stecken hatte.

„Es wäre eine ausgesprochen gute Leistung, wenn ich in weniger als einer Stunde wieder zurück wäre. Auf geht´s, drücke <Ausfahren>.

Henry sah dann wie das Boot, von dem er bisher nur einen Teil gesehen hatte, nach außen bewegt wurde. Er ging nach draußen und konnte gerade noch sehen, wie Freddy die <Jackpot> ausklinkte. Das Boot hing an einer ausfahrbaren Schiene. Dann sah Henry, wie er, in Sportschuhen und einem leichten, kurzärmeligen Hemd, eine Fernbedienung aus der Tasche seiner grauen Hose zog und sie betätigte. Die Schiene bewegte sich zurück und zog das Seilende mit sich. Dann drückte er wieder und die Klappe begann sich langsam zu schließen. Henry konnte an jeder Seite der Klappe je einen Hydraulikzylinder erkennen. Einmal geschlossen, konnte er von seiner Position aus, keine signifikanten Fugen der Klappe erkennen. Sie war in Form und Ausführung perfekt in die Rumpfform eingepasst. Klassearbeit, dachte er sich.

Freddy saß auf einem bequemen Sessel, den er mit einigen Handgriffen aufgeklappt hatte. Aus einer Versenkung kamen, wie bei einem Sportkabrio das Verdeck. Dann die für hohe Geschwindigkeiten geformten Schutzscheiben, inklusive Scheibenwischer. Das schnittige Beiboot hatte sich in einen rassigen Renner verwandelt.

Freddy schnallte sich an.

Im Boot waren verdeckt, offensichtlich noch technische Vorrichtungen, die Plätze für vier weitere Passagiere schaffen konnten. Im Moment waren die Verkleidungen aber alle für einen geringen Luftwiderstand ausgelegt.

Am Heck waren zwei Außenbordmotore, die jetzt auf Knopfdruck anliefen. Freddy tippte einige Male den Standgashebel an, die Motore antworteten sofort mit einem kräftigen, jaulenden Sound. Dann kuppelte Freddy und gab wieder Gas. Das Wasser schäumte am Heck und wie ein angriffslustiger Hund, den man von der Kette ließ, schoss das Boot in einer leichten Kurve davon. Freddy hob den Arm zum Gruß. Er war jetzt unterwegs zum Festland.

Henry ging zum Schalterkasten. Ein neuer Hinweis war beleuchtet und besagte, dass der Schacht momentan leer war.

Yolanda erschien und er bedeutete ihr, dass sie sich zurückziehen möge, er habe zu tun.

Das, was er jetzt zu tun gedachte, sollte Yolanda nicht sehen. Es könnte die Mission wieder einmal akut gefährden.

Denn, sollte Yoli einmal in fremde, gefährliche Hände fallen, und wo in ihrer Umgebung gab es freundliche oder hilfsbereite Hände, könnte man ihr vielleicht unter Folter Geheimnisse erpressen wollen. So wusste sie momentan im besten aller Fälle einfach von nichts, oder nur Belangloses.

Er beschloss dann auch, dass er über sich, seine Vergangenheit und Zukunft nur dann reden würde, wenn sie wirklich und sicher außer Gefahr waren. Dann war schließlich immer noch Zeit, die haarsträubenden Geschichten, in die er verwickelt war, vor ihr auszubreiten. Es bedrückte ihn aber doch, dass er bis dann seinen Mund halten musste, sozusagen gegenüber ihr nicht offen sein konnte - durfte.

Henry ging zu Yolanda und erklärte ihr, dass sie von nun an abgehört werden konnten. An Bord seien Mikrofone installiert. Sie solle sich darauf einstellen, dass sie nicht mal ein einziges Wort miteinander reden durften, solange bis er Entwarnung geben würde. Und er erklärte mit kurzen, eindringlichen Worten, dass am anderen Ende der Abhöraktion Menschen seien, die in keiner Weise Spaß verstünden. Er sagte es nicht gerne und wollte ihr keine Angst machen, aber in das Gefahrenpotential musste er sie einweihen. Umso besser würde sie ihre ernste Lage verstehen und zu ihrer beider Sicherheit beitragen.

Henry war sich nicht sicher, ob er alle Abhörmikrofone an Bord entdeckt hatte. Die, die er entdeckt hatte, waren jetzt irgendwo auf dem Meeresgrund. Aber er wollte davon ausgehen, dass noch einige versteckt und funktionstüchtig waren. Das schloss er vor allem aus der Art und Weise wie die von ihm Entfernten raffiniert angebracht waren. So gesehen war es allemal besser ganz und überall zu schweigen.

Er ging nach oben, zog den kleinen Hebel und öffnete wieder den Schaltkasten mit den Sicherungen, der Hauptsicherung und den Schaltern für die Sendeanlagen. Dann legte er den Hauptschalter auf Sendebetrieb. Von nun an würden die in Valencia die Yacht ziemlich genau orten können. Darauf kam es aber Henry gar nicht so sehr an, es war praktisch ein unvermeidlicher aber auch nicht ganz unwillkommener Nebeneffekt. Die Hauptsache aber war, dass die DEA und die NSA den genauen Standort ebenso lokalisieren konnten.

52

Es war abends gegen zehn Uhr, als in **Valencia**, gegen neun Uhr auf **La Palma** und vier Uhr nachmittags in der Nähe von **Barranquilla,** mit der entsprechenden Zeitverschiebung, der Alarm schrillte. Die Sender der Yacht waren in Betrieb. Es war nichts zu hören, es gab keine Ton- oder Bildübertragungen. Aber beide Sendeanlagen auf der Yacht waren zweifelsfrei in Betrieb und gaben ununterbrochen die so lange erwarteten Erkennungszeichen und Standortsignale.

Nach einigen Minuten vernahm Eduardo in der Technischen Überwachungszentrale für mehrere Sekunden ein Zwitschern. Es war vorbei, aber nach fünf Minuten kam es wieder, diesmal etwas länger, so schien es ihm wenigstens.

Als erfahrener Techniker stellte er sich auch gleich die Frage, ob das möglicherweise eine atmosphärisch bedingte Signalüberlagerung ohne Bedeutung war, oder ob es vielleicht auch ein komprimiertes Signal sein konnte. Nun das würde er später analysieren. Jedenfalls ließ er die Software zur genauen Lokalisierung mehrere Male durchlaufen. Es war zu faszinierend nun endlich ein ausgiebiges und klares Signal für die Standortbestimmung zu haben, dabei noch so ausdauernd.

Dann, nach etwa 20 Minuten war das Signal wieder weg. Die Sender offensichtlich abgeschaltet.

In einer kurzen Lagebesprechung konnte sich niemand einen Reim darauf machen, wieso der Sender nur 20 Minuten in Betrieb war. Sie wussten doch auf der Yacht, dass sie damit geortet werden würden. Die Vermutungen gingen dahin, dass die beiden Entführer dabei waren, entweder die heiße Ware an Bord zu veräußern und einen Kundenkontakt hergestellt hatten. Oder andererseits vielleicht das ganze Boot samt Inventar verkaufen wollten. Wo dabei eventuell eine geheime Nachricht verborgen war, das hofften sie bald herauszufinden.

Eduardo ordnete an, dass die Stelle mit dem Zwitschern auszusuchen und zu kopieren sei. Sie waren noch mit der Suche beschäftigt, als der Sendebetrieb wieder aufgenommen wurde. Das heißt, es war wie vorhin. Es kam nur das gleichmäßig starke Signal. Halt, da war auch wieder das Zwitschern.

„O.k., ich will das Zwitschern und zwar plötzlich." Da war etwas, da war er sich nun sicher. Das Jagdfieber war erwacht. Er sprang auf und lief zu einem zweiten Monitor. Dann war die Sendezeit ebenfalls wieder vorbei. Etwas schneller als beim ersten Mal.

Er nahm sich ein Analysegerät vor und gab verschiedene Befehle ein. Die Maschine arbeitete und dann ließ sie bei einer zehnfachen Verlangsamung ein eigenartiges Kullern vernehmen. Bei einer zwanzigfachen Verlangsamung sah es danach aus, als würde da tatsächlich etwas gesprochen.

Jetzt übernahm Eduardo den Computer in Handbetrieb. Bei genau 25-facher Verlangsamung, hörte er alles klar. Aber, was war das, nur Zahlen, also auch noch eine Verschlüsselung? Jetzt war es an der Zeit allgemeinen Alarm zu geben. Es könnte ja sein, dass die Direktoren oder zumindest der Eine oder Andere, ein System für verschlüsselte Nachrichtenübermittlung einrichten ließen. Er wollte über diese Möglichkeit auf dem schnellsten Weg Bescheid wissen.

Keiner der Herren war erbaut gegen viertel nach zehn Uhr den ganz speziellen Alarm zu bekommen. Es schien aber wirklich wichtig. So gegen elf Uhr, waren sie wieder im Lageraum zusammen. Der Techniker führte ihnen das Geleiere der Nummernhersage vor.

Sie waren ratlos. Keiner konnte damit etwas anfangen.

„Aber, gottseidank, sie wussten jetzt genau, wo sich die *Esperanza* befand. „Fast bis auf den Meter genau", sagte der Techniker.

„Wollen wir doch mal nicht übertreiben", es war diesmal Sá Benedicto Xavete Evaristo, der die Nachricht relativierte und anfügte. „Die bewegt sich doch, oder?"

„Ganz langsam und sie fuhr offensichtlich eine kleine Strecke hin und her."

„Und das, was soll das bedeuten?"

„Ich nehme an, dass sie uns damit ein Zeichen geben wollen."

„Ist mir schleierhaft", feixte Roberto Sebastiano Pizarro Ribadeneira, „vielleicht finden sie noch etwas heraus. Los, los an die Arbeit. Bewege dich mit deinen Cojones und bring uns gute Nachrichten." Damit war der Techniker mitsamt seinen von Roberto Sebastiano angesprochenen Eiern entlassen. Er war jetzt diesen neuen Fragen gegenüber auch zunächst ratlos.

Die illustre Gesellschaft beschloss dann noch, den Alarm derart auszuweiten, dass alle Einheiten und Überwachungszentren in Lauerstellung, sich ab sofort auf das jetzt einzige Ziel zu konzentrieren hatten. Es würden Köpfe rollen, wenn der Erfolg ausbliebe. Insbesondere würde man keinen Patzer, keine Panne mehr verzeihen. Die sensiblen Nerven hatten so lange an ihnen gezerrt. Jetzt war das gesuchte Objekt auf dem Meer und nicht in einem Hafen, aus dem es doch wieder blöden Polizisten entwischen konnte. Sie würden diesmal nicht mehr entkommen können. Es sei denn die eigenen Leute bauten Scheiße. Aber jeder musste wissen, dass darauf die Todesstrafe stand.

Alle kannten ihre Aufgaben. Man musste jetzt nur noch die stets zu aktualisierenden Daten koordinieren. Eine Lawine von Datenübermittlungen nahm ihren Lauf in verschiedene Stationen Mittelamerikas.

Eine Schlüsselrolle kam dem firmeneigenen, speziell für Kampfeinsätze ausgerüsteten Schnellboot zu, das seit Beginn der Krise von den Kanaren abgezogen und wieder in **Barranquilla** stationiert war. Es wurde angewiesen, umgehend mit voller Besetzung und optimaler Ausrüstung auszulaufen. Was darunter zu verstehen war, wusste der Kommandant, und er sollte versuchen unbedingt noch am gleichen Tag in den Panamakanal einzufahren. Es bestand dort ständig eine Liste vorangemeldeter Schiffe, die auf die Durchfahrt warteten. Aber so einem relativ kleinen Boot machte man keine Schwierigkeiten. Es passte immer einmal wieder in einen nicht ganz ausgenutzten Platz in den Schleusen.

Der Kommandant tat wie befohlen. Von der Stiftung aus meldeten sie die beabsichtigte Durchfahrt des Bootes an.

Auf dem Boot waren jetzt elf Mann Besatzung. In Colón würde man fünf an Land gehen lassen. Sie mussten die Überfahrt in einem Mietwagen machen und dann auf der Pazifikseite in Bilbao, wo das Boot bunkern würde, wieder zusteigen. Eine reine Vorsichtsmaßnahme.

53

Henry hatte den Sender mit Absicht zweimal eingeschaltet. Er hoffte, dass die Leute der DEA damit eine weitere Chance bekamen, die Übermittlung seiner sehr wichtigen und verschlüsselten Nachrichten korrekt mitzubekommen.

Er hatte verschiedene geplante Übermittlungen schon seit vorgestern auf seinem speziell programmierten Digitaldiktiergerät gespeichert. Jetzt kam noch die genaue Angabe zum aktuellen Standort dazu.

Das Gerät war eine Sonderanfertigung der NSA-Techniker und als MP3-Musikabspielgerät getarnt.

Nach einem Schema, das nur ihm bekannt war, konnte er aufgenommene Nachrichten auch abspielen und abhören. Wer sich aber unbefugt mit dem Gerät befasste, der würde nur die Daten mit einer 25-fach beschleunigten Wiedergabe hören können. Es würde sich dann wie eine Störfunktion anhören, eine Tonfolge in sehr hohen Frequenzen, teilweise für das menschliche Ohr kaum noch oder gar nicht mehr wahrzunehmen.

Das diente einerseits dazu, dass nicht jeder Amateurfunker seine Nachrichten mitverfolgen konnte. Andererseits sollte auch Freddy keinen Verdacht schöpfen, wenn er sich denn einmal misstrauisch mit der Technik dieses Musikspielers befassen sollte. Das wirkliche Geheimnis würde gewahrt bleiben. Jeder Unbefugte oder nicht Eingeweihte würde beim normalen Abspielen gespeicherter Daten nur Gezwitscher hören und dahinter eine Funktionsstörung vermuten. Schade, das Gerät ist hinüber, *kaputt* - das würde Henry sogar im Originalton, in deutsch sagen. *Kaputt* verstand jeder.

Dann hatten sie, unter Mitwirkung der NSA, mit Henry einen sehr einfachen Code vereinbart. Der zwar sicher von einem einschlägig erfahrenen Spezialisten, einem Kryptologen hätte entziffert werden können, aber eben auch nicht gerade im Handumdrehen. Alle in der DEA und NSA spekulierten zu Recht darauf, dass solche ausgebildeten und erfahrenen Fachkräfte bei den Drogenkriminellen rar sein würden.

Sie hatten das Alphabet schlicht und einfach in seiner Reihenfolge in 25 fortlaufende Zahlen eingeteilt. Zusätzlich zu jedem Buchstabenäquivalent wurde vorne noch eine Zahl und hinten von Fall zu Fall zwei Zahlen drangehängt. Sie gaben Auskunft bei welchem Buchstaben mit der Zahlenreihenfolge von der Ziffer eins zu starten war. So entstanden Zahlenreihen von vier bis fünf Digits. In unregelmäßigen Abständen wurde die Reihenfolge unterbrochen. Eine Null am Zahlenende bedeutete, dass bis zur nächsten Null die Buchstaben von hinten beginnend zu zählen waren. So wurde jede, letztendlich verräterische Regelmäßigkeit oder periodische Wiederholung vermieden.

Henry hatte für eine schnelle Aufsetzung eines Textes eine eigens dafür angefertigte, vielseitig einsetzbare Schablone.

Woran also jetzt die Nichtfachleute in **Valencia** und ihren Dependancen rätselten, waren sehr lange, für sie nichtssagende, vier- oder auch fünfstellige Zahlenreihen. Sie würden an eine Verschlüsselung mittels eines Buchtextes denken. Aber zumindest mit den vier Zahlen würden sie dabei nicht weiterkommen.

In einem mit Technik vollgestellten Raum in der US-Botschaft in **Ciudad Guatemala,** kamen die gezwitscherten Zahlenreihen ebenfalls herein. Die geheime Abteilung unterstand dem Kulturattaché. Auch in **Panama** befand sich eine Abhörstation in der Botschaft der USA. Dort wusste man über die aktuellen Aktivitäten der **DEA** Bescheid. Man würde sich gegenseitig helfen. Zumindest für die Zeit der laufenden Sonderaktion war eine enge Zusammenarbeit festgelegt.

Die **NSA** verfügte, auch und besonders im karibischen Raum, über derart raffinierte Abhörtechniken, dass sie, nach einem internen Jargon, das Husten eines Flohs auf dem Hinterkopf eines Verdächtigen registrierte. Dabei seien sie danach imstande zu analysieren, ob dieses Insekt nun eine Lungenentzündung, einen Schnupfen oder nur wegen einer allergischen Reaktion gehustet hatte. Die üblichen Übertreibungen in den Kreisen der „Intelligent"-Services. Oder doch nicht?

Eine Aufnahmelinie war danach programmiert und permanent in Bereitschaft, um sofort jedes einkommende Signal von der *Espera* aufzunehmen. Aber nicht nur das, denn das einkommende Signal löste auch, softwaregesteuert, sofort eine Kaskade von Alarmen aus. Die Installationen der **DEA** traten nach einem bestimmten einkommenden Signal in Aktion. Es entstand augenblicklich ein Verbund von Nachrichtenempfängern, die alle das gleiche Ziel verfolgten, nämlich der Drogenszene einen möglichst hochempfindlichen Schlag zuzufügen. Alle an die Nachrichtenkette angeschlossene Gruppen konnten so umgehend die daraus abzuleitenden Aktionen koordinieren. Flächendeckend im Zentralamerikanischen Raum standen ausgewiesene und trainierte Spezialisten zum Eingreifen in den Startlöchern.

In den ganzen Installationen verbarg sich auch die unheimlich anmutende KI.

In der Technikzentrale der Botschaft in Panama City hatten

sie eine Besonderheit installiert. Da waren alle Geräte so programmiert, dass sogar eine männliche Stimme in perfektem
englisch sehr eindringlich und ohne Zeitverzögerung auf die
gerade eingehenden Meldungen hinwies. Eine zusätzliche
Spielerei. Aber die für diese Aktion abgestellten Techniker
hatten zunächst Zeit, sehr viel Zeit. Denn solange die *Espera*
rund um Südamerika unterwegs war, hatten sie nichts weiter
zu tun als zu warten. Und sie nutzten diese Zeit, um eben die
besagten Spielereien in den Datenfluss einzubauen.

Von der Botschaft in Guatemala, wurden dann die Daten
sofort an die dafür vorbestimmte Zentrale für Koordination in
Dallas weitergeleitet. Von dort wurden sie wieder an die festgelegten und betroffenen Einsatzabteilungen verteilt. Auf diese
Weise hatten diese erfahren, dass die *Espera* vor dem **Golf
von Fonseca** ankern oder auf kleinem Raum kreuzte. Sie
waren, wenn der Sender in Betrieb war, auch in der Lage die
Bewegungen der Yacht mit einer Genauigkeit von einem Meter festzustellen und zu verfolgen.

Sie erfuhren auch, dass Henry eine junge Frau an Bord hatte,
für deren Leben er sich mitverantwortlich fühlte. Und sie stöhn-
ten, als sie das zur Kenntnis nahmen. Sie hatten ihm doch beigebracht, dass er von solchen Eskapaden die Finger lassen müsse.
Bei Frauenbeteiligung kann man erpressbar werden. Sie be-
sprachen sich und kamen zu dem Schluss, dass sich Henry sicher nicht ohne Not in diese Situation begeben haben musste.
Sie kamen auch zu dem korrekten Schluss, dass dahinter die
Machenschaften dieses Freddy stecken mussten, wie auch
immer. Henry würde niemals leichtfertig die Handlungricht-
linien in Eigenregie missachten oder außer Kraft setzen. Außer
der kurzen Notiz über die Existenz der Frau wussten sie nichts.
Alles, was zu diesem Thema passte, war reine Spekulation. Und
das würde sicher auch in allernächster Zeit so bleiben, denn die
laufende Operation trieb ihrem Höhepunkt zu und Henry muss-

te sich mit voller Konzentration dem Ablauf des Geschehens widmen.

Weiter erfuhren sie auch, dass Nummer eins sich aufgemacht hatte, um Abnehmer für sein Kokain zu suchen. Dafür habe er den Ort **Potosí/Nicaragua** auserwählt. Morgen würde er dort aufkreuzen. Aus dem Versteck unter dem Kiel hatte er vier Kilo geholt - sie schlossen daraus, dass er also Taucherausrüstung und -erfahrung haben musste.

Freddy befand sich somit, der Nachrichtenlage zufolge, auf Erkundungsfahrt mit einem sehr schnellen Tochterboot aus der *Espera*. Auch hier hatten sie keine Schwierigkeiten die Angabe richtig zu interpretieren. Sie brauchten dazu nicht einmal die Konstruktionseigenheiten der Yacht mit ihrer Technik zu kennen.

Insgesamt gaben die nun in die Operation eingeschalteten Spezialisten dem in geheimer Mission eingeschleusten Henry eine gute Note für seinen Einsatz. Alle fieberten dem nun absehbaren Ende entgegen. Dieses war nach dem Stand der Dinge definitiv aus der Planungs- und Wartephase heraus und in die entscheidende Aktionsphase eingetreten. Der weitere Ablauf war nun nicht mehr zu stoppen. Immer wieder stellten sie sich die Frage, was jetzt noch passieren könnte. Eben weil sie Profis waren, wussten sie, dass auch *der beste Plan nicht nach Plan verlaufen würde*. Und so trainierten sie immer wieder mit einer neuen, nicht im Plan vorgesehenen Spielart. Immer wieder stellten sie sich Aufgaben, von denen sie hofften, dass sie sich in der Praxis niemals ereignen würden und sie sich somit niemals ernsthaft damit beschäftigen mussten.

Wenn alles wirklich gut lief, würde es jetzt höchstens noch darum gehen die vorbereiteten und theoretisch ausgiebig durchgespielten Einzelaktionen so schnell und effizient wie möglich einer neuen Entwicklung anzupassen. Bei aller Perfektion der Planungen gab es in vielen Fällen noch eine Menge Unsicherheiten und auch die Pragmatiker scheuten sich nicht auch auf das Prinzip Hoffnung zu setzen.

Das war's zunächst.

Freddy fuhr mit seinem schnellen Boot ganz dicht an der Küste entlang. Menschen sah er nicht. Da gab es im nördlichen Teil einer Halbinsel teilweise den einen oder anderen Sandstrand. Gleich dahinter sah es mehr unwegsam aus. Oft schien es als reiche die Vegetation bis dicht an die Wasserlinie.

Er sah Hügel. Kleine und größere Hügel. In Richtung Süden sah er einen Vulkankegel, das musste der ... jetzt fiel ihm der Name nicht mehr ein. Doch, er hatte es, nämlich Cosig... - weiter kam er nicht. Er rief sich zur Ordnung. Er hatte Wichtigeres zu tun, er sollte sich konzentrieren.

Dass da so vieles mehr oder weniger unzugänglich wirkte, wie verwildert aussah, das konnte Freddy für sein Versteck nicht besonders gut gebrauchen. Er wollte ja von Land her Zugang haben, zum Beispiel an einen belebten Strand, an den er mit einem Landfahrzeug, am besten wäre ein Motorrad, recht dicht heranfahren konnte. Das wäre ideal.

Weiter südlich fand er eine Lagune. Dort fanden sich an einem Strand viele Spuren, die darauf hinwiesen, dass hier öfters tagsüber Menschen waren. Er konnte an anderen Stellen auch verschiedene Hütten in Einfachstbauweise erkennen. Ob sie bewohnt waren oder nur von bzw. für Badende errichtet wurden, war für den Moment wenig bedeutsam.

Er wählte einen Platz aus, von dem er allerdings noch nicht wusste, ob er von Land her guten Zugang haben würde. Er fuhr sein Boot mit dem Bug auf den Sandstrand, gut einen halben Kilometer von einer wackelig aussehenden, grasbedeckten Hütte entfernt. Nun machte er sich auf die Suche nach einem Versteck, das er einfach wiederfinden würde, das aber vor Unbefugten so sicher wie möglich sein musste. Hohes, ausgetrocknetes Gras und Sträucher wuchsen zwischen einigen hohen Palmen. Er lief noch ein paar Runden, um sicher zu sein, dass ihn niemand beobachtete.

Dann fotografierte er aus verschiedenen Perspektiven den Standort, sein Versteck mit dem Kokain. Auf dem Rückweg zum Boot machte er noch Fotos nach beiden Seiten am Strand. Er glaubte so mehr einem betuchten, bilderbesessenen Touristen zu ähneln, falls er doch beobachtet worden war.

Halb sieben, abends, 8. November
Freddy kam zum Mutterboot zurück. Henry sah ihn mit einem guten Fernglas schon frühzeitig und hörte auch bald darauf die heulenden Motoren. Er stoppte die Antriebe der *Espera*. Dann ging er zum Achterdeck und konnte gerade noch sehen, wie Freddy eine Fernbedienung gezückt hielt. Dann hörte er es auch schon, dass die Hydraulik arbeitete. Die große Klappe öffnete sich, schwang zügig, wie ein übergroßer Flügel, nach oben.

Jetzt wurde der Träger ausgefahren, Freddy ergriff den Haken und klinkte ihn am Bug ein. Er betätigte wieder die Fernbedienung, das Boot wurde leicht angehoben und der Träger bewegte sich in den offenen Schacht.

Henry ging zur Klappe, entriegelte und öffnete sie.

Freddy fragte gut gelaunt: „Kundschafter bittet an Bord kommen zu dürfen!"

Henry tat ihm den Gefallen und gab zurück: „Erlaubnis erteilt. Kann ich die Außenklappe schließen?"

„Läuft schon", sagte der Ankömmling.

Als er wieder im Boot war, das Beiboot gesichert und die Klappe geschlossen, fragte Henry, ob denn alles nach Wunsch gelaufen sei. Man konnte es ja der guten Laune Freddys entnehmen. Aber es sollte ein kleines Gespräch in Gang kommen, das half Spannungen im Vorfeld zu erkennen und oder auch zu vermeiden. Darum würde es aller Voraussicht nach mehr denn je in den nächsten Tagen gehen. Vielleicht würde es von Vorteil sein sogar eine Portion naiv untermauertes Vertrauensverhältnis vorzutäuschen. Andererseits aber auch nicht übertreiben - sagte sich Henry.

„Ich habe meine Ostereier versteckt. Aber so, dass nur ich sie wiederfinden kann." Ein gewisser Stolz konnte oder wollte Freddy nicht unterdrücken.

„Nach einer kurzen Überlegung fuhren sie wieder an den Platz zurück, wo sie bereits am Vormittag geankert hatten. Dort wollten sie die Nacht verbringen. Und sie würden wieder abwechselnd Wache schieben.

Beide Männer wollten daran glauben, dass sie nicht mitten auf einer vielbefahrenen Schifffahrtroute ankerten. Beide hatten immer wieder Ausschau gehalten, teils mit bloßem Auge oder mit dem Fernglas. Wenig Gelegenheit hatten sie das Radarbild zu beobachten. Seit sie hier an dem Platz und in der Gegend waren, hatten sie aber noch kein größeres Fahrzeug gesehen.

Das gemeinsame Essen verlief harmonisch. Es war so locker, dass Henry an keine inneren Spannungen glauben sollte. Er war aber wachsam.

Yolanda begleitete Henry auf seiner Tour im Cockpit. Er las die angezeigte Position ab, sie war nun gespeichert.

Freddy übersah dies offenbar. Vielleicht tat er auch nur absichtlich so.

54

9. November

Die Nacht war ruhig, es gab keine Zwischenfälle.

Sie frühstückten ausgiebig und lange. Es gab kein Anlass zur Eile. Freddy hatte bereits sachlich argumentiert, dass es vormittags keinen Sinn mache, nach seinen und besonders nach neuen Abnehmern zu suchen. Geschäfte seiner Art würden zumindest im Dämmerlicht und noch besser, im Dunkeln abgewickelt.

Er wollte so gegen drei Uhr in **Potosí** sein. Dann ein Motorrad mieten, möglichst eine Geländemaschine und sich mit der Umgebung vertraut machen. Vielleicht in Strandnähe würde er etwas üben, so dass auch mögliche Bewohner der Gegend ihn als eine normale Erscheinung betrachteten. Er wollte gern als Urlauber gesehen und als solcher wiedererkannt werden. Damit er bei weiteren Besuchen an den Verstecken, wenn er zum Beispiel Kokaproben abholen wollte, nicht mehr als fremder Neuling angesehen wurde.

Um die Mittagszeit wollten sie die Yacht wieder kurz vor der Dreimeilenzone postieren.

7Uhr

Das schwer bewaffnete Schnellboot der Stiftung hatte die See vor **Costa Rica** erreicht. Sie wollten in **Boca Vieja,** einem Nachbarort von **Quepos** tanken. Der Hafen selbst lag in einer schmalen Bucht, für größere Schiffe nicht geeignet. Also ziemlich ideal für ihr Boot. Keine komplizierte Verwaltungsstruktur. Sicher auch lasche Polizeibesetzung.

Geschätzte Ankunftszeit 7 Uhr 30 Minuten.

Sie fuhren an der großen Anlage der Marina von **Quepos** vorbei und fädelten gleich danach in die schmale Einfahrt zum Hafen von **Boca Vieja** ein.

Abfahrtszeit geschätzt - 8 Uhr 30 Minuten.

Daraus wurde nichts. Es gab Ärger.

Niemand in dem kleinen Hafen fühlte sich zuständig. Der Hafenmeister käme erst so gegen zehn Uhr. Der sei ja nicht nur Hafenmeister, sondern habe noch andere berufliche Interessen.

Ob man ihn rufen könne, es gäbe doch Telefon - nein, nein, das habe sowieso keinen Sinn, das wisse man aus Erfahrung. Und außerdem, wieso die große Eile. Sie könnten ja weiterfahren bis **Puntarenas.** Dort gäbe es einen Tag- und Nachtservice.

Puntarenas, ein Hafen mit Einrichtungen zum Abfertigen von Ferrys. Demnach sicher auch eine effiziente Polizeistation mit Immigrationsabteilung. Nein, das war nichts für diese außerhalb der Legalität operierende Elitetruppe. Das wäre so etwas wie sich in die Höhle eines Löwen wagen.

Der Kommandant beschloss dann doch lieber zu warten. Denn wer konnte ihm garantieren, dass er dort schneller bedient werden würde. <Nein, nein, garantieren könne man es den Herren mit dem schnittigen Boot auch nicht>. Dort gäbe es auch eine ordentliche Zollabfertigung. Alles schön organisiert.

„Na, dann Prost Mahlzeit", murmelte der Kommandant. Auf die haben wir ja schon immer gerne gewartet. Zoll und Polizei, das musste nicht, *konnte* aber in einer Durchsuchung enden. Und die wollten sie unter keinen Umständen riskieren. Bei dem Waffenarsenal, das sie mitführten. Das war auch der tiefere Grund, weshalb sie in einem eher unbedeutenden Hafen bunkern wollten. Mit den möglichen Nachteilen, die eine Klitsche so mit sich brachte. Und die erlebten sie gerade.

Weiterzufahren konnten sie aber auch nicht riskieren, denn Tankstellen auf offenem Meer sind nun mal recht selten.

Die Stimmung war am Siedepunkt angelangt, die Zeit lief ihnen fort und vielleicht auch ihr Zielobjekt, die *Espera* vor **Nicaragua**.

Sie schlugen die Zeit mit Zigarettenrauchen tot, jeder so um die fünfzehn Stück - aber so genau wollten sie es gar nicht wissen. Nach einer Stunde wurde es sehr schnell heiß und schwül. Die Männer fluchten. Aber das machte die Situation auch nicht besser.

Dann, zehn Minuten nach zehn konnten sie bunkern. Am liebsten wäre der Kommandant ohne zu zahlen weggefahren, aber sie konnten sich kein Aufsehen erlauben. Sie hatten eine Mission zu Ende zu bringen. Ihre, und auch die Zukunft der ganzen Stiftung hingen am Gelingen ihrer Jagd. Ja sogar die der gesamten Organisation mit ihren interessanten und gut bezahlten Arbeitsplätzen.

Zudem, die Einfahrt und somit auch die Ausfahrt war sehr eng. Wer weiß welche Schweinereien die imstande waren so aus dem Handgelenk heraus zu organisieren. Es wäre ein Leichtes die engste Stelle dieser Bucht mal so mir nichts dir nichts zu blockieren. Eine Schaluppe quer gestellt und sie säßen in der Falle.

Barranquilla - 7 Uhr Ortszeit

Um sieben Uhr startete eine Einsatzgruppe von sechs Mann für eine Fahrt in einem Kleinbus zum Flughafen. Ihr Anführer, Dario Palacios, genannt der Malagenio - er war angeblich in Malaga geboren - trieb zur Eile an. Der altbekannte Ruf der militärischen Antreiber, „loslosloslos", scheuchte seine Söldnertruppe aus dem billigen Vorstadthotel.

Die Fahrt selbst bis zum Flughafen dauerte nicht einmal 15 Minuten. Dort stand die während der Nacht gecharterte zwei-motorige Maschine. Die Antriebsaggregate für die Propeller waren noch heiß.

Der Malagenio bestätigte dem Chefpiloten den Zielflughafen. Es war ursprünglich ein Flug nach Nicaragua vereinbart worden. Jetzt präzisierte Dario, dass es ebenda **Leon** sein sollte.

Der angesprochene Chefpilot schaute zunächst überrascht drein. Dann antwortete er, für sein Gegenüber eine Spur zu grob.

„Nein, das geht nicht. Der Platz dort ist nicht mehr als eine lausige Graspiste, mehr einem unbefestigten Privatflugplatz ähnlich." Der sei als Flugfeld völlig daneben. Da könne bestenfalls einmal eine einmotorige Cessna starten und landen. „Das hätten sie mir gleich sagen sollen. Ich kann sie nach **Managua** bringen, das ist gerade mal so um die 100 Kilometer von **Leon** entfernt."

Der Malagenio schien über die notwendig werdende Umorganisation nachzudenken. Er tat sich besonders mit dem Gedanken schwer, dass er dadurch sicher zwei Stunden verlieren würde. Andererseits würden die in **Valencia** stinkig werden, wenn sie erfuhren, dass es zwangsweise schon wieder eine Verzögerung gäbe. Und wenn es sich nur um zwei lausige Stunden drehte. Er hatte in der Früh um halb sechs bereits Verbindung nach Spanien, das mit der Zeit ja Stunden vor ihm lag und zugesagt, dass er mit seiner Mannschaft noch vor Mittag in **Leon** sein werde. Dieser Zeitplan konnte unter keinen Umständen eingehalten werden.

„Scheiße", war das. „Eine verdammte Scheiße."

Der Malagenio kaute auf seiner Unterlippe. Der Chefpilot sah ihn ungerührt an und erwartete eine Antwort - eine Entscheidung.

„Junger Mann, da kann ich ihnen keine andere Lösung anbieten, als dass sie Fallschirme mitnehmen. Ich setze sie dann punktgenau ab."

Dario, der Malagenio, hatte dann noch etwas gemurmelt, von wegen, dass er niemanden zum Verarschen brauche und sich auch selbst bestens verarschen könne. Dann marschierte er vor Zorn bebend in die Passagierkabine. Jetzt war der Pilot dran stinkig zu sein.

Darios Gedanken rotierten, suchten nach dem günstigsten Ausweg, ohne die hohen Herren von der Stiftung allzu sehr zu verärgern. „Scheisse", kommentierte er wieder, diesmal nur für sich selbst. Aber jede Rücksprache, er müsste sich ja direkt an **Valencia** wenden, würde weitere Zeitverzögerungen bedeuten. Am Ende würden sie ihm noch nachtragen, dass er nicht vernünftigerweise vor Ort selbst entschieden hatte.

Er ging zurück in das Cockpit und stimmte dann dem Flugziel **Managua** zu. „Aber los jetzt, keine weiteren Verzögerungen."

„Junger Mann dann steuern wir Managua an. Aber ..."

„Kommen Sie mir bloß nicht mit noch mehr *aber*, dann könnte es sein, dass ich ..." Auch Dario beendete seinen Satz nicht.

Der Pilot nahm sich etwas Zeit, um weiterzusprechen. Dario trat theatralisch von einem Fuß auf den anderen. Es sah jetzt so aus, als müsse er mal dringend pinkeln.

Der Pilot verzog den Mund zu einer missbilligenden Schnute. Dann setzte er wieder an, um in aller Ruhe seine Position darzulegen.

„Wenn sie mir in der Nacht das genaue Flugziel genannt hätten. Dann hätte ich den Flugplan fix und fertig hierher gebracht und den Flugsicherungsbehörden zur Genehmigung vorgelegt. Jetzt müssen wir ein bisschen Geduld haben."

„Geduld, Geduld, sprechen sie mir in Minuten, damit kann ich eher etwas anfangen." Dario versuchte beinahe verzweifelt eine ruhige Aussprache.

„Nun, eine halbe Stunde, Verzeihung, etwa 30 Minuten wird es schon dauern. Bei denen da oben", der Pilot zeigte Richtung Tower, „geht es der Reihe nach. Wie sie selbst sehen können, stehen etliche Maschinen für routinemäßige Inlandsflüge für einen baldigen Start bereit. Und Sie können, nein, Sie müssen davon ausgehen, dass wir nicht bevorzugt behandelt werden."

„Und es gibt ..."

Der Pilot schaute jetzt sehr überrascht drein.

„Ich kann denen nicht in den Hintern treten, um den Abflug zu beschleunigen."

„Und wenn sie einfach starten, ohne Erlaubnis."

Der Pilot, vielleicht auch Eigentümer, schaute Dario mit einem beleidigten Gesichtsausdruck an. „Wissen sie überhaupt, was sie da sagen. Ich würde meine Lizenz verlieren."

Dario, genannt der Malagenio, wollte noch hinzufügen, dass er auf die Lizenz des Piloten scheißen würde. Aber dann sagte er nur noch, dass er sich für eine schnelle Abwicklung einsetzen möge.

Der Pilot antwortete nicht mehr. Dario ging zu seinen Leuten, die sich bereits angeschnallt hatten. Sie wollten die Zeit für eine Zigarettenpause nutzen, doch die einzige Tür war verschlossen. Und Dario wollte jetzt partout dem Piloten nicht nochmals unter die Augen treten, um ihn eventuell zu bitten die Tür nochmals zu öffnen.

Ach, und auf dem Flugfeld war rauchen sowieso verboten.

Cali, 9. November, das Kartell, kurz vor 5 Uhr früh.

An diesem Morgen klingelte kurz vor fünf Uhr bei Artemio Luis Altamira de Miranda, als Koordinator beim Cali-Kartell tätig, das Telefon. Der Anrufer verlangte einen sicheren Rückruf.

Artemio erfuhr dann, was sich in den letzten Stunden ereignet hatte. Und er erfuhr auch von der Vorausgruppe, dass die Yacht unbeschädigt war und beste Voraussetzungen bestünden ihrer habhaft zu werden. Diese Gruppe hatte ebenfalls die Aufgabe Freddy möglichst lebend zu fangen. Dieser Wunsch war allgemein verständlich. Hatte man Freddy, würde man, auf die eine oder andere Art, auch an die überaus wichtigen kompromittierenden Dokumente kommen. Oder auch nicht, dann konnten sie in einem Safe für alle Ewigkeit verfaulen.

In den letzten Wochen hatte die Zentrale Artemio immer wieder Nachrichten zukommen lassen, aus denen er ableiten konnte, was sich rund um die *Espera* abspielte. Alle Nachrichten waren mehr oder weniger notgedrungen unvollständig, aber Artemio konnte sich immerhin ein Bild von der Lage machen.

Freddy war immer der Hauptakteur. Und dieser Freddy war ihm indirekt bekannt, nicht persönlich, aber es waren schlimme Meinungen und Charakterbeschreibungen über ihn im Umlauf. Hätte er Artemio unterstanden, schon längst wäre er aussortiert worden - wie auch immer.

Das waren aber jetzt insgesamt recht gute Nachrichten. Artemio fühlte sich selbst erleichtert, denn die Stiftung in **Valencia** war immer ein besonderer Kunde. Der Warenfluss war ins Stocken geraten. Sie litten in Cali darunter. Auch wenn seine Organisation den Ausfall anderweitig kompensieren konnte, die Stiftung war zu stark mit seinem Kartell verwoben. Ihr Ausfall schuf tiefgreifende Komplikationen sowie Irritationen und schmerzte daher aus unterschiedlichen Gründen.

Nun schien die Lösung greifbar. Aber er unterdrückte seine Freude, denn er hatte genug Erfahrung in seinem Metier. Er wusste nur zu gut, dass immer noch soo viel schief gehen konnte.

Seine Aufgabe sollte es sein, diesen Malagenio und seine Leute vor Ort mit Leuten aus dem Kartell zu unterstützen und einzugreifen, wenn es denn angebracht und erforderlich sein sollte. Er erhielt die Vorgabe das doch zu tun, ohne sich mit der Gruppe Malagenios kurzzuschließen oder gar Organisatorisches zu besprechen. Das würde doch nur wieder weitere Zeitverzögerungen hervorrufen. Es durfte keine Minute mehr verlorengehen. Er würde also improvisieren müssen. In jedem Fall aber musste er mit seinen Leuten präsent sein, wenn es zu Engpässen kommen sollte. Seine Männer waren mindestens so gut ausgebildet wie die Marines - behauptete man zumindest. Sie konnten jetzt zeigen, was sie so draufhatten.

Bei allen Unwägbarkeiten konnte Artemio das Gefühl nicht unterdrücken, dass da mit Kanonen auf Spatzen geschossen wurde. Da waren zwei Kerle auf einem Boot. Sie waren zwar bewaffnet, aber im Vergleich zu dem waffenstarrenden Schnellboot, waren das Kinkerlitzchen. Und jetzt hatte man eine Armada aufgeboten, um sie unschädlich zu machen? Da waren sie im Kartell doch aus ganz anderem Holz geschnitzt. Artemio hatte schon immer mit einer gewissen Geringschätzung auf die feinen Pinkel in **Valencia** geschaut.

Jetzt war Artemio dabei seine Beziehungen spielen zu lassen. Seine Leute sollten vor Ort in den Drogentransitländern der Region ihren Einsatz vorbereiten und organisieren. Er versprach selbst kurz nach Mittag in Mittelamerika einzutreffen. Den genauen Landeplatz wollte er dann doch nicht so unverschlüsselt auf Sendung geben. Wie so üblich, konnte auch er, als Südamerikaner, sehr schlecht mit Uhrzeiten umgehen. Meist lief ihnen die Zeit in eitler Untreue ungenutzt davon. So gesehen war <kurz nach Mittag> ein sehr dehnbarer Begriff.

Artemio konnte über Leute verfügen, die auch für Kampfeinsätze mit und an robusten Waffen ausgebildet waren. Sie befanden sich auf je einer Hacienda in **San Salvador** und **Honduras**. Dort waren geheime, gut getarnte Start- und Landebahnen angelegt, die von Kurierflugzeugen als Stützpunkte und auch als Etappen für die Schmuggelrouten nach USA genutzt wurden. Problemlos konnten sie hier auch ihre Maschinen nachtanken. Auf jedem dieser Stützpunkte befanden sich ständig einige gut ausgebildete und wirkungsvoll bewaffnete Männer.

Kurz nach halb zwölf kam Dario mit seinen Männern auf dem Flugplatz von **Managua** zum Stillstand. Es dauerte wieder ein wenig. Dann aber erhielten sie, gegen gutes Geld, die Erlaubnis, ihr immerhin delikates Gepäck auf dem Vorfeld, direkt vom Flugzeug in zwei Fahrzeuge umzuladen.

Dario hatte am Flugplatz zwei größere Wagen gemietet.

Sie mussten durch die Stadt fahren und hatten dann endlich, um halb eins, die Ausfallstraße nach **Leon** erreicht.

Gegen halb drei erreichte die Kolonne ihr Ziel **Potosí**.

Sie mieteten sich im erstbesten Hotel ein. Jede Minute zählte, also waren sie bereits nach wenigen Minuten wieder in den Autos und in Richtung des eigentlich unbedeutenden Hafengeländes unterwegs.

In **San Salvador**, auf einer augenscheinlich miserabel bewirtschafteten Hacienda, bereiteten sich in aller Eile fünf durchtrainierte Männer auf einen Einsatz vor. Sie zogen mit einem leichten Traktor eine nicht ganz kleine, zweimotorige Maschine aus einem gut getarnten Unterstand. Auf einer unbefestigten, aber sonst gut ausgebauten und recht gut gepflegten Start- und Landepiste kamen sie zum Stehen. Trotzdem unterschied sie sich von der Umgebung wenig. Aus der Luft musste man schon ein geübtes Auge haben, um sie als Anlage für Start und Landungen von Flugzeugen zu erkennen.

Es war dies auch die Absicht der Betreiber, denn eben auf dieser Piste spielten sich oft Flugbewegungen ab, die von Seiten der Behörden am besten unbeachtet blieben. Dass diese dann trotzdem von den Flugbewegungen profitierten, auch noch gut an dieser *Unachtsamkeit* mitverdienten, dafür sorgte der Haciendabesitzer. Und der wiederum stand in Lohn und Brot beim Kartell. Bisher gab es noch keine nennenswerten Probleme, ernstzunehmende Zwischenfälle sowieso nicht. Der Flugbetrieb lief reibungslos und nach festgelegten Vorgaben ab.

Die Männer, die dieses Flugfeld betreuten, hatten sich bei der Führung ihrer jeweiligen Kartelle in Cali und auch Medellin einen guten Ruf erarbeitet. Sie galten als die schnellsten und zuverlässigsten auf den klandestinen Routen bis Mexiko. Alle zogen an einem Strang und halfen nach bestem Vermögen, damit dieser Ruf keinen Schaden nehmen konnte.

Ein Tankfahrzeug kam aus einem anderen Unterstand. Die Tanks des Flugzeugs wurden bis zum Anschlag mit Flugbenzin aufgefüllt.

Der Pilot machte nur die allernotwendigsten Checks. Dann hoben sie ab. Die Männer waren erleichtert, erwartungsfroh, dass es endlich einmal wieder etwas zu tun gab und sie für eine „Äcktschen" gebraucht wurden. In der Regel verbrachten sie die Tage mit Training, mit Übungen im modern eingerichteten Kraftraum. Abwechslungen oder gar Vergnügungen in Bars oder Puffs waren verpönt bis verboten. Nur mit einer Sondergenehmigung durften sie dann und wann paarweise in die ca. 20 km entfernte größere Siedlung. Wenn man diese Ortschaft kannte, verbot es sich von selbst sie als Stadt zu bezeichnen.

Jeweils nach sechs Wochen Bereitschaftsdienst durften sie sich zehn Tage in Panama oder Medellin ausruhen - meist jedoch austoben, allerdings nur unter Beobachtung austoben.

Diesmal aber hatten Spezialisten von der **NSA** und damit auch der **DEA**, der US-Drogenfahndungsbehörde, die verschiedenen Unterhaltungen Artemios mitgehört und so den genauen Standort der geheimen Start- und Landebahn lokalisieren können. Der entscheidende Hinweis kam aber von der **NSA**, der Agentur für die Nationale Sicherheit der **USA**, die seit einigen Tagen einmal wieder eine Informationsquelle zum Calikartell aufgetan hatte. Sie konnten aus den abgehörten Bruchstücken leicht die gesamte Legende der laufenden und geplanten Operationen nachbilden. Einen solchen Informationsvorsprung hatten sie schon lange nicht mehr zur Verfügung.

Im Moment waren sie bei der **DEA** bestens in der Lage, auch Anweisungen und Gesprächen aus den Drogenkreisen in ausgezeichneter Qualität zu folgen. Anweisungen, Informationen und auch Abgleichungen von operativen Planungen verschiedener Aktionen wurden von Bord eines Privatflugzeugs abgestrahlt, das jetzt Richtung Nicaragua unterwegs war.

Die Fahnder wussten, dass dieser, schon lange auf prominenter Fahndungsstelle aufgeführte Drogenkoordinator, gegen zwölf Uhr in **Managua** sein würde. Sie würden ab elf Uhr vor Ort voll einsatzbereit sein. Dann mussten sie versuchen, ihn nicht mehr aus den Augen zu verlieren. Sie hatten erfahren, dass er sich zwischen **Chinandega** und **Potosí**, mit seinen Kampftruppen treffen wollte. „Wenn das mal nicht schiefgeht", lästerte einer der Abhörspezialisten bei der **DEA**.

Zwei **DEA**-Agenten schafften es noch vor dem Start der Zweimotorigen in der Nähe der Hacienda zu sein und konnten das Kennzeichen der abhebenden Maschine entziffern. Die Daten wurden über die Koordinierungsstelle nach einer kurzen Überprüfung sofort an eine Station in der Nähe der Pazifikküste von Honduras durchgegeben.

Dort hatte der Pilot eines vollgetankten, startbereiten Hubschraubers auf den Anruf gewartet. Er war mit zwei, eigentlich lächerlich kleinen Luft-zu-Luft-Raketen bewaffnet. Dieses Fahrzeug startete und drehte alsbald in Richtung der **Fonsecabucht**.

Etwa zur gleichen Zeit startete, unter den gleichen Voraussetzungen, in Honduras die zweite Eingreiftruppe der Drogenbarone. Somit konnte man die Wiederbeschaffungsmaßnahmen der Yacht, bei gleichzeitiger Ausschaltung oder Gefangennahme dieses Freddys, als fünffach redundant bezeichnen. Eigentlich eine Meisterleistung der Macher in **Valencia**. Diesmal musste die Falle zuschnappen. Fünf Ausfälle, das konnte es nicht geben. Alle Beteiligten in Spanien, die sich in die laufende Operation eingebunden fühlten, waren sich sicher, dass es diesmal eigentlich nur zu mehreren Erfolgsmeldungen kommen konnte.

Und doch erstrebte die diesmal gut vorbereitete **DEA** nichts weniger als diesen totalen Exitus. Und, so wie es aussah, hatte sie gar keine schlechten Karten. Der ständig latente Krieg zwischen den Drogenbekämpfern und den Todesvermarktern strebte, an diesem 9. November, einer verlustreichen Entscheidung zu. Für beide stand viel auf dem Spiel. Wenn die **DEA** diesmal wieder einen Fehlschlag einfahren sollte, dann würden in ihrem Heimatland Köpfe rollen. Vor allem würden die politischen

Entscheidungsträger nicht mehr so freigiebig die Dollars rollen lassen. Und die waren nun mal, gerade in den labilen Strukturen der politisch Verantwortlichen in den Mittelamerikanischen Staaten, besonders als Schmiermittel von ausschlaggebender Wichtigkeit. Man nannte das System auch ganz offen als „schmieren" oder treffender als „ölen" - *aceitar*. Danach lief alles viel leichter und manchmal sogar von selbst.

Meistens kassierten die Eckpfeiler der sozialen und politischen Struktur von beiden Seiten. Sie ließen hin und wieder abwechselnd einen Erfolg der einen und der anderen Seite zu. Ohne aber grundsätzlichen, an die Substanz gehenden, nicht wieder gutzumachenden Schaden anzurichten. Ihre Inkassomentalität, die Mentalität der offenen Hand nach allen Seiten, durfte niemals in Frage gestellt werden. Auch wenn es Politiker oder die es gerne werden bzw. sein wollten, immer wieder hoch und heilig versprachen, ja schworen gegen die Korruption vorzugehen. Sie als Grundübel in der Gesellschaft zu verdammen. Dann wurden eben diese Meinungsmacher so lange geschmiert, bis sie es zufrieden waren und alle heiligen Schwüre vergaßen.

Und was war im Endeffekt Tatsache? Dass nämlich die der **DEA** verpflichteten Leute zwar ihre Erfolge verbuchen und hervorkehren konnten, aber stets mit dem bitteren Beigeschmack, dass der Gegner niemals entscheidend geschwächt wurde. Der Gegenseite erging es nicht anders.

Es bestand Konsens, dass es niemals einen Totalschaden oder umgekehrt einen Totalerfolg für die eine oder die andere Seite geben durfte. Die Herren aus der Administration des Staates - Damen gab es unter ihnen nicht - würden sich ja selbst schaden. Das sprichwörtliche Huhn, das regelmäßig goldene Eier legte, durfte nicht geschlachtet werden.

Dazu gehörte auch, dass sich gewisse Kreise öffentlichkeitswirksam über die Drogenaktivitäten entrüstet zeigten. Und hielten gleichzeitig die Hände auf, um es dann doch nicht zu arg und zu laut zu treiben.

Diesmal jedoch standen die Gegner der Drogenbekämpfer von Anfang an in der Defensive. Sie mussten aktiv werden, in die Offensive gehen, wenn sie nicht Gefahr laufen wollten, dass ihre Strukturen zerfielen. Das hatte für die **DEA** lang erhoffte Möglichkeiten eröffnet. Der Gegner musste sozusagen seine Flanken öffnen. Der **DEA** waren dabei Erkenntnisse möglich geworden, die sie auch mit bestem Geld bisher niemals gewinnen konnten.

Die Logistik der unheimlichen Großabnehmer und -verteiler stand kurz davor auf breiter Front ausgehebelt zu werden und zusammenzubrechen. Dass es damit auch stellenweise zu totalen Ausschaltungen kommen konnte, das hielt fast jeder der Fachleute für realistisch denkbar. Die Produzenten und Händler in Sachen TOD würden eine empfindliche Niederlage in diesem Krieg voller dunkler Seiten einstecken müssen. Andererseits würde das zwar für die Illegalen eine verlorene Schlacht bedeuten, der Krieg aber wäre damit für sie noch lange nicht verloren. Sie würden wiederkommen. Beide bekundeten das in ihren Planspielen.

Der interessanteste Fluchtpunkt war diese Stiftung in **Valencia**. Sie stand schon länger auf der Prioritätenliste der **DEA** ganz oben. Aber ihre perversen Strukturen aufzudecken war bisher nicht möglich. Beweisen konnte man bisher nichts. Null. Nada. Und das obschon andere hochkarätige Institutionen in den **USA**, wie **FBI, NSA** und verschiedene andere Geheimdienste Erkenntnisse in einen Informations-Pool zur Drogenbekämpfung einbrachten.

Jetzt aber standen Abwehrkräfte im Drogenkrieg sogar kurz davor auch wirksame Zugriffsmöglichkeiten in die Finanzstruktur dieser Verbrecher zu erhalten. Auch dank der Arbeiten zuständiger Ermittlungsbehörden in Europa und speziell in Spanien. Das bisher Undenkbare war in den Bereich des Möglichen gerückt.

Ausgerechnet eine hochkarätige Hilfsorganisation, besetzt mit immer wieder öffentlich ausgezeichneten und belobigten, geförderten, nach außen absolut integren Managern einer Hilfsorganisation für Suchtkranke, sollten die Strippenzieher und Zentrale des Bösen sein? Diese Vorstellung sprengte lange Zeit das Fassungsvermögen der engagierten Fachermittler. Sie mussten umdenken und das dauerte seine Zeit. Die Ermittlungen gestalteten sich außerordentlich schwierig. Nur dem Zufall war es zu verdanken, dass die Spanier einen Mann erpressen und umdrehen konnten, der im Herzen der Stiftung an nicht unbedeutender Stelle der logistischen Information wirkte.

Eine sehr menschliche Neigung, eine den Stiftungsmanagern entgangene Kleinigkeit, *eine heilige Kleinigkeit*, brachte ihn in die Fänge der Fahnder.

Die ansonst so peinlich-pingelige Ausforschung eines jeden Mitarbeiters, der an den Schaltstellen ihrer Organisation beschäftigt war, versagte in seinem Fall in einem winzigen entscheidenden Punkt. Ein fast unglaubliches Detail im unzeitgemäßen machoorientierten Spanien,

Der Mann war, wie es in den Akten der Stiftung festgehalten wurde, glücklich verheiratet. Es gab keinerlei Anzeichen einer „Abartigkeit". Er hatte zwei Kinder und das war Fakt. Dass er aber schwul war, wusste der Betroffene bestens zu verschleiern. Seine Aufdeckung während seiner Vertragszeit wäre einem Todesurteil gleichgekommen. Auf die gängige Art und Weise hätte man ihn den Fischen als Leckerbissen serviert. So wie immer wieder sogar Yachten spurlos verschwanden, hätte auch er keinerlei Spuren hinterlassen - wie schon so mancher vor ihm. Da verstand man in der Stiftung absolut keinen Spaß. Und das machte sich nun die spanische Drogenfahndung - keine prüde oder pingelige Behörde - zunutze.

Sie angelten den Cheftechniker Eduardo als Zuträger, als Informant. Das heißt angeln war eine Sache, aber jetzt erpressten sie ihn gnadenlos. Ein Zugeständnis machten sie ihm. Wenn es zum Show-down kommen sollte, würden sie ihn aus der Schusslinie nehmen. Sie sagten zu, ihm und seiner Familie eine neue Identität zu geben, ihm ein Leben in der Anonymität zu ermöglichen. Eduardo glaubte es, das heißt er musste es glauben, er hatte keine Möglichkeit daran zu zweifeln. Aber seine Erpresser und Gönner, ein Widerspruch in sich, das hätte auch Eduardo merken müssen, sammelten, fokussierten und kumulierten unterdessen ihren Hass auf ihn.

Trotz dieses gewaltigen Vorsprungs kamen sie erst weiter und so richtig in Schwung, als diese Krise wegen der verschwundenen *Esperanza* eintrat. Dann auch bei den nationalen Ermittlungsbehörden bekannt und Gewicht erlangte. Dass der Cheftechniker ihnen bis dato nur Intimes vermittelte, das sich für ein erfolgreiches Eingreifen und nachhaltiges Zerschlagen der gesamten Organisation nicht wirklich eignete, das wussten sie schon lange. Sie behandelten das aber wie eine geheime Verschlusssache. Sie wussten, dass sie nur eine einzige Chance hatten, dieser auch international hochangesehenen Wohltätigkeits-Organisation beizukommen. Und eben die hatten auch schon bewiesen, dass sie mit den raffiniertesten Rechtsanwälten zusammenarbeiteten. Oder die mit ihnen, je nach Sichtweise.

Die waren so raffiniert und raffgierig, dass sie jede Chance wahrnahmen, um sowohl an Fördergelder der nationalen Regierung als auch an solche der Europäischen Union heranzukommen. Sie wurden mal hier und mal da, aber in fast ganz

Europa, als Mustermenschen geadelt und gefeiert.

Die Macher und Macherinnen von den Drogenverfolgungsbehörden wussten, dass eine einzige Fehleinschätzung und ein Fehlschlag genügt hätten, um möglicherweise die ganze Drogenbekämpfungspolizei in Spanien aufzulösen, verschwinden zu lassen. Bestenfalls in einer neu zu schaffenden Organisation wiederbelebt hätten. Es hätte wohl kaum einen Parlamentarier gegeben, der einen solchen Beschluss nicht befürwortet hätte.

Eine solche Institution wie die Stiftung, ein nationaler Stolz zu verunglimpfen, in den Dreck zu ziehen, in den Dunstkreis von Verbrechen, das würde man gleichsetzen mit einem Sakrileg und den Verantwortlichen niemals verzeihen. So gesehen standen die spanischen Drogenfahnder und -innen immer auf unsicherem Boden. Sie sahen sich in der Pflicht nur gegen die Stiftung vorzugehen, wenn absolut wasserdichte, belastbare Beweise vorlagen. Und auch beileibe nicht nur gegen einen einzelnen der Akteure. Bisher waren sie stets weit von einer solchen die Gesamtorganisation umfassenden Situation entfernt.

In ihrer Behörde hatten sich inzwischen immer wieder Mitarbeiter mit Bedenken gemeldet, ob man es wohl diesmal wirklich schaffen könne die Brut hinter Schloss und Riegel zu bekommen. Die meisten hofften es, aber das Prinzip Hoffnung stand auch immer wieder im Gegensatz zu den rauen, erlebten Tatsachen. Allerdings, in der jüngsten Zeit war in kleineren, gut informierten Zirkeln der Führungsgremien der Optimismus doch gestiegen, diese verlogenen Bastarde vom Thron ihrer gesetzlosen Selbsterhöhung zu stoßen, sie zur Strecke zu bringen.

Die Mannschaft aus Honduras konnte man nicht einfach auf dem Internationalen Flughafen in **Managua** einfliegen lassen. Die Probleme, die dadurch hätten entstehen können, waren an den Fingern abzulesen. Die Landung in der Hauptstadt war auch nicht nötig. Es gab ja Ausweichmöglichkeiten. Und eine davon wurde von Artemio der **DEA** regelrecht auf einem silbernen Tablett serviert. Sie sollten in **Choluteca** landen. Es gab da einen Flugplatz, nicht gerade wichtig und in einwandfreiem Zustand, aber immerhin für ihre Zwecke und Erfahrung ausreichend. Doch bei der **DEA** und auch bei der **NSA** waren sie mehrheitlich misstrauisch, ob sie diesen auch wirklich anfliegen würden.

Mit dem Wagen, der auf dem geheimen Landeplatz bereitstehen würde, sollten sie vor **Somotillo** in der Zollabfertigungsstelle **Guasaule** die Grenze nach **Nicaragua** überschreiten. Dort, bei der Kontrolle nahe dem Grenzflüsschen würden sie nicht belästigt werden. Sie sollten nach einem Officer Claudio fragen. Dies für den Fall, dass es mit anderen Grenzern Schwierigkeiten geben sollte.

Bei **DEA** konstatierten Verantwortliche diese Neuigkeit mit einem „*aber Hallo!*"

Dieser Claudio stand doch auch in ihren Diensten. Er erhielt von Fall zu Fall ordentliche Zuwendungen, die letztendlich der amerikanische Steuerzahler aufbrachte.

Aufgrund der nun neuen Erkenntnisse kontaktierten sie ihn, der natürlich den völlig Ahnungslosen, ja Beleidigten gab. Derartiges von ihm zu denken, sei eine Zumutung. Er sei schließlich Offizier, eine Ehrenperson - *una persona de honor*.

Schließlich sagten sie ihm das, was er wissen musste und vergatterten ihn zur Mithilfe. Sie mussten ihm nicht lange drohen, was denn sein würde, wenn er nicht kooperiere. Das verstand sich von selbst. Die Gringos hatten sein Schicksal in ihrer Hand. Er war ihnen auf Gedeih und Verderb ausgeliefert. Er war erpressbar, aber wer in seiner Umgebung und in einer ähnlichen Position war es nicht? Doch diese vergleichende

Argumentation verfing in seiner Situation nicht - nicht mehr.

Die Zuwendungen, die er sowohl von den Gesetzlosen als auch von den Gesetzeshütern bekam, ermöglichten ihm und seiner Familie einen formidablen, sogar abgehobenen Lebenswandel. Das war zudem völlig gefahrlos, denn sowohl ihm Untergebene als auch Vorgesetzte hielten in gleicher Weise die Hände auf. Jeder hatte so „seine Spender". Alle, und nicht nur die Beamten an der Grenze, hatten in irgendeiner Form Dreck am Stecken. Beamter in einem der drei Staaten zu sein war ein besonderes Privileg. Dann hatte man es auf der Erfolgsleiter des Lebens geschafft. Man war auf der sicheren Seite.

Diese Gringos am anderen Ende der Telefonleitung trugen Claudio auf, so bald wie möglich die genaue Beschreibung des Wagens der Eindringlinge durchzugeben. Sie nannten ihm aus Sicherheitsgründen zwei Handynummern. Falls es mit der einen nicht klappen sollte. Besonders in Mittelamerika war dies eine berechtigte Frage der Verbindungssicherheit. Sie nannten noch die Chiffre, aus der der Beamte entnehmen konnte, dass es wieder einen Eingang auf seinem geheimen Konto geben würde. Warum nicht? Er hatte bereits vor einer halben Stunde ebenso von anderer Seite eine Zahlungszusage erhalten. Sollte er deshalb jetzt zu dem einen oder anderen Nein sagen?

Gegen halb zwölf.

Die Maschine mit den fünf kriminellen Passagieren aus **San Salvador** überquerte gerade den **Fonsecagolf** in etwa 500 Metern Höhe. Von Osten kommend, flog ein Hubschrauber Richtung Pazifik. Pilot und Copilot im Hubschrauber verglichen und identifizierten mit einem Fernglas schließlich das Kennzeichen. Das Flugzeug flog nun schon etwas voraus, der Pilot brachte den Hubschrauber in einer steilen Kurve auf gleichen Kurs hinter das Flugzeug.

Er entriegelte eine kleine Konsole und drückte zwei Knöpfe gleichzeitig.

Beide mitgeführten Raketen, beide ausgestattet mit einem Wärmesuchkopf, richteten sich genau auf die beiden Triebwerke des vorausfliegenden Flugzeugs aus.

Der Hubschrauberpilot schwenkte sofort scharf nach Osten. Die Rotoren verwirbelten die grauweißen Verbrennungsgase der Raketen. Der Copilot kommentierte Sekunden später emotionslos: „Treffer."

Die kleine Maschine, mit den fünf Kämpfern pro Drogen, fing Feuer und schmierte über die linke Tragfläche ab. Sie begann in immer engeren Spiralen dem Wasser entgegenzutaumeln. Nach einem kurzen Moment war sie im Wasser verschwunden. Die Wasseroberfläche selbst hatte sich nur Sekunden nach dem Aufprall wieder beruhigt.

Ein Fischer sagte später, das Flugzeug habe zwei Kondensstreifen hinter sich hergezogen und habe dann plötzlich Feuer gefangen. Schließlich habe es so ausgesehen, als wollte der Pilot eine Notwasserung vornehmen. Im Sturzflug?

Es gab noch einen zweiten Augenzeugen, der behauptete, dass es kurz vor dem Absturz einen gewaltigen Knall gegeben habe.

„Was die Menschen doch in solchen Situationen alles für Käse zusammenfantasieren?" Es war der Leiter der Aktion des Hubschraubers mit den beiden Raketen, der sich über die angenommenen und objektiven Beobachtungsgaben der Menschen mokierte und auch lustig machte.

Gegen Mittag

Die drei Männer, die in einem Land Rover den Grenzfluss zwischen Honduras und Nicaragua überquerten, wurden von drei unterschiedlich uniformierten Grenzern auf der nicaraguanischen

Seite in der Zollabfertigungsstelle **Guasaule** empfangen. Darunter befand sich auch Claudio, der Teniente und zu diesem Zeitpunkt Chef der Brigade. Er war der Einzige, der eine tadellose Uniform trug, mit scharfen Bügelfalten in seiner Hose. Darauf legte er besonderen Wert und seine Frau wusste von ihrer Verantwortung, wenn sie die Berufskleidung ihres Mannes pflegte. Ja, es war sogar ihr Stolz. Sie zählte in der Gesellschaft nur, weil ihr Mann es so weit gebracht hatte. Bis jetzt.

Die beiden Untergebenen des Offiziers waren mehr lappig gekleidet. Jacke und Hose baumelten um ihre rachitischen Gestalten. Beide hatten die Reste einer Zigarette in einem Mundwinkel. Die Originalfarbe ihrer Uniformen aus billigstem Stoff, war längst verblichen und nicht mehr festzustellen.

Persönlich studierte Claudio die Pässe. Seine beiden Begleiter standen beobachtend abseits.

Claudio gab freie Fahrt, ging aber anschließend gleich in die Bude, die sein Büro beherbergte, scheuchte einen anderen seiner Untergebenen hinaus und wählte eine Nummer.

Er sagte nur: „Land Rover, gelblichbraun, dreckverschmiert," und gab noch das Kennzeichen durch. Dann legte er auf und wählte gleich danach die Nummer seiner Schwiegermutter. Das machte er immer so, damit niemand, der auf die Idee käme die Taste für den letzten Anruf zu drücken, hinter sein Geheimnis kommen konnte. „Wollte dir nur <guten Tag> sagen." Dann legte er wieder auf. Die Schwiegermutter freute sich. Der Schwiegersohn dachte in dieser Form öfters an sie. Netter Junge, den sich die Tochter da geangelt hatte. Und er war Beamter in guter Position.

Der von dem Teniente beschriebene Land Rover hatte nun nach dem Passieren der Grenzkontrollstation ca. 8 Kilometer zurückgelegt. Die Straße war beidseits von teilweise ausgetrockneten Sträuchern gesäumt. Darin warteten bei Kilometer 10,2 zwei Männer. Einer auf jeder Straßenseite. Sie waren etwa 100 Meter voneinander entfernt. Beide hielten eine Panzerfaust feuerbereit.

Vor etwas mehr als einer Minute hatte jeder von ihnen in seinem Kopfhörer ein vereinbartes Signal gehört, dann kam knapp und zackig die Beschreibung des erwarteten Land Rovers und damit die Freigabe zum Abschuss. Die Beschreibung mitsamt Kennzeichen wurde nochmals wiederholt.

Der Verkehr war spärlich, aber ausgerechnet in dem Moment, als der Land Rover auftauchte, kam ein LKW aus der anderen Fahrtrichtung. Der erste konnte so seine Panzerfaust nicht abschießen, weil der LKW den Land Rover ungünstig für einen Beschuss, abgedeckt hatte. Das war Mist, aber so war das in ihrem Geschäft, eine klitzekleine Kleinigkeit, die man nicht in eine Planung einbringen konnte. Und genau deswegen hatte man die Aktion redundant geplant. Es können immer Dinge passieren, die unmöglich vorauszusehen waren.

Der zweite Mann traf den Land Rover - hui das war knapp. Das Fahrzeug ging sofort explosionsartig in Flammen auf und trudelte die kleine Böschung hinab in die Hecken. Es gab dann rasch noch zwei Sekundärexplosionen, die nicht auf den Treibstoff zurückzuführen waren.

Der Schütze lief rasch in Richtung Flammen und versicherte sich, dass die Insassen keine Chance hatten dem Inferno zu entkommen. Er warf seine Abschussvorrichtung in das Feuer.

Die ausgetrockneten Hecken ringsum zögerten keinen langen Moment und fingen sofort Feuer.

Der als erster Schütze vorgesehene Mann schoss seine Panzerfaust in eine ballistische Bahn in Richtung der Hügel. Es war eine vereinbarte Vorsichtsmaßnahme für den Fall, dass sie von der Polizei gestoppt und durchsucht werden sollten. Das

Schicksal konnte wirklich dumme Streiche spielen. Andererseits würde der daraufhin auf dem Hügel ausbrechende Brand anrückende Brandbekämpfer irritieren und Untersuchungsbeamte unnötig Zeit verlieren lassen.

Beide Männer trafen sich dann ebenfalls bei einem, zwischen den Sträuchern abgestellten Land Rover und fuhren in Richtung **Chinandega**. Bei dem brennenden Wrack stoppten sie kurz, auch die zweite Abschussvorrichtung kam jetzt zu den Flammen.

Das nächste Fahrzeug kam aus Richtung **Somotillo**. Der Vertreter für Handwerkermaschinen rief über sein Handy die Feuerwehr und meldete einen Buschbrand. Den Land Rover hatte er nicht erkannt.

Die Feuerwehr verständigte die Polizei, die danach in dem ausgebrannten Fahrzeug drei verkohlte Leichen entdeckte. Erst am nächsten Tag, als das ausgeglühte und jetzt erkaltete Wrack auf den Polizeihof geschleppt war, fanden die Ermittler Reste eines ansehnlichen Waffenarsenals. Das Fahrzeug war in Honduras registriert und gehörte einem Haciendabesitzer. Dieser behauptete, dass ihm das Fahrzeug gestohlen worden sei. Das aber wollten die von der **DEA** nicht glauben und lagen goldrichtig.

Die GEO-Daten zur Lage der Hacienda wurden über den Weg der Amtshilfe von Honduranischen Polizisten ermittelt. **DEA** konnte danach bequem aus einem Zeitungsartikel entnehmen, wo sich der dritte geheime Flugplatz befand.

Unter zunächst ungeklärten Umständen verbrannte zwei Tage später auf diesem Bedarfsflugfeld ein zweimotoriges Kleinflugzeug. Offenbar, so war den Erklärungen des Haciendabesitzers zu entnehmen, war es lediglich dort notgelandet. Über den Verbleib des Piloten habe er keine Kenntnisse. Mehr könne er dazu auch nicht aussagen. Das angrenzende Buschland geriet dabei ebenfalls in Brand. Der Schaden hielt sich in Grenzen - so vermerkte das Blatt.

Ebenfalls gegen 12 Uhr
Das bewaffnete Schnellboot war noch reichlich vier Stunden von seinem Ziel entfernt. Der Kommandant ließ sich nochmals den letzten bekannten Standort der Yacht durchgeben.
„Waffencheck" ordnete er an.
„Kontakt in maximal fünf Stunden. Abhängig von der gegenwärtigen Lage des Zielobjektes. Jeder wird noch mit einem Sandwich bedacht."

12 Uhr 05 Minuten.
Artemio ist aus **Panamá**, seiner Umsteigestation, in **Managua** gelandet. Er mietet ein Auto und fährt los, um sich verabredungsgemäß mit den Männern aus **Honduras** und **San Salvador** zu treffen. Für seine Zeit auf dem Boden **Nicaraguas**, hatten sie Funkstille vereinbart. Nur in einem wirklichen Notfall durfte diese unterbrochen werden. Alles lief augenscheinlich gut, denn er erhielt keinen Notruf.

Hinter **Chinandega** wartete er am vereinbarten Platz, einer verfallenen Zuckermühle, auf seine Männer. Kurz vor halb drei wählte er die Nummer der Hondurenjos, aber ihr Telefon war abgeschaltet. Artemio war noch nicht beunruhigt.

Er wählte auch die mit den San Salvadorenjos vereinbarte Nummer und wollte es zweimal klingeln lassen. Dann, nach einer kurzen Weile nochmals anwählen, nochmals zweimal klingeln lassen. Es war das vereinbarte Zeichen, dass er an Ort und Stelle auf eine Nachricht wartete.

Doch auch die hatten offensichtlich ihr Gerät abgeschaltet. Das war jetzt doch beunruhigend.

Er entschloss sich dann kurz nach halb drei loszufahren und kam gegen drei Uhr in **Potosí** an. In der Nähe des Hafens stellte er sein Auto ab. Hierher würden seine Leute letztendlich kommen, hier würde ihr Einsatz beginnen.

Artemio saß seit zehn Minuten nervös auf einer Bank, innerlich angespannt, äußerlich war ihm nichts anzusehen, als er von zwei Polizisten angesprochen wurde. Artemio hätte es gerne als ein kleiner Plausch angesehen, aber er sah einen dritten Polizisten in gut drei Metern Entfernung. Der hatte die Hand an seinem Revolver.

„Sind sie Artemio Luis Altamira de Miranda, um die Mittagszeit in **Managua** gelandet?"

„Ist das wichtig? Meine Papiere sind in Ordnung."

„Es ist alles in Ordnung. Nur, da ist ein Kleinflugzeug verunglückt. Ein Überlebender hat ausgesagt, dass er sich hier mit ihnen treffen wollte. Begleiten sie uns doch bitte, wir benötigen nur ein paar Auskünfte. In einer viertel Stunde können sie wieder hier sitzen."

Artemio hätte es liebend gerne geglaubt, aber er sah dann doch genauer nach dem dritten Polizisten wenige Meter entfernt. Er hatte die Hand an der Pistole, das Halfter stand offen.

Er entschloss sich zur Kooperation. Es bestand immerhin noch eine, wenn auch geringe Möglichkeit, die Sache einvernehmlich und ohne bedeutenden Schaden aus der Welt zu schaffen. Wahrscheinlich hatten sie Waffen in der verunglückten Maschine gefunden. Er würde sich in der Zeit bis zur Polizeistation etwas überlegen. Letztendlich konnte er immer noch mit den überzeugendsten aller Argumente auftreten. Wenn es denn sein sollte, würde er die gesamte Polizeistation kaufen.

Er stand langsam auf und beschloss ein Gespräch zu beginnen. „Ein Kleinflugzeug, wo soll denn das gewesen sein?"

„Unser Chef wird ihnen alles das erklären, zumindest das, was er weiß." Kaum begonnen, war das Gespräch damit auch schon wieder beendet. Sie hielten vor einer Villa, das Tor öffnete sich und schloss sich wieder wie von Geisterhand angetrieben hinter ihnen, .

„Aussteigen", befahl einer der Beifahrer. Der hatte seine Mütze vom Kopf genommen und in das Innere des Wagens geworfen.

Artemio sah jetzt zwei weitere Typen mit Maschinenpistolen, aber nicht in Uniform. Noch weigerte er sich zu glauben, was er sah. An die Konsequenzen wollte der sonst doch so praktisch veranlagte Drogenkoordinator ganz und gar nicht denken.

Einer seiner Begleiter band ihm seine Hände mit einem langen Kabelbinder auf dem Rücken mit einem kräftigen Ruck recht fest zusammen.

Von links und rechts wurde er unsanft in den Bungalow teils geschoben und teils gestoßen.

Da stand ein Mann, der ihm in seiner Jacke und in den Hosentaschen herumfingerte. Seine Beute: Reisepass, Personalausweis, Kreditkarten, knapp 3000 Dollar Kleingeld, Notizbuch, Handy und noch ein paar unwichtigere Sachen. Der Kerl steckte alles in einen Textilbeutel und zog ihn an zwei Schnüren zu.

Er hatte vorher einen Blick in den Reisepass geworfen. Er schaute ihn direkt an und fragte: „Sie sind Artemio Luis Altamira de Miranda?"

Er wartete keine Bestätigung ab, sondern begann mit einer kurzen Erklärung: „Sie werden diverser Verbrechen beschuldigt. Die Einzelheiten wird ihnen ein Untersuchungsrichter im Staate Texas mitteilen. Wir werden dafür sorgen, dass sie dort wohlbehalten ankommen. Dabei werden ihnen natürlich als Erstes ihre Rechte vorgelesen, sobald sie Texanischen Boden betreten haben. Dies nur der Ordnung halber und unter Beachtung der Gesetze der Vereinigten Staaten von Amerika. Haben sie das verstanden?

Auch jetzt wartete er keine Antwort ab, sondern machte ein Zeichen. Die beiden, die ihn an den Armen festhielten, führten ihn in einen Nebenraum, der fensterlos schien.

Sie verabreichten ihm eine Spritze. „Falsche Bullen", das ging ihm noch durch den Kopf. Artemio wehrte sich nicht. Er konnte nur noch auf ein Wunder hoffen, oder auf seine Leute aus **San Salvador**, die waren dafür bekannt, dass sie überhaupt nicht sensibel waren. Dann schlief er ein.

16 Uhr, GMT, Spanien.

Eduardo öffnete den einfachen Brief, abgesendet in Miami. Er fand eine DVD. Beim Anschauen wollten ihm die Augen übergehen. Er erkannte wohl tausende von intimen Bankdaten der Bank, auf die sie fünf Millionen Euros überwiesen hatten. Er als Cheftechniker hatte damals den Transfer durchgeführt. Er wusste also was das bedeutete. Er musste die Direktoren zusammenrufen - nein, entschied er nach einer kurzen Denkpause. Ich muss erst einmal eine Evaluation machen, die Daten bewerten. Ich muss ab fünf Uhr in der Lage sein so konkret wie möglich den Herren einen Überblick zu geben. Ich muss über die möglichen Folgen nachdenken. Vielleicht habe ich auch vor fünf Uhr bereits die Daten von diesem Freddy. Die Zeit lief plötzlich irrsinnig schnell. Es fehlte noch weniger als eine Stunde bis zur Zusammenkunft.

An seinen anderen Auftraggeber, die Drogenbehörde, dachte er nicht. Vielleicht verdrängte er auch den Gedanken, denn vom Eingang eines so wichtigen Dokumentes, wollten die natürlich auch unterrichtet sein. So war es abgemacht. Beim Ehrenwort eines Schurken.

Zur Hölle mit dem Ehrenwort.

Scheiß auf die Drogenbehörde.

Dario und seine fünf Männer hatten die Autos abgestellt. Ganz in der Nähe erstand Dario für jeden ein nichtregistriertes Handy. Der Verkäufer durfte sich mehr über das unaufgefordert angebotene Schweigegeld freuen als über den Gewinn aus dem Verkauf der Geräte. Und dabei war das Geschäft in nur wenigen Minuten über die Bühne gegangen. Solche Kunden könnte er mehrmals in der Woche brauchen, dann würde es um seine Existenz nicht so besorgniserregend stehen. Es war eine Fehlkalkulation in diesem beschissenen Kaff zu investieren, sich eine Existenz aufzubauen und das ausgerechnet mit Mobilfunk-Telefonen. Aber im Moment schien einmal wieder die Sonne, sonst sah es trübe aus - geschäftlich.

Die Männer mit Dario verteilten sich jetzt im Hafengebiet, zwei gingen dann auf Streife in die Stadt. Alle Handys waren auf ihre Funktionsfähigkeit geprüft. Und alle waren auf eine Kurzwahlnummer eingestellt. Jeder brauchte nur einen Knopf zu drücken und sie waren mit Dario verbunden.

Jeder hatte auch ein Foto von Freddy neueren Datums bei sich, das heißt vom Juli dieses Jahres. Sie würden es auch in Bars zeigen. Sie wollten eine Visitenkarte mit lediglich einer Telefonnummer hinterlassen. Mit der Nummer von Darios Handy.

5 Uhr PM, GMT, **Valencia**

Das Direktorium war wieder zusammengekommen. José-Maria war bereits über den Eingang einer DVD mit den Daten aus dem Bankhaus auf den Cayman Inseln informiert.

Zunächst erstattete er aber Bericht über die Ereignisse in und bei Nicaragua. Daraus entwickelte sich, angesichts der neuesten Ereignisse, dann doch eine Diskussion. Ein Vorbote für das, was zu erwarten war, wenn die Gefahren erst einmal vorbei sein würden. José-Maria war sich bewusst, dass es hart auf hart kommen würde. Dass gewisse Probleme erst dann wirklich aufbrechen würden, wenn die Sache, die Probleme mit der Yacht und ihrer Fracht einmal ausgestanden waren.

„Eine Einsatzgruppe hochmotivierter und gut ausgebildeter Leute ist heute in der Früh, unter der Leitung von Dario von **Barranquilla** aus nach Nicaragua abgeflogen. Dario, die meisten werden sich an ihn erinnern. Er war es, der mit seiner Truppe vor gut vier Jahren bei **Medellin** die Yankees erledigte, als diese kurz davor standen das Zentrallabor in die Luft zu sprengen.“

„Wir sind uns doch hoffentlich einig, dass er es diesmal schafft einen einzigen Mann, einen Verräter aus unserem eigenen Haus, einen hinterlistigen und brutalen Mörder, zur Strecke zu bringen.“

„Hast du Mörder gesagt? Bei uns gibt es keine Mörder.“ Dieser Einwurf konnte nur von Pedro-Ricardo Cesar Fonseca Hidalgo kommen. Nicht allzu selten ritt ihn der Teufel. Er rollte zuerst mit den Augen, schaute dann auf seine Füße.

José-Maria engingen nicht verschiedene andere, nicht verbal geäußerte Unmutsbekundungen in der illustren Runde. Kurz überdachte er, ob er wohl beunruhigt sein sollte.

Sá Benedicto Xavete Evaristo schien ob des verklungenen Zwischenrufes unbeeindruckt und gab seiner Hoffnung Ausdruck ... „und, dass uns dieser Dario das Boot unversehrt zurückbringt. Es sollte, es darf unter keinen Umständen in fremde Hände fallen. Man kann aber nie wissen, die Gier und Versuchungen sind groß. Jetzt wo in seiner Reichweite eine ganze Goldgrube auf die Ausbeutung wartet. Mit den Möglichkeiten steigt bekanntlich auch die Gier. Ich kann nur hoffen, dass dieser Dario eine Ausnahme ist.“

„Gelegenheit macht Diebe.“

„Ist dieser Kolumbianer Dario ohne jede Einschränkung so

vertrauenswürdig wie offenbar allseits gelobt und in unserer Hand?"

„Mal den Teufel nicht an die Wand!"

„Dieser Möglichkeit, meine Freunde, haben wir einen Riegel vorgeschoben. Artemio persönlich überwacht mit seinen Leuten die Aktionen und die Bewegungen dieses Dario. Er müsste um diese Zeit, lokale Zeit in Nicaragua, dort eintreffen. Er hat sich angeboten seine wohlerzogenen Kinder, soll heißen gut ausgebildete Jungs aus San Salvador und Honduras heranzuführen. Es sollen, wie angekündigt, zehn Muchachos sein, komplett mit ihren Spielzeugen. Und heiß auf Aktion. Wenn etwas aus dem Ruder laufen sollte, dann wird Artemio entsprechende Maßnahmen ergreifen. Auf diesen Mann ist Verlass. Der kommt direkt aus dem inneren Zirkel."

„Ich bin kein Hasenfuß, José-Maria, das weißt du, aber ich hoffe, dass jetzt der Erfolg kommt, ich werde so langsam nervös. Ach was, Sch..., ich bin nervös. Sehr! Und ich denke auch, dass es Ambrosio schnell besser ginge, wenn dieses Problem aus der Welt wäre. Sonst, so fürchte ich, werde ich ihm bald Gesellschaft leisten müssen."

„Meine Freunde, wenn es hilft, dann erkläre ich, dass ich für die Integrität dieses Dario bürge."

„Wenn du dir da nur nicht die Finger verbrennst."

„Habe ich etwa gesagt, dass ich für ihn die Hand ins Feuer legen würde?"

Roberto Sebastiano Pizarro Ribadeneira ergriff das Wort: „Das gleiche hat auch Al mit seinem Freddy gemacht, José-Maria. Auch er hat immer wieder auf seinen Protegé gesetzt, Geduld eingefordert. Dann erhielt er die Quittung. Und wir in sehr drastischer Weise mit ihm. Ich sage euch Freunde, mit der Höhe eines zu erwartenden Gewinns steigt auch die Versuchung und Ambition. Je höher die Gewinnmöglichkeit, desto größer die Risikobereitschaft. Besonders bei einem der nicht viel oder vielleicht gar nichts zu verlieren hat. Das hat mit denken nichts mehr zu tun, eher mit der Fähigkeit über den nächsten Tag hinaus zu denken. *Ich* denke zum Beispiel unter anderem auch das, dass wir unbedingt den ganzen Apparat durchforsten und neu strukturieren müssen, wenn das Problem erst vorbei ist. Aber noch sind wir ja mittendrin."

„Keiner wird dir widersprechen Roberto. Aber über eine Neustrukturierung können wir doch erst denken und reden und auch handeln, wenn wieder Ruhe und Routine eingekehrt ist. Dann wird die Bestandsaufnahme fällig. Wir haben doch im Augenblick noch wirklich genug um die Ohren. Wir können uns einfach noch kein neues Thema als Spielfeld leisten."

„Was ist mit dem Schnellboot?"

„Die letzte Nachricht ist von kurz nach Mittag, dass die Männer in Costa Rica einen Tankstopp einlegen mussten. Dass es da unspektakulär zu einer kleinen Verzögerung gekommen sei.

José-Maria machte eine kurze Pause, schaute von seinen Papieren auf, rollte mit den Augen und kommentierte mit gespielter Resignation in der Stimme: „Mittelamerika, Südamerika! Sie sind aber mittlerweile unterwegs zum Ziel. Das dürften sie so gegen neun Uhr unserer Zeit erreichen. Deckt sich zeitlich auch mit den Möglichkeiten, die Dario hat. Also, wenn sie so wollen, sind wir auch von See aus operierend in der Lage, die Sache zu unseren Gunsten zu entscheiden. Wir haben mehrere ganz heiße Eisen im Feuer."

„Gibt es etwas Neues von den Caymans?"

„In der Technik wird derzeit noch daran gearbeitet, Daten von einer DVD zu entschlüsseln. Wir versuchen vordringlich an die Bank-Geheimnisse unseres Freddys heranzukommen. Sobald da ein Treffer gelandet wird, werden wir informiert."

„Es besteht also jetzt auch auf dieser Seite die Hoffnung, dass wir wieder an unser Geld kommen?"

„Die Chancen stehen nicht schlecht, aber erst müssen wir seinen Namen mit dem Zahlendurcheinander zusammenbringen. Es sind offenbar tausende Konten betroffen. Tausende Datensätze auf der betreffenden DVD."

„Die Daten, sind die von unserem Kontaktmann aus der gleichen Bank geliefert worden?"

„Dies aufgeklärt zu wissen ist zwar nachrangig. Wenn es aber kollektiv die Nerven beruhigt" - er machte eine bedeutungsvolle Pause und deklamierte dann beinahe feierlich: „Die Quelle wurde entsorgt."

„Ich fürchtete schon, dass uns dort, im Überlebensfalle, wieder ein Hinterfotziger am Zeug flicken könnte. Nicht dass da schon wieder einer auf dem Sprung stehen sollte und von uns großes Geld fordert. Erpressungen gehen mir auf den Sack. Es sei denn, wir sind in der Vorhand." Es war Pedro-Ricardo Cesar Fonseca Hidalgo mit dieser typisch drastischen Zwischenrede.

„Nun, dann kannst du, und wir alle können beruhigt sein. Also meine Freunde, wenn weiter keine Aussprache gewünscht ist, vertage ich auf morgen. Allerdings mit der Ausnahme, dass wir uns bereits am Vormittag, also 10 Uhr treffen. Kein Einspruch? Die Sitzung ist geschlossen."

Viertel nach zwei Uhr - die *Espera*

Die Yacht befand sich nun wieder auf ihrem Stammplatz, knapp außerhalb der Dreimeilenzone und gegenüber der Fonsecabucht. Bis jetzt hatte weder Freddy noch Henry etwas wahrgenommen, das darauf schließen ließe, dass sie unter Beobachtung stehen könnten.

„Wie üblich, du fährst langsam hin und her."

Henry bestätigte zackig die Anweisung. „Jawoll mein Kapitän!"

Henry hatte es bemerkt. Freddy nahm nämlich wieder einen Umschlag mit auf seine Reise in den Hafen **Potosí**. Er hatte versucht unauffällig aufmerksam zu sein, um zu erfahren, woher er die Dokumente holte. Aber es war ihm nicht gelungen.

Sein Polohemd fiel Freddy über den Hosenbund und verdeckte, wenn auch unzulänglich, die schwere Pistole im Hosenbund. *<Wenn der nur mal nicht auffällt, und aus dem Verkehr gezogen wird, bevor wir mit der **DEA** den großen Wurf gelandet haben>*. Das waren Henrys besorgte Gedanken.

„In jedem Fall werde ich vor halb sieben zurück sein. Pass auf unser Spielzeug auf."

Bald konnte Henry nur noch ahnen, wo sich Freddy befinden könnte. Die nun etwas schwüle Mittagsluft ließ die Konturen der Küste leicht verschwimmen.

Henry ging, um sich zu versichern, dass die Sender eingeschaltet waren. Und er kontrollierte die Technik. Es durften keine Nachrichten hereinkommen. Es wäre absolut fatal gewesen, *<der größte anzunehmende Unfall>*, wenn er Instruktionen erhalten und Freddy hätte zuhören können. Er durfte jetzt nichts mehr falsch machen.

Dann holte er Sekundenkleber, den er in der Miniwerkstatt bei den Dieseln gesehen hatte, und benetzte den kompletten Rand der Klappe für den Schaltkasten. Er verschloss ihn. Dann drückte er mehr als zehn Sekunden mit aller Kraft dagegen. Jetzt ließ sich der Kasten nicht mehr öffnen. Die Entscheidung nahte.

Yolanda, die den Vorgang beobachtet hatte, fragte nach dem Sinn. Henry erklärte ihr, dass Freddy womöglich mit einem potentiellen Käufer für die Yacht zurückkäme. Er habe sichergestellt, dass man sie jederzeit orten konnte. Von dem Kokain im Kiel erwähnte er nichts. Das hätte die spannungsgeladene Situation, unter der sie zunehmend litten, nur noch weiter angeheizt.

Henry versuchte einen kühlen Kopf zu bewahren. Er spürte, dass er es nicht mit Sicherheit fertigbrachte. Er musste sich eingestehen, dass Freddy offenbar seinen Zustand richtig beurteilte. Das machte ihn um einiges unruhiger, aber er hatte sich nichts anmerken lassen. Wenigstens glaubte er dies.

Freddy wollte sich den hypersensiblen Zustand seines Freundes mit dem bevorstehenden Ende ihres Abenteuers erklären. Die Spannung stieg, da war es bei einem Sensibelchen wie Henry völlig normal, dass seine Nerven das Flattern begannen.

Er selbst war da aus einem ganz anderen Holz geschnitzt. Zudem würde er jetzt, gerade jetzt einen klaren Kopf benötigen. Wenn er zappelig werden würde, dann würde er keinem Geschäftspartner gleichwertig entgegentreten können. Ein vorteilhafter Handel kann aber nur eingefädelt und abgeschlossen werden, wenn sich die Geschäftspartner auf gleicher Augenhöhe behandelten. Jeder würde dann auch vom anderen wissen, dass er sich ein bisschen größer zu machen versuchte, als er in Wirklichkeit war.

Freddy und Henry waren sich bewusst, dass das Unternehmen ganz bald in die Endphase trieb. Beide hatten da völlig unterschiedliche Lösungen im Blick. Henry wollte, dass dieser Freddy und ein ganzer Haufen Geschmeiß aus dem Umfeld dieses skrupellosen Verbrechers aus dem >Verkehr gezogen werden musste.

Freddys Plan war, das Geschäft seines Lebens zu machen und möglichst gleichzeitig diesen Einfaltspinsel Henry an die Fische zu verfüttern. Vielleicht würde er seine Yolanda nochmals durchficken, bevor er sie ihm nachschicken musste. Freddy grinste bei diesem Gedanken maliziös.

Die Urteile waren also bereits gesprochen, das Strafmaß festgesetzt. Beide wussten, dass nur einer von ihnen seine Strafe antreten würde. Und für Freddy war das überhaupt keine Frage - nein, war es nicht. Er hatte schließlich nicht den ganzen Scheiß organisiert und durchgeführt, nur um dann seine Beute mit jemandem anderen zu teilen. „Absurd, idiotisch! Nein Henry," sprach er leise vor sich hin: „Begrabe deine Träume! Oder versenke sie."

Beide hatten aber weiter so getan, als würden sie gemeinsam am gleichen Strick ziehen.

Dank der jetzt permanenten Sendesignale waren sie bei der Bodenstation der **DEA** in Honduras und ebenso in **Valencia** ständig über den genauen Standort der *Espera* bestens informiert.

Der Kommandant auf dem Schnellboot erhielt ebenfalls die Informationen über den Standort und die taktisch unbedeutenden, kleinen Bewegungen der Yacht. Alle Nachrichten waren weiterhin nach dem hauseigenen System verschlüsselt.

In **Valencia** hörte Eduardo bei den eingehenden Signalen wieder Gezwitscher. In wenigen Minuten hatte er die zugehörigen Signale auf seiner Maschine und hörte wieder Ziffernfolgen. Er war allerdings in seinen Bemühungen, sie zu entschlüsseln, noch nicht einen Millimeter weitergekommen. Das beunruhigte ihn. Denn als Hilfsmittel hatte er sogar Software eingesetzt, die er direkt aus einem stark gesicherten Computerprogramm eines Geheimdienstes herausgehackt hatte. Nichts, absolut nichts hatte er erreicht.

Dann kam plötzlich eine unverschlüsselte Meldung: „Freddy ist mit Dokumenten gegen die Stiftung unterwegs nach **Potosí**.

Er ist bewaffnet. Er sucht Aufkäufer. Hat Andeutungen gemacht, dass er bereits weiß, wer ihm weiterhelfen würde, auch in finanzieller Hinsicht. Schätze, dass es jemand aus seinem Bekanntenkreis, also Stiftung ist. Möglichkeit besteht, dass sie gemeinsame Sache machen wollen. Dadurch meine Person und Begleitung stark gefährdet. Glaube nicht, dass er uns am Leben lassen wird, wenn er sein Ziel erreicht hat. Holt uns hier raus. Schnell! Ende!"

Henry hatte, entgegen allen Anweisungen, diesen Hilferuf unverschlüsselt gesendet. Die Verschlüsselung hätte zu viel Zeit gekostet und er wusste nicht wieviel ihm noch blieb Er musste weg, bevor Freddy wieder auftauchte. Dann jedenfalls war er, dann waren sie beide in allerhöchster Gefahr, soviel stand fest. In akuter Lebensgefahr!

Das erkannten auch die lauschenden **DEA**-Agenten so und berieten sich. Sie waren sich sofort bewusst, dass sie Entscheidungen mit möglicherweise sehr unangenehmen Folgen treffen mussten. Folgen, die sie vorher nicht auf ihrem Radar gehabt hatten. Im Vorfeld ihres Unternehmens nicht in die Planungen einbeziehen wollten.

Henry war in der Klemme. Was konnte er selbst unternehmen, außer warten, hoffen und wie selbstverständlich auch bangen? Obwohl er sich mit aller Kraft gegen erdrückende fatale Gedankengänge stemmte, schien es ihm doch als würde sein Lebensstrang schnell kürzer. Jetzt, wo es nicht mehr nur um *sein* Leben ging, spürte er die bisweilen lähmende Last einer Verantwortung.

Sie wussten ja bei der **DEA,** wie es um ihn stand. Er rechnete damit, dass er vielleicht doch noch mit einem Hubschrauber abgeholt werden würde.

Henry hatte aus seiner Sicht und Situation keine brauchbare Alternative. Er musste handeln und alles dransetzen seine Partner und Vorgesetzten von der Richtigkeit und Notwendigkeit seines Handelns zu überzeugen.

Doch seine Herren, die sich zu einer nicht planmäßigen Entscheidung gedrängt sahen, waren der Meinung, dass auch auf die Gefahr hin, Henry zu verlieren, abgewartet werden sollte. So hart auch diese Entscheidung klang, sie war konsequent. Sie betonten sich gegenseitig, dass keinem diese Entscheidung leichtgefallen sei. Als wäre es *so* erträglicher den Verlust von Menschenleben zu rechtfertigen.

Solange sie nicht wussten, wer der Geschäftspartner Freddys sein würde, und seine Geschäftspläne nicht allgemein erkennbar waren, wollten sie nichts unternehmen. Es konnte ja auch sein, es lag jedenfalls im Bereich der Möglichkeiten, dass Freddy unverrichteter Dinge wieder auf die Yacht zurückkam und sie würden dann Morgen das Spiel wiederholen. Bis dann brauchten sie Henry vor Ort, das heißt auf der Yacht. Es war nachvollziehbar, dass das Unternehmen Gefahr lief im letzten Moment zu scheitern.

Wenn nämlich Freddy zurückkam und Henry mit seiner Dame nicht mehr an Bord wäre, dann müsste er die Gefahr erkennen und versuchen zu entwischen. Er würde höchste Gefahr wittern und aus der neuen Lage schließen, dass Henry ihn verraten haben musste. Der letzte Beweis für seine bisher nicht sattelfesten Vermutungen wäre dann erbracht. Einen anderen Schluss würde seine Lage nicht zulassen.

Panikartig, Hals über Kopf, würde er seine Stellung verlassen müssen. Die Gefahr, dass man ihn dann verlöre und damit die gesamte, mit so langer Hand und großem Aufwand geplante Operation scheitern musste, bestand effektiv. Jedes weitere Vorgehen wäre mit unverhältnismäßig großen Risiken belastet.

Mit allergrößter Wahrscheinlichkeit hätten sie alle Aktivitäten abblasen müssen. Der Aufwand, den man bisher betrieben hatte, wäre für die Katz gewesen. Henry wäre zudem dann auch als Undercover Agent definitiv und für alle Zeiten verbrannt.

Sie würden auch in Spanien jede Aussicht auf Erfolg verlieren. Die Burschen dort in der Stiftung würden sich neu verbarrikadieren und in absehbarer Zeit wäre es völlig unmöglich bei denen nochmals einen Fuß in die Tür zu bekommen. Die würden den bisher entstandenen Schaden abschreiben und mit noch größerer Raffinesse die beschädigten Positionen und Organisationsteile neu aufbauen.

Unabwendbares Fazit: Henry würde durchhalten müssen. Bis zu einem bitteren Ende? Das wollten sie denn dann doch nicht konkretisieren oder wenigstens befürchten. Jedem Entscheidungsträger, besonders bei der DEA, war sehr unwohl in seiner Haut. Sie würden die Folgen verantworten müssen.

Aber noch war ja nicht alles verloren.

In Valencia

Eduardo war von der hereinkommenden, unverschlüsselten Nachricht wie von einem elektrischen Schlag getroffen. Er erkannte sofort die Brisanz des Inhaltes. Da war der zweite Mann an Bord und der - Überraschung-Überraschung - war ein Agent der gefürchteten **DEA**. Sie waren also *auch* hinter Freddy und somit hinter der Yacht und seinem Inhalt her.

Es war Eduardo sofort klar, dass Freddy versuchen könnte seine Haut zu retten. Dafür würde/könnte er die Beweisstücke gegen die Stiftung, als Tauschmittel für seine Freiheit den einschlägig interessierten Stellen zur Verfügung stellen. Und, wenn die von der **DEA** so weit waren, dass sie jetzt praktisch Freddy umzingelt hatten, dann wussten sie auch über andere Bewegungen Bescheid. Dann enthielten die vorangegangenen nummerisch verschlüsselten Nachrichten sicherlich auch Informationen über die Machenschaften der Stiftung.

Eduardo schlug beide Hände vor sein Gesicht. Er presste die Augen zu und versuchte mit seiner ganzen mentalen Kraft die Folgen abzuschätzen. Alles was er sah war Schwärze. Das hatte aber nichts damit zu tun, dass er ja seine Augen geschlossen hatte. Trotzdem, er nahm die Hände weg und riss die Augen auf. Jetzt sah er ziemlich klar.

Plötzlich erschienen Eduardo die Männer der Behörde von der spanischen Antidrogenpolizei, gar nicht mehr so abstoßend, so widerwärtig, so verhasst. Er wollte ab sofort versuchen sie zu verstehen. Das hier, wofür er begeistert gearbeitet hatte, wofür er ein respektiertes und angenehmes Leben führen konnte, erschien ihm plötzlich wie ein sinkendes Schiff. Der Boden unter ihm schien sich zu öffnen. Er fühlte sich plötzlich wie in einem Alptraum, in dem er unendlich ins Bodenlose fiel.

Eduardo löschte die Klaransage auf seinem Empfangsgerät. Niemand außer ihm durfte darüber Kenntnis erlangen. Er musste die Initiative ergreifen. Denn wenn die Direktoren dieses Gestammel des Passagiers von der *Espera* erführen, dann würde sich ein Kosmos auflösen. Er konnte keinen Schutz mehr von der Stiftung erwarten und andererseits auch bestimmt nicht mehr von den Behörden. Bei denen er sich doch verpflichtet hatte ihnen zuzuarbeiten. Er sah sich plötzlich zwischen allen Stühlen sitzen. Wie konnte es nur dazu kommen? Doch, das erkannte er. Er würde keine Zeit mehr haben diese Frage ausführlich zu durchdenken und unterschiedliche Folgen gegeneinander abzuwägen. Und es gab scheinbar nur einen Weg - nein, es gab wirklich nur einen Weg, seine Haut zu retten.

Er musste uneingeschränkt und ohne Wenn und Aber sofort mit den Strafverfolgungsbehörden zusammenarbeiten.

Gerade das aber hatte er bisher, entgegen seiner, wenn

auch zwangsweisen Verpflichtung und seinem Versprechen, nur zum Schein getan. Immer war er weiterhin darauf bedacht gewesen, der Stiftung nicht zu schaden und der Strafverfolgungsbehörde nicht zu nutzen oder sie nur in unbedeutenden Teilbereichen zu unterstützen. Sie erhielten immer nur so viel von seinem Wissen, dass sie seine Kooperation nicht ganz ausschließen konnten. Andererseits sollten sie aber auch keine handfesten Beweise von Straftaten gegen die Stiftung daraus ableiten können. Vorsichtig hatte er sie oft bewusst ins Leere laufen lassen, indem er von ihm gefälschte Unterlagen weitergeleitet hatte.

Inwieweit er sich Illusionen, hinsichtlich der Verhaltensweise der Behörden hingab, inwieweit die über seine unverschämte Hinhaltetaktik, über seine Teilverweigerung im Bilde waren, darüber konnte er nichts wissen und das konnte er sich auch nicht ausmalen. Deshalb brachte er diese Mosaiksteinchen bei seinen gegenwärtigen hektischen Überlegungen auch nicht in sein geplantes Spiel. Und er würde, das war ihm auch nicht bewusst, den Unmut über seine Hinterhältigkeit bei diesen Herren des Gesetzes noch steigern.

Als Sofortmaßnahme, und er musste ja sofort-sofort etwas unternehmen, wollte er die DVD mit den Bankdaten zur Verfügung stellen. Er hatte keine Karenzzeit mehr. Das war taufrisches Material, sie würden es ihm abnehmen und sogar hoch anrechnen, dass er es quasi sofort an die Drogenpolizei weitergeleitet hatte. Ihr treuer Mitarbeiter in Diensten der Stiftung. Zurzeit noch in Diensten der Stiftung. Bald hochdekoriert als der Mann, der half die abscheulichste Drogenhandelstiftung auffliegen zu lassen.

Er wurde zuversichtlicher. Und seine Träume erfuhren Steigerungen. Er glaubte, die Weiterentwicklung beherrschen oder auch steuern zu können. So träumte er und traf auf dieser Basis seine Vorbereitungen seine Arbeitgeber und ihre honorige Stiftung zu vernichten.

Und noch ein grober Fehler unterlief ihm, wahrscheinlich in der Eile, in der er jetzt seine Laufbahn neu ausrichten musste. Er bedachte nicht, dass auch die Gesetzeshüter die unverschlüsselten Nachrichten von der *Espera* erhalten und auswerten bzw. verwerten würden. Alle seine Schleimereien und seine überraschend eilfertige Kooperation würde in einem besonderen Licht betrachtet werden. Und die Gegenseite würde schon daraus wertvolle Schlüsse zu ziehen wissen. Zu seinem erbärmlichen Nachteil. Doch, wie gesagt, auch dieses Detail entging ihm vordergründig.

Ach, Eduardo: Das mit der **DEA** sah er nicht mehr so düster. Schließlich hatten sie schon öfters dieser Organisation empfindliche Niederlagen beigebracht. Und auch jetzt hatte die Stiftung eine kleine, aber schlagkräftige Armee gegen sie in Stellung gebracht. Und seine lieben Kollegen von der Spanischen Antidrogenpolizei würden ihn aus der Schusslinie nehmen. Er würde ja als der Dreh- und Angelpunkt für die Zerschlagung der Stiftung gehandelt werden. Sie würden ihn in ein Schutzprogramm aufnehmen. Er war ja wertvoll. Ihm durfte nichts geschehen. Er war ja dann ihr Kronzeuge.

Ach, Eduardo!

14 Uhr 30, **Potosí**

Freddy legte gegen halb drei bei den Fischerbooten in **Potosí** an. Er ging zu der Autovermietung, die er im Internet bereits ausgekundschaftet und bei der er ein geländegängiges Motorrad reserviert hatte. Er wolle aber bar bezahlen, in Dollars. Bei der Vermietung hatten sie nichts dagegen.

So war er noch vor drei Uhr zu seinem Versteck hinter dem Strand unterwegs. Dort gab es ein paar Badegäste am Strand.

Er machte Lärm, fuhr Dünen hoch und runter. Die Badegäste machten, wahrscheinlich wegen des Lärms, drohende Gesten in seine Richtung. Sie fühlten sich zu Recht in ihrer Ruhe gestört. Doch Freddy hatte bald auch einen Beutel mit dem Kokaininhalt aus dem Versteck geholt und war rasch wieder verschwunden. Bevor eventuell herbeigerufene Polizei eingreifen konnte. Schließlich war Motorrad fahren am Strand offiziell verboten.

Es war noch nicht halb vier, als er seine Kiste in einer unscheinbaren Gasse, nicht weit vom Hafen, abstellte.

Zur gleichen Zeit:
Zwei Agenten von der **DEA** beobachteten Dario und seine Leute am Hafen.

Sie sahen, wie er zu einem Handy griff, kurz sprach und dann aufstand. Er machte eine Handbewegung, nach der sich drei andere Typen zu ihm gesellten. Sie liefen ins Städtchen.

Es war ein Zufall, dass Freddy von einem aufmerksamen Mitstreiter Darios gesehen wurde, als dieser seinen Helm abnahm und an das Motorrad schloss. Das Motorrad selbst hatte er an den rostigen Stahlpfosten eines kaum noch als Parkverbotsschildes gekettet.

Der Mitstreiter rief seinen Chef Dario an, um ihm seine Entdeckung mitzuteilen. Dieser hatte gerade seine drei Männer im Hafen um sich versammelt. Die **DEA**-Agenten waren in der Nähe. Dario erhielt, während sie unterwegs waren, wieder einen Anruf. Die kleine Männergruppe bog dann etwas später nach rechts in eine Gasse ab. Dort standen zwei weitere Männer, die unzweifelhaft ebenfalls zu der Gruppe gehörten. Einer davon zeigte auf eine Bar. Die beiden blieben dann draußen vor der Tür. Die anderen gingen in die Bar, zuerst zwei Männer, dann nach einer Weile, auch Dario.

Freddy stand an der Theke und trank einen frisch gepress-ten Orangensaft.

Plötzlich sagte jemand neben ihm: „Na, wie geht's denn so?" Instinktiv schnellte Freddys Hand nach hinten in Richtung Pistole. „Langsam amigo, drei Mann zielen in diesem Mo-ment mit ihren Waffen auf dich. Du hast keine Chance."

Freddy schaute sich ungläubig um.

„Ja, schau dich nur um. Das eine oder andere Gesicht wird dir bekannt vorkommen. Und ich bin doch für dich auch kein unbeschriebenes Blatt. Oder kannst du dich nicht mehr an den guten alten Dário erinnern. Hättest die Ohren spitzen sollen. Meine Qualitäten haben sich doch herumge-sprochen, denke ich wenigstens. Hättest du vor deiner Dummheit einmal darüber nachgedacht, ich glaube, dass du es dir nochmals überlegt hättest." Dário hatte das in aller Ruhe und mehr in einem Plauderton gesagt. Niemand in der Bar fiel auf, dass es bei diesem freundschaftlichen Zusam-mentreffen auch um Leben und Tod ging. Was aber in dieser Weltgegend sowieso keine besondere Neuigkeit mit großem Nachrichtenwert darstellte.

Freddy schaute den alten Kämpfer mit zusammengeknif-fenen Augen an. Er hatte von dem Burschen gehört. Seine erste Ausbildung soll er, so erzählte man sich, in einer Spezial-einheit bei den Marines der Vereinigten Staaten absolviert haben. Scharfschütze, Kampftaucher, Sprengstoffexperte. Viel Ruhm war angeblich mit seiner Erscheinung verbun-den.

„Was willst du von mir?" Freddy hätte sich diese Frage spa-ren können. Er wusste ja, weshalb ein Typ wie Dário hier war. Und das in Begleitung von Männern, denen die Unternehmungs-lust, wenn nicht sogar die reine Mordlust ins Gesicht geschrie-ben stand. Für Freddy dies alles keine Neuigkeit.

„Ich soll dich nach Hause bringen, dich und die *Espera* alias *Esperanza*."

„Woher weißt du - ich meine *Espera*...?"

„Junge, die Welt ist klein, ein Dorf, da spricht sich so Manches herum."

„Wie hast du mich gefunden?" Das waren bei Freddy alles leere Worte, wie automatisch in den Raum gestellt. Freddy wollte Zeit gewinnen - je mehr Zeit, desto mehr Hoffnung heil aus dieser Klemme herauszukommen. In Wirklichkeit aber arbeitete sein Gehirn, wie bei Freddy nicht anders zu erwarten, fieberhaft an der Suche nach einer Lösung des gegenwärtigen, ihn demütigenden Problems. Nach so einer gefahrvollen, langen Reise. Der Gedanke zu einem Bonmot streifte ihn: <*Kurz vor der Toilette in die Hosen scheißen*>! Es war ihm aber im Moment nicht nach dem gewohnten Grinsen zumute.

Das durfte es nicht gewesen sein. Und Freddy mit seiner Einstellung zum Leben und Tod, besonders zum Tod Anderer, wusste zwar noch nicht, wie er aus dieser misslichen Lage wieder herauskommen sollte. Aber sein Optimismus und sein Selbstvertrauen sagten ihm, dass er es auch diesmal wieder schaffen würde.

So als hätte Dário seine wirklichen Gedankengänge erraten, sprach er weiter: „Junge, du sitzt in der Falle. Es gibt kein Entrinnen. Die Papis wollen dir den Hintern versohlen, das kannst du dir doch denken. Hast ihnen ihr schönstes Spielzeug weggenommen. Und eine gute Portion vom Feinsten. Jetzt willst du ganz allein reich werden. Du willst einfach so deine Freunde vergessen. Das ist sehr egoistisch von dir gedacht."

Jetzt grinste Dário sein unverschämtestes Grinsen. Er konnte seiner Laufbahn einmal mehr einen Sieg zuordnen. Und nach seinem und überhaupt nach menschlichem Ermessen würde ihm dieser niemand mehr nehmen können, schon gar nicht dieser Freddy.

„Orangensaft für meine Freunde und mich." Dário hatte bestellt und auf seine drei Mitkämpfer gezeigt. „Die habe ich selbst ausgebildet", sagte er dann zu Freddy gewandt. „Sind besser als der beste Marine. Können sich mit jedem Elite-kamerad messen."

Freddys Gehirn arbeitete und sah einen Lichtschimmer. Hatte Dário soeben nicht die Frage in den Raum gestellt, dass er allein reich zu werden gedenke? Er sei egoistisch, wolle nicht mit seinen Freunden teilen? Der kaum wahrzunehmende Licht-schimmer in seinem Gehirn verwandelte sich in eine Funzel. Zuversichtlich betrachtet als ein Kerzenlicht. Das war immer noch nicht genug, um sich richtig optimistisch zu fühlen, aber ...

Der Orangensaft wurde verteilt.

„Die *Espera* liegt nicht im Hafen, wo hast du sie versteckt?"

„Und du meinst ich erzähle das ausgerechnet dir?"

„War nur so eine Idee, um deinen guten Willen zu testen. Schade, dass du in ein paar Stunden nichts mehr mit ihr anfangen kannst. Es sei denn ..."

„Verdammt, rede Klartext." Freddys Gehirn hatte jetzt weit mehr als einen Hoffnungsschimmer registriert. Es war ein deutliches Licht, ähnlich einer aufgehenden Sonne. So wie es ist, wenn gerade die ersten Strahlen blendend hinter einem Bergkamm auftauchten. Und deren Strahlkraft verstärkte sich immer rascher, immer mehr.

„Bist ein schlaues Kerlchen. Aber immer der Reihe nach."

Dário hatte eine Absicht. Mit der durfte er aber einesteils nicht so mir nichts dir nichts herausrücken, sie freimütig diesem Freddy auf die Nase binden. Andererseits quälte ihn die Vorstellung, dass das bewaffnete Schnellboot der Stiftung ihm doch noch zuvorkommen könnte.

Er musste also, bei aller Zurückhaltung, doch auf Eile handeln.

Was war geschehen? Er hatte den Auftrag erhalten, dem Treiben dieses Freddys ein Ende zu machen. Vom ersten Moment an erkannte er aber auch den Schwachpunkt dieses Auftrages. Es stand nämlich viel zu viel auf dem Spiel und er war *der* Entscheidungsträger. *Er* hatte es in der Hand, ob er den Auftrag befehlsgemäß ausführen würde oder seine Zukunft positiv großzügig umgestaltete.

Er war an Land und erfolgreich vor Ort. Alle anderen Hilfstruppen waren entweder an Land zerstückelt. Oder, wie die Truppen mit dem Schnellboot, ausschließlich für Aktionen zu Wasser vorgesehen und verantwortlich.

Ein weiterer Schwachpunkt in der Konstellation der Kräfte war, dass sich die Kartelle vor den Karren der Interessen eines Kunden spannen ließen. Eines, wenn auch gewichtigen Abnehmers und Verteilers. Dafür mobilisierten sie ihre Elitetruppen und mussten sich somit selbst schwächen, wenn auch angenommenerweise nur vorübergehend. Sie waren für den Moment geschwächt und anfällig für äußere Kräfte aber auch für Opportunisten im Innern. Wer hatte sich das ausgedacht? Wer brachte so viel Leichtsinn auf?

Dário war sich im Klaren, dass es sich mehr um eine allgemeine, gefährliche Existenzfrage der Kartelle mit ihren Großabnehmern, eben wie die Stiftung handelte. Es ging um ihr Sein oder Nichtsein und er hatte plötzlich den Schlüssel für die Weiterentwicklung in der Hand. Er verfügte über die militärischen und personellen Mittel, um den weiteren Weg des weltweiten Kokageschäftes zu bestimmen.

Er beschloss ein wenig mehr Tempo an den Tag zu legen.

„Du kannst mich mal." Freddy wollte aus seiner Defensivposition heraus. Er musste diesen Kerl herausfordern, ihn aus der Reserve locken. Und er musste ihm zeigen, dass er, dieser Dário, wenn Verhandlungen anstanden, in ihm einen harten Knochen zu verdauen hatte.

„Spricht man so mit seinen Freunden?"

„Ich sagte es ja, du kannst mich mal. Du hast doch nicht wirklich die Absicht mich zu liquidieren. Bei all dem, was ich zu bieten habe. Das nehm ich dir nicht ab. Also, spuck´s aus."

Dário wandte sich seinen Mitstreitern zu. „Seid ihr mit der Bedienung zufrieden?" Er wollte damit diesen Freddy darauf aufmerksam machen, dass er unter Umständen gar nicht allein entscheiden wollte oder vielleicht auch konnte.

Zu Freddy sagte er dann doch: „Die Yacht wird spätestens vor Dunkelwerden geentert. Das Schnellboot ist mit voller Fahrt unterwegs zu deinem Schatz. Was das bedeutet, weißt du ja. Dann hast du nichts und ich fahre zwar ebenfalls ohne etwas wieder nach Hause, ohne Ruhm und besonders ohne materiellen Gewinn. Nun, vielleicht eine Prämie, die ich dann mit meinen Männern im Puff einlöse. Dabei hast du doch im Kiel Stoff dabei, der, wenn auch geteilt, doch noch eine Menge abwirft. Der den Grundstock für ein eigenes Geschäft bilden kann. Nun bin ich einmal gespannt auf deine Reaktion."

Freddy wurde jetzt geradezu geblendet von seinen Aussichten, die ihm sein Gehirn vorrechnete. Die Sonne war voll aus der Deckung herausgekommen. Er würde aus der Situation herauskommen. Durfte aber auch keine Zeit mehr verlieren. Denn er glaubte der Ankündigung Dários, wegen des bewaffneten Schnellbootes, aufs Wort. Dabei hatte er fast alle seine Trümpfe auf der *Espera*. Er hatte ja nur ein Muster, der die Stiftung belastenden Dokumente dabei.

Es drängte ihn auf das fast unverschlüsselte Angebot Dários einzugehen ... aber der hatte doch eine Menge Leute dabei. Die würden auch ihren Teil haben wollen. Dário als seinem zukünftigen Geschäftspartner eine Kugel zu verpassen, das dürfte das geringste Problem sein. Aber die Meute dahinter? „Glaubst du im Ernst ich teile durch was weiß ich wieviel? Die kannst du doch nicht einfach mit einer Belobigung und Schulterklopfen nach Hause schicken. Oder wie du sagtest, mit einer Handvoll Dollar in ein Puff verfrachten."

Freddy hatte vor seinem Körper, für die Mitstreiter Dários nicht einsehbar, mit einem Zeigefinger auf sie gewedelt.

„Das lass mal meine Sorge sein. Wenn wir Geschäftspartner werden, sorge ich für die Lösung auch dieses Problems."

„Nun mach mal langsam, du redest von Geschäftspartner. Dazu gehören mindestens zwei. Du denkst doch nicht an mich?"

„Nun hör mal gut zu, sperre deine Lauscher besonders weit auf. Junge, wir haben nicht mehr viel Zeit. Das sagte ich doch bereits. Die Meute aus **La Palma**, verstärkt mit Jungs aus meinem Zuständigkeitsbereich, ist dabei die Yacht hopps zu nehmen. Das geschieht noch vor Dunkelwerden. Ich wiederhole mich nicht gern, aber das muss ich dir offensichtlich in deinen Schädel einhämmern. Also verstehst du meine Motive auf Eile zu drängen? Und noch etwas, wenn die Yacht erst einmal von den Männern des Schnellbootes zurückerobert ist, dann knalle ich dich ab, dann bist du so wertvoll wie ein Stück Scheiße. Kapiert? Ich bin dann wieder Dário der Held und du - naja, wie ich es bereits sagte, ein Stück Scheiße im Abfalleimer der Kartelle."

Es trat zunächst Stille ein. Auch Freddy schien beeindruckt zu sein.

„O. k. wir scheinen hier wertvolle Zeit zu vertrödeln. Du weißt, dass ich noch den Plan <B> in der Tasche habe. Das heißt, ich gebe meinen Jungs einen Wink und du spuckst in spätestens einer halben Stunde Blut oder die nötigen Informationen aus, vielleicht auch beides. Überleben wirst du es nicht, weil du natürlich nicht reden willst. Und wir müssen dann extreme Mittel anwenden und du wirst dann alles, was wir wissen wollen, ausspucken, das sagte ich doch bereits, oder? Dann könnte alles allein mir zufallen. Oder glaubst du immer noch, dass ich bluffe? Oder meinst du, dass ich es nicht mit fünf oder sechs aufnehmen kann? Ich habe schon ganz andere Sachen gemacht. Und das mit den Dokumenten, mit denen du auf Erpressertour gegangen bist, mit denen kannst du dir dann den Arsch abwischen, wenn du das dann mit deinen zertrümmerten Fingern überhaupt noch zustande bringst."

„Du scheinst dir deiner Sache ziemlich sicher zu sein."

„Worauf du einen lassen kannst." Das hatte Dário mit einer eiskalten Gelassenheit von sich gegeben, so dass sich auch einem noch gerisseneren Gauner als Freddy die Haare im Nacken aufgestellt hätten.

„Mein Ruf sollte auch bis zu deinen Ohren gedrungen sein, nämlich, dass ich keine halben Sachen mache. Doch du wirst dich natürlich, zumindest in den letzten Wochen, ständig in deiner Selbstsucht, Überheblichkeit und Selbstzufriedenheit gebadet haben. Hattest deswegen niemals Zeit dich mit solchen Märchen vom Onkel Dário zu beschäftigen."

Dário schaute auf seine Armbanduhr. „Ich gebe dir noch zehn Minuten, mein Freund." Und er klopfte tatsächlich Freddy auf die Schulter, als wären sie es wirklich. Die Geste war aber für seine Männer gedacht. Sie sollten der Meinung sein, dass sie von Freddy friedlich zur Yacht geführt werden würden. Keine Schießereien, keine Folter - was soll's. Dann war es halt nur ein harmloser Ausflug. Kein bisschen Spaß.

„Welche Sicherheiten hätte ich, dass du mir keine Kugel verpasst, sobald ich dir die Yacht aushändige? Oder dich als Geschäftspartner aufnehme? Und weshalb, wenn du weißt, dass die *Espera* da draußen nicht allzu weit entfernt schwimmen muss, weshalb mietest du dir nicht ein Kriegsschiff und kaperst sie selbst? Du willst viel von mir, also kann ich auch etwas von dir verlangen, zumal ich immer noch im Vorteil bin."

„Immer der Reihe nach. Ich sehe, dass die Vernunft zu siegen beginnt. Ist ja auch verständlich misstrauisch zu sein. In einem florierenden Geschäft nimmt man sich nicht ohne Not einen Partner. Insoweit liegst du gar nicht verkehrt. Ich werde dir Sicherheiten geben. Doch zunächst zu dem Thema, dass ich mir die *Espera* selbst kapern könnte. Dann käme ich den Männern vom Schnellboot zwar zuvor, aber die würden mich gewiss nicht so ohne Weiteres entkommen lassen. Die sind schneller und auch viel besser bewaffnet als ich es aus verständlichen Gründen sein kann. Auch bin ich kein Skipper. Das weißt du doch. Wie sollte ich auf das böse, große Meer hinausfahren mit der Hoffnung irgendeines Tages wieder Land zu sehen?"

„Und deine Männer, was gibst du ihnen? Und dann die Sicherheiten, von denen du gesprochen hast?"

„Eines hängt mit dem anderen zusammen. Ich lasse meine Männer verschwinden. Das ist die eine Sicherheit. Dürfte dir doch gefallen. Liegt ganz auf deiner Lebenslinie. Die andere ist, dass ich dir helfen kann die *Espera* und dich in Sicherheit zu bringen. Auch vor dem Schnellboot. Ich wäre dir ein wertvoller Helfer in einsamen Tagen und Nächten auf hoher See. Und ich habe einen Abnehmer für die drei Tonnen Stoff, die im Kiel ausharren."

„Bist du jetzt Zauberer geworden? Du willst deine Männer verschwinden lassen?" Die Tonstärke der Unterhaltung. die schon längst heruntergeregelt war, wurde jetzt noch leiser, verschwörerischer.

„Lasst uns ernsthaft bleiben. Dir sind ja auch diverse Methoden nicht unbekannt, wie man Männer verschwinden lassen kann. Du siehst, auch ich habe deinen Lebenslauf studiert."

„Ich habe noch etwas gehört, von den anderen Sicherheiten. Das musst du mir näher erläutern."

„Aber nur zusammenfassend, denn ...." Dario schaute unmissverständlich auf seine Uhr.

„Die *Espera* bringen wir in die Höhle des Löwen, nach **San Diego**. Die werden das Boot durchsuchen. Du stehst auf keiner Fahndungsliste, ich auch nicht, also werden sie uns nicht weiter belästigen. Unsere Verfolger werden uns nicht finden, besonders dann nicht, wenn du die Scheißantennen mit den Positionsmeldungen abschaltest. Und ich habe, wie gesagt einen Abnehmer für ...."

„Moment, erklär mir das doch einmal mit den Antennen, die du erwähnt hast."

„Was soll ich dir erklären, du bist doch der Skipper, du hast die Antennen ständig auf Sendung. Ich habe keine Ahnung weshalb du dieses bekloppte Risiko eingegangen bist. Ja, und den Rest kannst du dir am Arsch abfingern. Du bist geortet worden, der Alarm mit allem Pi-Pa-Po kam schließlich aus **Valencia**."

Freddy sah jetzt plötzlich alles klar. „Dieser Hurensohn", quetschte er zwischen den Zähnen durch, Dário hörte sie knirschen.

„Du hast jemand an Bord, dem du vertrautest?"

„Vertrautest? Wieso sollte ich in einem solchen Geschäft jemandem trauen. Aber ich konnte doch nicht mit diesem Schiff allein um Südamerika herumfahren. Und das musste ich ja schließlich, denn dass die Karibische See die ureigene Badewanne der Stiftung ist, aus der sie mich wie einen beinamputierten Frosch herausgefischt hätten, das brauche ich ja nicht extra zu erwähnen."

„Mann, uns läuft die Zeit weg, wir müssen Nägel mit Köpfen machen."

„Ein gutes Geschäft sollte man sich in Ruhe überlegen können."

„Spar dir das für später auf. Also die nächste Sicherheit. Der Abnehmer. Wenn du Wert darauf legst, sprichst du mit ihm, der weiß um wieviel es geht und wo das Zeug herkommt. Er wird einen Abschlag verlangen, aber es bleiben immer noch genügend Melonen für dich und mich."

„Das Geschäft, das du anstrebst, bedeutet, dass du mit der Stiftung brichst. Stimmt´s?"

„So weit konnte ich von Anfang an auch denken. Bring mal was Neues."

„Ich habe Dokumente, die in der richtigen Hand das Ende der Stiftung bedeuten. Sie wäre dann für die Zukunft, eventuell für unsere Zukunft, als Gefahrenpotential und auch als Vertriebskonkurrenten ausgeschaltet. Bist du bereit sie an mindestens zwei Antidrogenfritzen zu schicken? Höchstpersönlich?"

„Wie stellst du dir das vor?"

„Sagte ich doch. Ich habe die Dokumente, ich gebe sie dir, du sackst sie in einen Umschlag und gibst ihn vor meinen Augen auf den Postweg."

„Na also, her damit."

„Ich habe sie aber nicht alle hier. Der Hauptteil liegt noch auf der *Espera*. Ich muss sie holen."

„Mann, wieder eine Verzögerung mit Gefahrenpotential. Wenn das nur gut geht."

„Reg dich ab, ich habe einen Flitzer im Wasser. Ist nur ein kurzer Trip. Etwas anderes. Wo ist er, dein Abnehmer. Sitzt er hier in der Bar?"

Freddy hatte sich umgedreht und warf einen Blick über die

primitive Tisch- und Stühleansammlung. Außer den Männern Darios waren noch zwei Tische besetzt, mit je zwei Personen.

„Ich wähle und du sprichst mit ihm. Abgemacht? Du kannst das Geschäft aber auch gleich abwickeln, ich werde dann mit dem Typen ein paar Worte wechseln, damit er mitbekommt, dass es kein fauler Trick ist."

Dario wählte verdeckt eine Nummernserie. Freddy nahm das Telefon, er schilderte kurz das, was er bisher mit Dário besprochen hatte. Der Angesprochene wollte Dário sprechen.

„Geht in Ordnung. Du weißt ja, dass ich unseren Code benutzen würde, wenn etwas schiefgelaufen wäre. Ziehe es nicht in die Länge. Hier wird die Zeit knapp."

Freddy verlangte eine Million Dollar als Vorauszahlung auf sein Konto. Der unsichtbare Kunde war nicht abgeneigt, aber eine Million sei eben zu viel. „Ich überweise dir eine halbe und das Geschäft ist gemacht. Sag ja."

Freddy zögerte, Dário puffte ihn in die Seite: „Was ist?"

Freddy sagte *ja*, drehte sich halb von Dário weg und gab die Bank und seine Nummer durch. „Ich werde in einer halben Stunde über meinen Laptop bei der Bank anfragen."

„Ist es so eilig?"

„Ja. Aber auch so eilig, dass ich mich nicht mehr auf lange Erklärungen einlassen kann."

„O. k., ich mache es gleich, geb mir nochmals Dário.

Dário hörte einen Moment wortlos zu, dann sagte er nur „ja." Dann sagte er doch noch: „Von London in den Süden, nach Paris."

Die Verbindung war gekappt.

Freddy machte einen Gesichtsausdruck, der in der Regel nichts Gutes bedeutete.

„Kennwort. Jetzt erst steht der Deal", sagte Dario, trug damit aber nicht unbedingt zur Beruhigung Freddys bei.

Der nahm sich vor, seine Vorsicht nochmals zu verdoppeln.

Viertel vor vier Uhr. PM
Auf dem Schnellboot rief der Kommandant seinen Männern zu: „Wir haben jetzt doch noch ca. zwei Stunden, dann haben wir den Hund." Sofern die Positionsmeldung noch Gültigkeit hat. Das dachte er aber nur, sprach es nicht aus. Die Männer waren motiviert und konnten keine negativen Gedanken oder Zweifel vertragen.

Auf der *Espera:*
Henry hatte von der **DEA** noch nichts gehört. So langsam stieg die Spannung ins Unerträgliche. Der Gedanke, dass sie ihn womöglich hängen ließen, wütete regelrecht in ihm. Genau diese verdammten Zweifel zerrten an seinen bis zum Zerreißen angespannten Nerven.

Konnte es eventuell sein, dass Freddy von den eingeschalteten Sendeanlagen wusste? Aber wie? Henry grübelte und fand, dass es eigentlich nicht sein konnte. Aber wenn, dann Gnade ihm Gott, dann Gnade uns Gott.

Jeden Augenblick konnte Freddy zurück sein. Jeden Augenblick konnte es so weit sein, dass er überflüssig sein würde. Nicht nur überflüssig, sondern mehr ein Todeskandidat mit auserwählter Todesart sein würde. Und Yolanda natürlich erst recht. Und die war ja im Grunde der Sache vollkommen unschuldig. Allerdings mit den Augen Freddys gesehen schlicht und einfach eine Angelegenheit von *<mitgegangen-mitgehangen>*.

Er musste handeln. Er würde sich mit Yolanda in das Schlauchboot begeben und zusehen, dass sie an Land kämen. Das Schlauchboot war klein, ein schnell fahrendes Boot könnte es glatt übersehen. Das Schlauchboot würde er mit einer kurzen Leine an der *Espera* befestigen. Vor dem Umsteigen, würde er die Yacht auf eine moderate automatisierte Fahrt bringen, die so bemessen sein müsste, dass er noch auf das Schlauchboot umsteigen konnte. Er würde die Leine kappen und die Yacht würde ihre Fahrt fortsetzen bis - na, bis - der Pazifik war groß.

Würde er damit gegen die laufende Operation der **DEA** und **NSA** verstoßen? Nun, und wenn! Offenbar hatten sie ihn tatsächlich abgeschrieben. Er hing ja mittlerweile buchstäblich komplett in der Luft. Er musste es einfach wagen um, nach eigener Einschätzung der Lage, sein Leben und das Yolandas zu retten. Was, wenn seine Vorgesetzten sein Signal nicht empfangen hatten? Wenn irgendeine technische Kleinigkeit die Übertragung insgesamt verhindert hatte? Wie sollte er das überprüfen? Hatte vielleicht Freddy, in hinterhältiger Voraussicht, ihn hereingelegt und die Sendeanlagen manipuliert? Hatte vielleicht Freddy eine Vorrichtung, mit der er die Sendefunktion permanent überprüfen konnte? Oder sogar über das gleiche Gerät das Senden an- und/oder auch abschalten konnte?

Henry stellte sich ein solches kleines Gerät vor, möglicherweise noch kleiner als ein MP-3 Player. Und Freddy wusste daher schon längst, dass Henry versuchen wollte, seinen Standort in alle Welt hinauszuposaunen. Wenn aber die Sendeanlagen ihren Zweck erfüllten, weshalb gaben sie ihm von seiner Organisation nicht wenigstens eine klare Anweisung. Ein oder zwei Worte hätten ja genügt, wie zum Beispiel - <hau ab> oder <bleib>. Er würde also jetzt abhauen. Mit dem Schlauchboot.

Bei diesem, einem solchen Vorhaben mussten noch viele Unbekannte mitspielen, das war Henry klar. So viel konnte schief gehen, aber er musste es einfach versuchen.

Er bereitete das Schlauchboot vor. Er befestigte es an Bord. Dann wuchtete er es allein nach hinten ins Wasser. Es begann sofort, aufgrund der langsamen Fahrt, im schwach bewegten Heckwasser hin- und herzuschaukeln.

Potosí. Kurz vor vier Uhr. PM

Freddy und Dário waren sich einig geworden. So einig, wie zwei sich gegenseitig belauernde Gangster nur einig werden konnten.

„Ich fahre also raus und hole die Dokumente und du erledigst das mit deinen Männern."

„Ich werde sie im Hotel deponieren."

„Mit welcher Begründung?"

„Ich kenne sie, sie kennen mich. Sie vertrauen mir. Sie gehen dorthin, wohin ich sie schicke. Da brauche ich meine Anordnungen nicht großartig zu begründen."

Dário ging zu seinen drei Männern, ließ auch die vor der Tür Postierten hereinkommen. Gemeinsam gingen sie wieder hinaus und um die Ecke einige Schritte in eine Seitengasse. Er schaute sich nochmals um und war sich sicher, dass Freddy nichts von seiner Unterhaltung mitbekommen konnte.

„Männer, die Sache ist geklärt. Ich hatte vorhin eine Telefonauskunft, dass die *Espera* von unserem Schnellboot geentert wurde. Es gab keine Verletzten, diesen Freddy habe man aber nicht gefunden. Nun, wir wissen weshalb. Der Bursche hat eine gewisse Menge Koka in seinem Beiboot versteckt. Dieses Beiboot, mit dem er von der *Espera* bis hierher gefahren ist, soll angeblich in der Nähe von **Potosí** festgemacht sein. Freddy will mir das Kokain übergeben, unter der Voraussetzung, dass ich allein mitkomme. Er ist unbewaffnet. Ich werde das zumindest checken. Wenn er Probleme macht, werde ich ihn umlegen. Das ist sowieso Teil unseres Auftrages. Nach der Übergabe kann er sich mit dem Beiboot, eigentlich ein Rennboot, aus dem Staub

machen. Ich denke, dass wir ihm diese Möglichkeit geben sollten." Dário grinste vielsagend. Leiser und vielsagend grinsend
ergänzte er dann; „weit kommt er damit nicht."

Seine Männer grinsten nun ebenfalls. „Chef, nehme wenigstens
einen Mann von uns mit."

„Das wäre gegen die Abmachung. Jedenfalls danke für deine Fürsorge. Ich komme aber schon zurecht, verlass dich drauf."
Und wieder im verschwörerischen leiseren Ton: „Ich bin doch
nicht von Gestern."

Dann wieder im Normalton, „also ihr geht ins Hotel und
zwar alle auf Zimmer 305. Dort erwartet ihr meinen Anruf.
Es könnte ja sein, dass ich euch doch brauche, dann seid ihr
gleich alle beisammen und könnt sofort gemeinsam aufbrechen. Andererseits, die gemeinsame Einsatzbereitschaft dau-
ert genau eine dreiviertel Stunde, 45 Minuten. Danach treffen
wir uns hier in dieser Kneipe. Das wäre dann um viertel vor
fünf. Noch Fragen?"

„Uhrzeitvergleich."

„Dann bis dreiviertel fünf."

Dário beobachtete noch verdeckt, wie und ob seine Männer
auch tatsächlich seinen Anweisungen Folge leisteten. Sie gingen in Richtung der geparkten Autos. Dário sah sie wegfahren. Er nahm das Motorrad Freddys und nahm den gleichen
Weg zum Hotel.

Unterdessen ging Freddy zum Hafen.

Fünf Minuten nach seinen Männern war Dário ebenfalls
im Hotel. Er rief bei seinen Männern an, sagte, dass alles gut
verliefe und fragte, ob sie wirklich alle beisammen seien. Sie
mögen marschbereit bleiben.

Dann stieg er in den dritten Stock. Vor dem Zimmer 305
zog er die Sicherheitsstifte von besonders präparierten Grana-
ten. Drückte die Tür einen Spalt weit auf, dann warf er die

Blendgranate sowie gleich darauf eine Gasgranate in den Raum und zog die Tür schnell wieder zu.

Er war noch keine drei schnelle Schritte von der Tür weg als es heftig knallte, dann folgte eine Art Verpuffung. Als er wieder im Eingangsbereich war, ihn als Empfang zu bezeichnen wäre im herkömmlichen Sinne übertrieben gewesen, lümmelte der ausgesprochen ungepflegte „Empfangschef" hinter dem Tresen als wäre nichts gewesen. Er hatte offensichtlich nichts von dem Lärm mitbekommen. Seine beiden Ohren waren von Stöpseln verschlossen. Er hörte heiße Latinomusik. Er schaute auch nur einmal kurz hoch, als Dário vorbeilief.

Freddy war unterdessen in seinem Boot in Richtung *Espera* abgefahren.

Dário kam zehn Minuten später auf das Hafengelände und setzte sich auf eine wackelige und halbvergammelte Bank. Er war jetzt ein Besucher, ein Tourist, der sich die Betriebsamkeit der Fischer anschaute. Es war um diese Tageszeit nicht viel los.

In der Ferne hörte er Feuerwehrsirenen.

4 Uhr 15 Minuten, PM

In der US-Botschaft in **Managua** wurde eine Kiste vorbereitet. Auf den Seiten, ebenso wie auf der Kopfseite, wurde mit Schablonen *Diplomatengepäck* aufgemalt. Damit war klar, dass sich kein einheimischer Staatsdiener um die Fracht beziehungsweise den Inhalt kümmern durfte. Niemand hatte das Recht in das Gepäckstück hineinzusehen. Der Inhalt würde, gemäß den Angaben des Absenders protokolliert.

Die Begleiter oder Spediteure waren auf eventuelle Anfragen bei der Flughafenbehörde vorbereitet und hatten einen Totenschein ordentlich ausgestellt. Ein Mitglied der Botschaft sei leider innerhalb des Botschaftsgeländes verunglückt und würde die Heimreise antreten. Weiter durften sich die Behörden auf dem Flugplatz nicht vorwagen. Diplomatengepäck war unantastbar. Und ein Botschaftsgelände war exterritorial. Die einheimischen Behörden hatten dort nicht herumzuschnüffeln - Unfall hin, Unfall her. Jeder Todesfall, wie auch immer, konnte nur von den Behörden des durch die Botschaft vertretenen Landes vorgenommen werden.

Artemio würde es in seiner Kiste bequem haben. Er war vor einigen Minuten auf dem Botschaftsgelände angekommen. Ein Arzt war gerade dabei seine Körperfunktionen zu überprüfen. Sein Zustand war stabil, alle Organe arbeiteten normal. Er befand sich in einem künstlichen Koma. Der Arzt würde den Transport Artemios in die Staaten begleiten. Er versicherte sich noch, dass er die denkbar nötigen Mittelchen alle in seiner Tasche bereithielt. Im Firmenjet der **DEA** würde er den Deckel abnehmen und seinen Fluggast an medizinische Kontrollgeräte anschließen. Artemio war zu wertvollem Transportgut geworden. Die zuständigen Behörden erwarteten sich von seinen Aussagen Fortschritte bei der Aufdeckung vielfältiger Transportwege und -organisationen für das kolumbianische Kokain.

Über das Wie und auch das Warum sein Patient aussagen sollte oder würde, machte er sich keine Gedanken. Er weigerte sich darüber nachzudenken, mit welchen Mitteln er von den Vernehmern zu einem umfassenden Ausplaudern seines verbrecherischen Wissens und Handelns wohl *gebeten* oder *angeregt* werden würde.

Schon jetzt waren sich die Beamten der **DEA** sicher, dass sie einen außergewöhnlichen Fang gemacht hatten. Er würde weltweit Aufsehen erregen.

4 Uhr 45 Minuten. PM
Henry fiel ein, dass er noch Schwimmwesten mitnehmen

sollte. In diesem Moment, als er die Operation Flucht vollenden wollte, sah er das schnelle Beiboot mit Freddy an Bord. Es war höchstens noch 800, vielleicht auch nur noch 600 Meter entfernt. Yolanda befand sich bereits im Schlauchboot. Sie hatten keine Chance mehr zu entkommen.

Henry hatte vorhin bereits seine Pistole auf das Gummiboot gebracht.

Dann war er auch schon da. Freddy sah bei seiner Ankunft die Szene mehr belustigt. Da saß die Nutte in dieser lächerlichen Gummibadewanne und hielt, wie zur Abwehr ein Paddel hoch. Die Pistole konnte sie nicht bedienen, Henry hatte es versäumt sie entsprechend einzuweisen. Sein verdammter Fehler, sagte er sich.

Freddy befestigte sein Beiboot mit einer Leine an einem dafür vorgesehenen Haken an der Außenbordstruktur der *Espera*. Seine Pistole hatte er jetzt gut sichtbar hinter den vorderen Hosenbund gesteckt. Dann war er auch schon an Bord. Und er gab sich leutselig. Das zeigte an, dass er einmal wieder in seinem ureigenen Element war. Er schien förmlich überzuquellen vor Sadismus. In solch einer Verfassung war er am gefährlichsten, das hatte Henry bereits erfahren.

„Na, reiselustig? Die feine Gesellschaft will ausziehen. Passt der Dame wohl nicht mehr auf diesem scheiß Schiff. Oder?"

Waren die Worte allgemein beinahe wie gutgelaunt ausgesprochen worden, schleuderte er regelrecht das letzte Wort *oder* von sich. Es fühlte sich an wie ein Peitschenhieb.

„Zuerst gehst du mit mir nach oben", sagte er zu Henry. Zunächst schaltete er die Maschinen ab. Dann ging Freddy direkt auf den Schaltkasten zu, wollte ihn aufreißen. Er zog, aber nichts passierte. Er zog noch einmal kräftiger, aber auch jetzt bewegte sich nichts.

„Was hast du Dreckskerl gemacht? Spuck's aus oder ich knall dich auf der Stelle nieder."

Henry sah eine winzige Chance noch einmal, wenigstens für den Augenblick, halbwegs heil davonzukommen darin, dass er Ruhe bewahrte. Zeit gewinnen war in einem solchen Fall vordringlich. Auch in James-Bond-Filmen konnte man das bewundern. Ein falsches Wort oder auch ein völlig unbedeutendes im falschen Ton, konnte das Ende sein. Er dachte an Yolanda.

„Was soll ich gemacht haben? Du warst doch als Letzter an den Sicherungen."

„Komm", schrie er Henry an. Er trieb ihn vor sich her. Sie gingen bis in die kleine Mechanikerwerkstatt. Die Pistole immer auf Henry gerichtet suchte er nach einem geeigneten Werkzeug, um den Schalt- und Sicherungskasten aufzubrechen. Schließlich nahm er einen langen Schraubendreher und einen Hammer mit. Der Hammer war höchstens 250 Gramm schwer, also nichts außergewöhnlich Praktisches oder wenigstens Geeignetes.

Wieder oben bei den Schaltkästen angekommen hieß er Henry in gut zwei Metern Entfernung Platz zu nehmen. Er steckte sich die Pistole in den Hosenbund. „Wenn du auch nur zuckst, bist du tot. Du kennst meine Grundschnelligkeit."

Dann drehte er sich wieder dem Schaltkasten zu und versuchte den Schraubendreher als Hebel in der Nähe des Verschlusses in den feinen Spalt zu treiben. Das Material verbog sich, das Blech, oder war es Plastik, gab nach und es lösten sich auch kleinere Teile Lack. Alles andere blieb an seinem Platz.

Wütend schlug er dann mit dem Hammer auf die Klappe. Es gab Beulen und es platzten kleinere Stückchen ab, aber brechen wollte das Material nicht. Dann zog er die Pistole, ging etwas zur Seite und zielte. Dann ließ er das Schießeisen wieder sinken. Offenbar war ihm der Gedanke gekommen, dass er womöglich etwas Lebenswichtiges beschädigen konnte, das seine Weiterfahrt unmöglich machen würde.

Er steckte die Pistole wieder ein, schaute Henry an.

„Gib mir mal dein Bla-Bla-Gerät. <Deinen MP3-Player>", schrie er dann letztendlich.

Henry holte ihn hervor. Freddy riss ihm das Gerät aus den Händen.

Er schaute es sich mit weit geöffneten Augen an. Er schaute sich die verschiedenen kleinen Beschriftungen an und schaltete auf Wiedergabe. Nichts. Dann auf Rücklauf, schließlich erkannte er auf dem kleinen Display, dass es verschiedene Sektoren gab. Er rief die erste auf. Es quietschte und pfiff. Er schaltete auf den zweiten Sektor, es kam Musik. Auf dem dritten Sektor zwitscherte es wieder, oder pfiff oder es quietschte und pfiff abwechselnd...

„Was soll der Scheiß?"

„Tut mir leid, gestern ist es mir runtergefallen, seither kann ich nur noch auf einem Sektor meine Musik hören. Die anderen, nun ja, du hast es ja eben gerade selbst gehört."

Freddy erinnerte sich, dass er nicht grenzenlos Zeit hatte sich mit diesem Henry zu unterhalten. Aber einfach abknallen, das ging ihm gegen den Strich. Das wäre zu einfach gewesen. Abgesehen davon, dass er bei seiner Schießerei etwas kaputtmachen konnte. Buchstäblich in letzter Sekunde erinnerte er sich auch daran, dass er den toten Henry und auch blutenden über eine relativ weite Strecke auf der Yacht würde zerren, schleifen müssen. Für jeden Polizisten ein gefundenes Fressen. Für ihn dann ein ziemlich ruhmloses Ende.

„Du gehst mit." Sie gingen. Henry immer vor der Pistole gehend, in Als, jetzt Freddys Zimmer.

Letzterer holte jetzt griffsicher unter der Matratze ein kleines Bündel hervor.

Henrys Blick bestätigte ihn in der Annahme, dass dies die ominösen Dokumente sein mussten, mit denen Freddy die Stiftung erpresst hatte oder noch weiterhin zu erpressen gedachte. Also so einfach waren sie versteckt? Und er hatte sich den Kopf zerbrochen, wo er denn suchen sollte. Er dachte immer an so komplizierte Aufbewahrungsorte wie ein raffiniert versteckter Safe. Oder an eine Stelle, wo er geheimnisvolle Knöpfe drücken musste, Bilder bewegen, einen Gegenstand bewegen musste, um wenigstens den Safe zu Gesicht zu bekommen.

Und hier lagen die Papiere, unter einem Bett mit einer stinknormalen Matratze. In Griffweite. Einmal kurz bücken und zugreifen.

Bald darauf waren sie wieder draußen an Deck. Freddy ging rückwärts und warf das Bündel in sein Beiboot.

„Ja, dann werden wir mal eine Spazierfahrt machen."

Wenn ein Unbeteiligter so die Stimme Freddys gehört hätte, wäre ihm nichts weiter aufgefallen als, dass hier ein freundlicher Mann seine Begleiter zu einer wirklichen, erbaulichen Spazierfahrt einlud.

Doch Henry wusste es besser. Wenn nicht noch ein Wunder geschehen würde, dann waren es die letzten Minuten seines Lebens. Und wieder dachte er mit einer gewissen Bitterkeit an die Art und Weise wie er letzthin von seinen Auftraggebern im Stich gelassen worden war. Er und Yolanda. Und kurz streifte ihn der Gedanke, dass *sie* vielleicht das Motiv war, weshalb sie ihn fallen gelassen hatten. So wurde er also gestraft, weil er ja gegen die strikten Anweisungen der **DEA** gehandelt hatte. Aber das half jetzt auch nichts mehr sich deswegen zu grämen. Er würde sich in sein Schicksal fügen aber trotzdem die Augen offen halten - vielleicht ...

Wie nebenbei betätigte Freddy zwei kleine Hebel. Draußen,

auf beiden Seiten des Bugs der Yacht, fiel jeweils ein Anker in das Meer.

Freddy unterbrach seine kurzen Gedankengänge.

„Du weißt, dass ich gegen jede Anwendung von Gewalt bin, Blutvergießen ist mir zuwider. Ich gebe dir Gelegenheit deinen Grips einzusetzen, aus einer peinlichen Lage zu entkommen." Freddys Stimme hörte sich immer noch so verständnisvoll an, beinahe von auserlesener Zuvorkommenheit. Freddy schaute auf seine Armbanduhr.

„Schaff dich auf die Gummimatte", sagte er dann aber sehr scharf und laut.

Henry tat wie geheißen und erfasste eine dargebotene Leine.

„Festmachen. Aber ordentlich. Keine Mätzchen. Schneid die andere, kurze Leine durch. Ach so, du hast kein Messer, dein Fehler." Er zog und löste dann den lockeren Knoten auf.

Freddy nahm das andere Ende seiner Leine mit, als er auf sein Beiboot übersetzte. Er befestigte sie gekonnt mit einem sicheren Knoten an seinem Heck.

Nun hakte er die Leine aus, die ihn an die *Espera* gebunden hatte. In keinem Moment ließ er aber Henry aus den Augen. Dann ließ er die beiden Motoren an. Gleich danach ging es in wilder Fahrt los.

Henry konnte noch registrieren, dass es in Richtung offene See ging. In Richtung Westen. Die Sonne stand halblinks, also Backbord voraus. Dann begann ein Höllenritt. Die von den beiden starken Motoren aufgeworfene Strömung und Wirbel bewirkten, dass sie in dem Schlauchboot wie wild hin und hergeworfen wurden. Oft sprang es für Bruchteile von Sekunden in die Luft, drohte sich zu drehen, knallte wieder auf die Wasseroberfläche. „Festhalten", das konnte Henry noch zu Yolanda brüllen. Sie klammerten sich an das rundum laufende Seil. Trotzdem waren sie mehrmals kurz davor den Halt zu verlieren und über Bord gewirbelt zu werden.

Wie lange das so dauerte, konnte Henry nicht abschätzen. Plötzlich war Ruhe. Nur die Außenbordmotoren am Beiboot drehten sich fast geräuschlos.

„Immer geradeaus, dann könnt ihr die Hölle nicht verfehlen." Freddy lachte lauthals aber sein typisches Gemecker hörte sich jetzt schauderhaft an.

Er knotete die Verbindung zum Schlauchboot auf. Dann gab er Gas, drehte auf das Meer hinaus und kam nach einer scharfen Kehrtwende mit moderater Geschwindigkeit näher. Im Vorbeifahren schlitzte er mit einem langen Messer, das offensichtlich in dem Beiboot untergebracht war, das Schlauchboot der Länge nach auf.

Die Luft war so schnell entwichen, dass beide Insassen direkt ins Meer gerissen wurden. Das letzte, was sie hörten, war das Aufheulen der Motoren und dazwischen Fetzen von Freddys meckerndem Lachen. Das Motorengeräusch entfernte sich schnell, dann schrie Yolanda, dass sie nicht schwimmen könne.

5 Uhr 15 Minuten. PM

Freddy war wieder in **Potosí**. Sein neuer Geschäftspartner hatte ihn sehnlichst erwartet. „Mann", sagte er, „ich habe mich schlau gemacht. Weißt du, dass das Postamt um sechs Uhr Schluss macht?"

„Ich hatte noch eine Kleinigkeit zu erledigen. Hier sind die Dokumente."

Sie erkundigten sich nach einem Copy-Shop-Laden. Er war gleich an der Ecke, gegenüber der Poststation. Zwei Fliegen mit einer Klappe schlugen sie somit.

5 Uhr und vierzig Minuten. PM

Freddy und Dário betraten das Postamt. Hinter beiden Schaltern saßen die üblichen missmutigen Mitarbeiterinnen. Und wie üblich waren sie in ein Gespräch mit tiefschürfendem Inhalt vertieft. Seit einer Stunde hatten sie das Thema Nylonstrümpfe. Eigentlich dauerte die angeregte Unterhaltung bereits den ganzen Tag und wurde sogar während der Mittagspause fortgesetzt. Und wie weiter üblich nahmen sie es auch diesen beiden Kunden übel, dass sie durch sie aus der privaten Unterhaltung gerissen wurden.

Gewohnheitsmäßig machten sie demonstrativ weiter. Ihre Kunden konnten - sie mussten warten, sie hatten zu warten, es war wie bei einem ungeschriebenen Gesetz. Ohne zu meckern. Sie konnten schimpfen, wenn sich eine Schlange gebildet hatte und die Menschen begannen unruhig zu werden. Es war für sie der normalste Zustand der Welt, dass sie ihren Unmut an den Postkunden ausließen. In der Regel funktionierte ihr System so gut wie ausnahmslos und mit der Zeit wurden sie immer dreister, oder besser gesagt, unverschämter.

Die beiden Männer wollten große Umschläge. Das über alle Normalität hinaus geschminkte Mädchen hinter ihrem Schalter legte dann auch erst einmal ihr normales Verhalten an den Tag. Also desinteressiert und bockig sein. Vielleicht noch etwas überspitzter, denn es ging auf Feierabend zu und da wagten sich zwei Mannsbilder vor ihren Schalter. Unerhört! Denen musste sie ihre Wichtigkeit vor Augen führen.

Dann, sie wollte mit der zu dieser Tageszeit üblichen Meckerei anfangen, als sie in das finster entschlossene Gesicht Freddys sah. Ihr Mund blieb offen, aber Worte kamen nicht. „Werden sie hier bezahlt, dass sie den Kunden ihre Zähne und ihre Mandeln vorführen? Ich will drei B4 Umschläge."

Das Mädchen hatte den Mund mittlerweile zugeklappt, rührte sich aber immer noch nicht. Freddy schlug mit der Faust auf den Tresen und rief, dass er etwas plötzlich drei B4 Umschläge haben wollte. Die Stimme, kombiniert mit der Lautstärke, hätte Tote aufwecken können. Eine Halbkugel aus Plastik, in der ein Kugelschreiber steckte, hatte bei dem Faustschlag eine Pirouette gedreht und war dann im Hintergrund des Postbüros scheppernd verschwunden.

Die eingebildete doofe Nuss am Nachbarschalter, hatte plötzlich viel zu tun, machte eine tiefe Verbeugung vor ihrer vorgetäuschten Arbeit und schaute nicht mehr auf.

Dário hatte bereits die einzeln einzusackenden Fotokopien geordnet. Persönlich schrieb er zwei Adressen, Freddy eine. Die Umschläge, gerichtet an die Spanische Drogenfahndungspolizei in **Valencia**, an **Europol** in Holland und an die **DEA** in Washington, wurden verschlossen. Freddy verlangte noch Tesafilm. Von der immer noch sprachlosen Dämlichkeit, erhielt er ihn wortlos. Sie verklebten damit noch zusätzlich die Umschläge. Verständlicherweise wollten sie schließlich dem vorhandenen nationalen Klebstoff der Umschlagklappen nicht trauen.

Es war zehn Minuten vor sechs, als sie die Sendungen noch aufgeben konnten.

5 Uhr 30 Minuten PM Ortszeit

Auf einem Sportboot, das außerhalb der Bucht langsam seine Runden drehte, erhielten die drei **DEA**-Agenten eine wichtige Nachricht. Sie hatten sich bis jetzt seltsamerweise mit angeln aber ohne Köder beschäftigt. Die kurze Nachricht besagte, dass sich Freddy wieder im Fischerhafen eingefunden hatte. Er habe sich, zusammen mit diesem Dário, in Richtung Ortszentrum bewegt.

Sie holten die nutzlosen Angeln ein, gaben Gas und peilten die Yacht an. Schließlich hatten sie nur auf diesen Moment gewartet. Und das Angeln war nur vorgetäuscht. Sie wollten jederzeit bereit sein, um ohne weiteren Verzug Fahrt aufnehmen zu können.

Schon bald danach näherten sie sich der antriebslos liegenden Yacht. Sie gingen längsseits und fragten zunächst lautstark, ob da jemand an Bord sei. Einer stieg dann rasch an Deck, um die Lage zu erkunden.

Verdammter Mist, wo war Henry? „Er ist nicht da."

„Shit-shit-shit---bullshit."

„Los an die Arbeit."

Jetzt rief er nach seinem Kollegen, ein Fachmann der Telekomunikation. Sie versteckten im Cockpit und auf der hinteren Plattform je einen kleinen Sender mit Mikrofon. Sie aktivierten die Übertragung. Dann stiegen sie wieder auf ihr Boot und dirigierten es Richtung Bug.

Hier stieg ein Mann vom Boot ins Wasser. Ein zweiter Mann ließ ein Päckchen außenbords gleiten. Er sicherte es an einer zugfesten Schnur. Entsprechend den Anweisungen des Schwimmenden, ließ er das Bündel langsam tiefer in das Wasser sinken.

Der Schwimmer tauchte und zog es hinter sich her. Etwa dreiviertel Meter unter der Wasseroberfläche drückte er sein Bündel gegen die Außenhaut nahe dem Bug der Yacht. Er betätigte einen kleinen Hebel, zog ihn heraus und ging nach oben um Luft zu holen. Dabei gab er einem Kollegen einen Wink, worauf dieser die Schnur ins Wasser gleiten ließ. Sie versank langsam im türkisschimmernden Wasser.

Der Mann tauchte nochmals, rüttelte und versicherte sich, dass das Paket fest an der Yacht aufsaß. Dann rollte er einen feinen Draht ab, tauchte auf und befestigte einen Teil davon oberhalb der Wasseroberfläche an der Schiffshaut. Dazu hatte er schlicht und einfach eine durchsichtige, schmale Folie mitgebracht. Dann zog er sich mit Hilfe seiner beiden Kollegen wieder an Bord des Sportbootes.

Der Vorgang wiederholte sich. Jetzt war sein Kollege dran, der ebenfalls ein gleichartiges Päckchen in gleicher Manier am Rumpf der Yacht befestigte. Sie hatten nun doppelte Sicherheit, um ihre Absicht absolut zufriedenstellend durchzuführen.

Sie überprüften nochmals kurz ihre Arbeiten und fuhren davon. Nun beeilten sie sich, um so schnell wie möglich an Land zu kommen.

Die Kollegen von der **DEA** an Land hatten das vereinbarte Zeichen erhalten, dass die Arbeit erfolgreich durchgeführt war.

Zu diesem Zeitpunkt hatten sie die drei Sender der Yacht auf ihren Empfangsgeräten. Sie mussten jetzt warten, bis sie darüber und den Mikrophonen, über das Eintreffen von Freddy und Dário an Bord erfahren würden.

Sie hatten bereits die Zentrale alarmiert. Von Henry keine Spur, aber eine große Klappe stehe an Deck auf der Backbordseite des Heckteils offen. Auf ihrer Innenseite war das Picto-gramm für ein Schlauchboot aufgeklebt. Sie stimmten in ihren Einschätzungen überein, dass das Schlauchboot von Henry entnommen worden sein musste. Freddy war ja mit dem Schnellboot unterwegs. Der Schlauchanschluss für eine Pressluftleitung lag noch herum. Henry würde wohl entkommen sein.

Nach kurzem Gedankenaustausch kamen sie zu dem Schluss, dass Henry wohl zunächst seine Fluchtroute auf das offene Meer beschlossen haben musste. Denn das Land anzusteuern war zu riskant. Er hätte dort oder auch auf dem Weg dorthin, mit Freddy zusammentreffen können. Schließlich, so argumentierten sie, konnte Henry mit Sicherheit nicht über den genauen Aufenthalt oder den Zeitpunkt Bescheid wissen, zu dem Freddy wieder mit dem Schnellboot zurück zur Yacht fahren würde. Sie beschlossen Henry zu suchen.

Zwei Hubschrauber mit Schwimmkörper wurden bereitgestellt. Sie nahmen die Suche auf.

Seit 5 Uhr 50 PM waren sie in der Luft und flogen konzentrisch in größerer Entfernung um die Yacht, auf der Suche nach einem Schiffbrüchigen, ihrem Kollegen Henry.

6 Uhr. PM

Freddy schaltete seinen Laptop ein. Er wollte wissen, ob die halbe Million Dollar auf seinem Konto auf den Caymans angekommen war. Sie waren es. Auch das Problem mit diesem Henry war gelöst - endlich. Er hätte ihn auch wirklich nicht mehr einen Tag länger auf der Yacht aushalten können, redete sich Freddy ein. Er war jetzt sehr zufrieden und in guter Stimmung. Er und sein neuer Partner würden jetzt verschwinden. Und die Stiftung würde ebenso verschwinden und damit würde auch die treibende Kraft verschwinden, die ihnen weiterhin Verfolger auf den Hals hetzen konnte.

In keinem Moment hatte an diesem Tag Freddy daran gedacht, dass er für die Yacht ja keine Dokumente hatte. Ja nicht einmal seinen eigenen Personalausweis.

Die **NSA** hatte das Telefonat Freddys mit dem Abnehmer in Mexiko mitgeschnitten. Sie hatten jetzt das letzte Puzzleteil, mit dem sie Freddys Umtriebe auf der Bank auf den Caymans nachweisen konnten.

Eine gewisse DVD würde dazu noch weitere Erkenntnisse liefern.

Auch der Drogenfinancier in Mexico würde ein wertvoller Fang sein. Den hatten sie eigentlich gar nicht auf ihrer Rechnung. Nun, wenn man schon beim Großreinemachen war, dann sollte man es auch richtig machen.

Um die 6 Uhr PM Ortszeit

Als Henry Yolanda verzweifelt rufen hörte, dass sie nicht schwimmen könne, bemühte er sich, sie zu fassen. Es gelang ihm aber lediglich ihr langes Haar zu greifen. Doch das musste für den Augenblick reichen. Er schaute sich nach den Resten des Schlauchbootes um und erinnerte sich schlagartig, dass er beim letzten Luftablassen Probleme hatte. Es gab da nämlich Rückschlagventile. Und die waren es nun, die verhinderten, dass auf der noch intakten Schlauchseite die Luft entweichen konnte.

Yolanda strampelte und hustete. Mit einigen kräftigen Schwimmbewegungen konnte Henry die Reste des Schlauchbootes fassen. Er zog Yolanda weiter aus dem Wasser. Schließlich konnte er sie mit dem Kopf und einem Teil ihres Oberkörpers über den ebenfalls noch mit Luft gefüllten Boden in Richtung des unversehrten Wulstes drücken. Ihre quälenden Hustenanfälle ließen langsam nach und sie starrte nun mit vor Angst weit aufgerissenen Augen Henry an. Es gelang ihm sie schließlich so weit zu beruhigen, und die nötige Sicherheit zu vermitteln, dass sie fürs Erste gerettet seien.

Dann versuchte er es mit einem kleinen Späßchen, sie hätten eine große Badewanne. Jeder könne sich austoben, ohne dem anderen in die Quere zu kommen. Außerdem hätte jemand das Wasser auf eine angenehme Temperatur gebracht. Im Grund aber wusste Henry, dass es sehr schwierig werden würde sie zu beruhigen und ihr die Angst zu nehmen. Er dachte nach, wie sie es sich für die Nacht am bequemsten machen konnten.

Henry spekulierte aber auch, dass sie, Freddy hatte es offensichtlich sehr eilig, nicht allzu weit von der Yacht ausgesetzt wurden. Sehen konnte er sie aus seiner Position, so dicht über der Wasserlinie, nicht.

Es war Zeit mit Yolanda über sich selbst zu sprechen. Das würde sie zudem von der misslichen Lage etwas ablenken.

In nicht allzu großer Entfernung sah er die typische Haifisch-flosse. Yolanda hatte es nicht mitbekommen. Also, am besten würde er erzählen, von sich, seinem Leben, seinen Träumen, seiner Familie. Das würde sie ebenfalls davon ablenken, nach Haien Ausschau zu halten.

Den Hai sah Henry aber dann nicht mehr.

Sein dickes goldenes Schmuckstück hatte er vollkommen vergessen.

Er sei in Kolumbien, in der Nähe der Grenze zu Venezuela geboren worden. Er war 11, als sein Vater, kleiner Landbauer, irgendwann verschwand. Jahre später konnte er herausfinden, dass er ermordet wurde.

Seine Mutter sei mit ihm und drei Geschwistern in die Stadt, nach **Barranquilla** gezogen. Dort bekam er auch besseren und regelmäßigen Schulunterricht.

Seine Mutter habe in einer Bekleidungsfabrik gearbeitet, durch eine Krankheit aber ihre Arbeit verloren.

Er habe dann sein Glück in den USA versucht. Das heißt konkret, dass er sich anwerben ließ, in Mexiko fünf Kilo Koka über die Grenze zu schmuggeln. Er hatte vor, dann in den USA als illegaler Chikano Arbeit zu suchen. Es war alles arrangiert. Die Grenzsicherungen waren überwunden. Angeblich habe man vorher die Aufmerksamkeit von der kritischen Stelle abgelenkt und die Gruppe, der er angehörte, wähnte sich in Sicherheit.

Es seien dann aber auch Schüsse gefallen. Er wurde gefasst. Von den anderen habe er niemals wieder etwas gehört oder gesehen.

Während er in Untersuchungshaft saß, bekam er auch Besuch von zwei Männern, die sich als Mitarbeiter bei der **DEA** auswiesen. Sie hatten ihn, nach mehreren Tests, auch dann öfters besucht. Dann machten sie ihm eines Tages das Angebot, wenn er gegen seine Hintermänner aussage, könnte man einen Sonderweg für ihn finden. Sie erklärten ihm, dass er sonst mit ca. 20 Jahren Haft rechnen müsse. Sie hatten ihm die Verhältnisse in den infrage kommenden Knastanstalten geschildert und dazu eine CD gezeigt. Da habe er dann eine Krise durchgemacht.

Zunächst hatte er diese Leute mit falschen Informationen zu füttern versucht, doch sie kamen ganz schnell dahinter. Sie hatten ihn gewarnt, noch *eine* falsche Information, dann würde man ihm den Mord an seinen Begleitern anhängen. Ja, die seien getötet worden. Von wem, das hatten sie ihm nicht berichtet. Nachdem er aber auch bis heute nichts mehr von ihnen gehört hatte, nehme er an, dass die Kumpels tatsächlich umgekommen waren.

Jetzt hatten sie ihm die Todesstrafe in Aussicht gestellt. Dabei sei er ausgezogen, um Geld zu verdienen und seine Mutter mit den Geschwistern unterstützen zu können.

„Dann eröffneten sie mir eines Tages, dass sie in der Lage seien, mir eine neue Identität zu verpassen, einschließlich einer Legende, die mich rundum schützen würde. Ich wusste damals noch nicht, wie so etwas aussehen konnte. Sie erklärten mir, dass sie eine fiktive Flucht aus einem Gefängnis inszenieren konnten. Die Verfolger würden mich nicht mehr finden und auch sonst würde mein Name überall getilgt. Sie würden Nachrichten von meiner Flucht in der Presse verbreiten, so dass jeder, der nach mir suchte, den Vorgang nachlesen konnte. Auch in der spanisch schreibenden Presse würde man diese Berichte veröffentlichen. Mit Sicherheit in Kolumbien. Es sollte sogar fiktive Tote geben, die ich bei meiner Flucht hinterlassen würde. Wie das auf meine Mutter wirken musste, wollte ich nicht weiter überdenken.

„Aber spätestens da sah ich mehr und mehr die Todesstrafe als das geringere Übel an. Aber die Burschen ließen nicht locker."

„Dann machten sie mir ein Angebot, das ich schließlich nicht ausschlagen konnte. Sie wollten mich in eine Organisation einschleusen, die im großen Stil Kokain nach Europa verschiebe. Ich sollte Undercoveragent werden. Wenn ich einverstanden sei und mithelfen würde diese Organisation zu zerschlagen, würden sie mir, meiner Mutter und allen meinen Geschwistern eine Green Card geben und ein Auskommen in den USA."

„Sie sagten aber auch, dass das Unternehmen gegen die hohen Herren in Europa nicht von heute auf Morgen ablaufen würde. Sie bestätigten mir, dass es auch nicht ungefährlich sei. Aber gefährlicher und endgültiger sei sein Tod auf dem elektrischen Stuhl. Sie drohten mir dann noch, meine Mutter über den Verlauf meines bevorstehenden Prozesses und die Todesstrafe informiert zu halten. Das konnte ich nicht ertragen. Das war einfach zu viel. Da war ich lieber bereit alle Gefahren auf mich zu nehmen. Zudem wollten sie über einen Mittelsmann meiner Mutter, für die Zeit meiner angeblichen Verbrecherkarriere, Geld zukommen zu lassen. Absender: Von ihrem geliebten Sohn.

„Das mit einer neuen Identität mussten wir verschieben, da mich ja inzwischen ganz bewusst alte Bekannte identifizieren sollten. Sie sollten mich über die in den Zeitungsberichten geschilderten Geschichten wiedererkennen. Durch meine neue Legende wäre es dann ein Leichtes, dass ich in inneren Zirkeln der Kartelle gefördert werden würde. Ich sollte es so weit schaffen, dass ich Kenntnis von Strukturen erhalten konnte, die es ermöglichten einen harten, wenn nicht sogar einen entscheidenden Schlag gegen die Drogenmafia zu führen."

„Der Plan nahm Gestalt an."

„Ich sollte also mit Hilfe der Beamten aus dem Gefängnis entkommen. Sie würden für eine deutliche Spur bis zu einem Fluss sorgen. Sie würden auch für eine Legende über meine grausame Art, wie ich mir meinen Weg in die Freiheit erwirkt hatte, sorgen. Inklusive den erwähnten Zeitungsberichten. Es würde über die intensive Suche nach mir berichtet werden. Schließlich würden sie offiziell erklären, dass ich ertrunken sei und als Futter für Kaimane geendet habe."

„In Wirklichkeit wollten sie mir an einem geheimen Ort ein Spezialtraining geben, mit allem, was so ein geheimer Agent benötigte. Dann würden sie mich in Kolumbien absetzen, versehen mit einer Geschichte, wie ich wieder in die Heimat zurückfand. Inklusive Busfahrscheine aus verschiedenen Zentralamerikanischen Staaten. Wer noch an meinem Abenteuer zweifelte, sollte sich die Zeitungen der damaligen Zeit besorgen können. Ein Schönheitschirurg verpasste mir noch drei Narben und sie gaben mir den Namen eines illegal arbeitenden, angeblichen Veterinärs, der mich zusammengeflickt habe. Meine nachprüfbare Vita nach dem Knast in den USA sollte lückenlos sein."

„Ja, so wurde ich Agent der **DEA**. Ich bin also kein Verbrecher und - ach übrigens, wenn wir uns wieder besser bewegen können, zeige ich dir auch meine Narben von dem Kampf um meine Freiheit." Henry schmunzelte jetzt. Yolanda sah jetzt mit ein bisschen weniger Angst und insgesamt zuversichtlicher in die Zukunft, wenngleich die Gegenwart als alles andere aber nicht als rosig bezeichnet werden konnte. Aber wenn ihr Beschützer Agent der **DEA** war, dann bestand Anlass zu Hoffnung auf ihre Rettung. Von der **DEA** hatte sie schon in Kolumbien gehört. Mächtiges wurde ihr zugetraut.

6 Uhr. PM

Der Kommandant des bewaffneten Schnellbootes unter der Flagge der Stiftung verkündete, dass die Yacht in Sichtweite gekommen sei. Alle begannen ihre Waffen nochmals zu überprüfen.

6 Uhr und 10 Minuten PM Ortszeit

Das Schnellboot lag etwa 100 Meter hinter dem Heck der Yacht. Mit dem Megafon rief der Kommandant, „Wenn jemand an Bord der *Espera* ist, dann reden sie mit uns!" Seine Rufe mit dem Megaphon verloren sich aber über dem Pazifik.

Er hatte seine Anfrage dreimal wiederholt. Keine Reaktion. Auch drei Mann, die die *Espera* mit dem Fernglas beobachteten, konnten keinerlei Bewegung feststellen.

„Vielleicht ist sie jetzt zum Fliegenden Holländer geworden und wir finden Leichen an Bord."

„Wäre keine Katastrophe", bemerkte ein Crewmitglied.

„Wir gehen ran", sagte der Kommandant.

Als er das Schnellboot längsseits gebracht hatte, enterten zwei Kämpfer die Yacht und machten Leinen fest. Noch einmal erscholl der Ruf - „wer da?"

Der Kommandant gab das Zeichen und weitere vier Mann sprangen zur *Espera*. Sichernd und schussbereit nahmen sie das ebenso unbemannte wie äußerlich unbewaffnete Fahrzeug in Besitz.

Sie fanden nirgendwo Spuren eines Kampfes und natürlich auch kein Blut.

„Nachschauen, ob das Tochterboot da ist."

„Nein, ist es nicht."

„Worauf lässt uns dieser Zustand schließen?"

„Richtig, der Vogel ist ausgeflogen, kommt aber wieder in seinen Käfig zurück. Das müssen wir gebührend feiern. Vier Mann bleiben hier, wir können ja nicht wissen, mit welcher und mit wieviel Begleitung er zurückkommt." Er bestimmte vier Mann und schärfte ihnen höchste Wachsamkeit ein. Gemeinsam suchten sie die einzelnen Verstecke aus. Sie würden erst aktiv in Erscheinung treten, wenn das Tochterboot im Rumpf verstaut war.

„Nehmt euch Blendgranaten. Wenn ihr schießen müsst, vermeidet das Eigentum der Firma zu beschädigen. Eine gelbe und eine grüne Leuchtrakete zeigt uns an, dass alles in Ordnung ist. Eine rote Leuchtspur sagt, dass ihr Hilfe braucht. Wir kommen dann aus unserem Versteck hinter den Hecken hervor, fackeln nicht lange und fahren unser gesamtes Repertoire aus. Allerdings nochmals. Wenn sich Schäden vermeiden lassen, dann vermeidet sie. Diesen Batistuta, genannt Freddy, den hätte ich gerne lebend. Die Stiftung hat für diesen Fall eine saftige Prämie ausgelobt. Nicht nur für mich. Jetzt wisst ihr Bescheid. Noch Fragen?"

„Keine, dann werden wir abmarschieren. Anselmo du hältst mit uns Verbindung und sagst uns, wenn wir aus unbewaffneter Entfernung, ich meine ohne Fernglas, nicht mehr gesehen werden können. Wollen ja nicht, dass unser Gegenspieler vorzeitig Wind von der Sache bekommt. Wir werden uns direkt zwischen die tiefstehende Sonne und der Yacht begeben. So brauchen wir nicht allzu weit wegzufahren und es ist trotzdem kompliziert uns mit bloßem Auge zu erkennen. In gut fünf Minuten, so schätze ich es mal ab, können wir bei Alarm zurück sein. So lange müsst ihr die Stellung halten, die Situation unter Kontrolle behalten. Auf geht´s!"

Vier Mann an Bord der *Espera* berieten sich noch kurz, wie sie ihre Positionen einzunehmen gedachten. Das Schnellboot war schon ein gutes Stück nach Westen, in Richtung offene See, entfernt.

6 Uhr 15 Minuten PM Ortszeit

In der provisorischen Befehlszentrale der **DEA**-Agenten, hörten sie problemlos mit, wie die Besatzung des Schnellbootes die Yacht in Besitz nahm. Sie waren jetzt über alle Schritte bestens informiert.

„Läuft ja prima", vermerkte ein Anwesender, der sicher aufgrund seiner Gewichtsprobleme nicht mehr an aktiven Einsätzen vor Ort teilnehmen konnte. Und er schrieb die Uhrzeit für das Protokoll dazu.

6 Uhr und 20 Minuten PM Ortszeit
Freddy und Dário gingen quer über einen Freiplatz, der stellenweise mit Utensilien der Fischer belegt war. Zielstrebig gingen sie auf dem kürzesten Weg auf das Motorboot zu. Um kleinere Ablagerungen von Fischerutensilien machten sie keinen Bogen. Reusen oder Körbe, Stapeln von Plastikschalen, Plastikkugeln und dergleichen, umgingen sie. Die Generalrichtung hielten sie aber bei. Bis sie hörten, dass kurz nacheinander zwei Jeeps offensichtlich mit hohem Tempo angebraust kamen und mit quietschenden Reifen zum Stillstand gebracht wurden. Verstohlen schauten sie sich um. Es waren Polizeifahrzeuge. Nur nicht auffallen, war jetzt die Devise. Sie hatten einen Vorsprung, wenn denn die polizeiliche Aktion ihnen gelten sollte.

Sie hörten die schweren Tritte, typisch, wenn Bewaffnete dieser Breiten mit völlig ungeeigneten Stiefeln aus ihren Fahrzeugen sprangen.

Sie schienen zunächst nicht zu wissen, wohin sie laufen sollten.

Dann hatte es den Anschein, als kämen sie hinter den beiden Gesuchten her. Noch 20 Meter, dann waren sie am Rand der Kaimauer angekommen. Da erscholl er Ruf - „Stehenbleiben!"

Und nochmals „stehenbleiben". Zwei schäbig Gekleidete, offenbar waren es Fischer, blieben rechts neben ihnen wie erstarrt stehen. Freddy und Dario beschleunigten ihre Schritte. Ein Schuss fiel. Dário hörte wie das Projektil ganz in seiner Nähe vorbeipfiff.

„Die Säcke meinen es ernst."

Jetzt machten sie noch zwei Sätze und waren am Rand der Kaimauer. Eine schmale, verdreckte und ausgetretene Treppe führte hinunter. Unten lag das Boot.

Dário rief Freddy zu er möge die Motoren starten, er würde den Rückzug decken. Schon kamen wieder Projektile, die, das wusste Dário aus Erfahrung, nur durch einen dummen Zufall Schaden anrichten konnten. Mit diesen schweren Schuhen der Polizisten und im Laufen schießen. Er wusste, da konnte kein gezielter Schuss ins Schwarze treffen.

Freddy rannte nach unten, Dário drehte sich und im Schutz der Kaimauer gab er zwei Schüsse aus der schweren Pistole ab. Der erste streckte einen Uniformierten nieder. Der zweite Schuss saß auch, aber der Getroffene blieb wie angewurzelt stehen. Die anderen warfen sich hinter die Gerätschaften der Fischer auf den Boden. Jetzt konnte es ungemütlich werden, das wusste Dário, jetzt konnten seine Gegner gezielt schießen. Er dagegen würde warten müssen, bis sie aus der Deckung kamen.

Unten brummten die Motoren. Freddy rief, dass alles bereit sei. Dário schoss nochmal, mehr ins Blaue und zum Einschüchtern, dann rannte er, zunächst ungesehen von den Polizisten nach unten und sprang ins Boot.

Halsbrecherisch jagte Freddy dann das Boot zwischen den im Hafenbecken vertäuten kleineren Fischerbooten vorbei. Was wiederum den Vorteil hatte, dass kein gezielter Schuss auf sie möglich war.

Dann wieder ein Schuss. Das war knapp. Dário duckte sich, um die kleinstmögliche Zielscheibe abzugeben und begann zu feuern. Oben an der Kaimauer tauchten jetzt weitere drei Schützen auf. Sie zielten mit ihren Gewehren, trafen aber jetzt ebenso wenig wie Dário. Das hin- und herschwankende Boot ließ von keinem der Beteiligten einen zuverlässigen Schuss mehr zu. Dann war er mit seiner Munition am Ende, die Entfernung war auch schon viel zu groß. Aber die Schützen auf der Kaimauer schossen unentwegt weiter, angefeuert von einem Uniformierten, der, lächerlich genug, einen veritablen Säbel schwang.

„Muss mit dem Brand im Hotel zusammenhängen", sagte Dário zu Freddy.

Der Beschuss von Land hatte aufgehört, sie waren um die Landzunge herumgefahren und der Hafen war auch nicht mehr einzusehen.

„Hast die Burschen ganz schön auf Trab gebracht. Alle Achtung."

Zur gleichen Zeit hörten die auf der Yacht, in ihren Verstecken ausharrenden Piraten, das Geräusch eines Hubschraubers. Doch dann tat sich nichts mehr. Sie meldeten den Überflug nicht.

Halb sieben PM Ortszeit
Einer der beiden Suchhubschrauber, die für die **DEA** unterwegs waren, hatten nach fast einer Dreiviertelstunde die beiden Schiffbrüchigen gefunden. Der Pilot setzte, soweit es für die Schiffbrüchigen sicher und möglich war, ganz in der Nähe mit seinen Schwimmern auf dem ruhigen Wasser des Pazifiks auf.

Einer der Besatzung rief den beiden Unglücklichen zu, dass er Hilfe angefordert habe. Es würde nur ein paar Minuten dauern.

Dann kam auch tatsächlich der andere Hubschrauber. Da in jedem der leichten Helis schon zwei Mann an Bord waren, konnte jede der Maschinen nur noch einen Passagier zuladen.

Es dauerte 12 Minuten, dann waren alle definitiv in Sicherheit.

6 Uhr und 40 Minuten PM Ortszeit

Freddy drückte kurz vor dem Erreichen der Yacht den Knopf der Fernbedienung, die Klappe begann sich zu öffnen. Die Geschwindigkeit hatte er bereits 200 Meter vor ihrem Ziel herausgenommen. Er klinkte den Haken in die Öse am Bug, die Fernbedienung bewirkte, dass das Boot in den Yachtbauch hineingezogen wurde. Dann schloss sich die Außenklappe und beide Neuankömmlinge stiegen durch die Bodenklappe in das Yachtinnere.

„Jetzt nichts wie weg. Wundert mich nur, dass die noch nicht da sind." Dário wähnte sich am Ende seines Traumes, der heute in der Früh mit so viel Ärger begonnen hatte. Am liebsten wäre er mit dem Piloten des gecharterten Flugzeugs anders umgesprungen.

„Hast du etwas zum Beißen da? Ich habe einen gewaltigen Hunger."

„Es ist mehr da, als du in Wochen vertilgen kannst. Aber wir müssen zuerst auf dem schnellsten Weg hier weg. Ich werde mich erst wohler fühlen, wenn wir mindestens hundert Meilen weg und in der Dunkelheit verschwunden sind. Vorher müssen wir aber noch die Sender unschädlich machen. So bald als möglich, werde ich deshalb auf den Autopiloten schalten."

Freddy eilte Richtung Cockpit, warf den Rest seiner belastenden Dokumente auf den Boden, wollte sich auf den Sessel werfen und hatte schon den Griff zum Starter für die Diesel ausgeführt.

Hinter ihm gab es einen Schlag und dann dumpfes Rumpeln, etwas das er noch nicht echt, in vollem Umfang und Konsequenz registrieren wollte. Er hatte sich ganz auf die Startprozedur konzentriert, doch dann kam ihm reflexartig der Gedanke, dass doch dieser Klatsch mit nachfolgendem Rumpeln ihm sehr bekannt vorkam.

Als er den Kopf nach hinten gedreht hatte, sah er auch schon in zwei Gewehrläufe, mit ihm sehr bekanntem, raffiniertem Zubehör. Er wusste sofort Bescheid und wollte auch, wiederum reflexartig zu seiner Pistole greifen. Die beiden Männer aber brüllten fast gleichzeitig: „Hände weg von der Waffe." Dann war auch schon der Erste bei ihm und zog seine Pistole aus dem Hosenbund.

Ein anderer rief nach hinten: „Alles klar. Beide gefechtsunfähig. Dário bewusstlos, Freddy putzmunter."

Freddy hörte dann noch, wie zwei Signalpistolen abgefeuert wurden.

„Dreh dich um", rief einer der beiden neuen Begleiter. Der zweite stieß Freddy den Gewehrlauf in die Rippen. Freddy schaute ihn wütend an, aber da waren seine Hände bereits gefesselt. Er wurde zu Boden geworfen. Nicht weit von ihm entfernt lag Dário, von einem Schlag mit dem Gewehrkolben betäubt, er war immer noch bewusstlos. Es war einer dieser präzise sitzenden und wuchtigen Schläge mit dem Gewehrkolben, die auch der besttrainierte Marine nicht schadlos hinzunehmen imstande war.

Zwei weitere Kämpfer kamen noch hinzu und bemerkten anerkennend zu den beiden Ersten: „Gute Arbeit." Dann war es wieder still an Bord.

Nach einer Weile hörte Freddy das Motorengeräusch des bunt bemalten und stark bewaffneten Schnellbootes, das er doch so gut kannte. Also so lief das ab, bemerkte er - aber nur für sich. Verdammte Falle.

Dário begann sich zu regen. Er brauchte eine Weile, bis er begriff, was sich zugetragen hatte. Beide am Boden Liegenden sagten aber kein Wort.

Der Kommandant kam und belobigte seine Männer. „Klasse, genauso wie es sein soll. Genauso wie wir es im Training geübt haben."

Es wurde eng, einige mussten wieder rückwärts gehen. Dann rief einer: „Schnellboot ist vertäut und gesichert. Alle Mann jetzt auf der Yacht."

„Nun, dann wollen wir mal die gute Nachricht in die Welt hinausposaunen. In unsere Welt, für unsere Leute, für unsere Freunde."

Das mit dem Posaunen und die Reaktion darauf, das hatte sich der Kommandant jedoch anders vorgestellt.

In der Zentrale der **DEA** schauten sich die vier anwesenden Männer an, einer nach dem anderen nickte, dann drückte der Dickste von allen einen Knopf.

Es war der langersehnte Augenblick. Seit 19 Monaten hatten sie darauf hingearbeitet. Nach vielen Rückschlägen hatte sich die bisher deprimierende Bilanz verbessert. Sie war jetzt mit einem Schlag positiv geworden. Und mit was für einem Schlag. Es verging vielen dabei buchstäblich das Hören und Sehen. Vielen auf der richtigen Seite. Die **DEA** hatte dabei keine Verluste erlitten. Sensationell!

Dass sich in einem bestimmten Augenblick so viele kriminell hochkarätige Akteure auf einem Platz befanden, war eine Sternstunde. Keiner hatte das bei den Planungen und Vorbereitungen auch nur ansatzweise hoffen können. Es würde in Cali und Medellin Stühlerücken geben. Sie würden nach Köpfen suchen, die sie rollen lassen konnten. Sie würden eine ganze Weile kürzer treten müssen. Allerdings machte sich auch keiner der Beteiligten Illusionen darüber, dass man die Welt gerettet hatte. Sehr schnell, wahrscheinlich zu schnell und in viel weniger Zeit als sie es sich vorstellen konnten, würden diese Scheißkakerlaken wieder im Geschäft sein. Mit neuen Strukturen und noch mehr Raffinesse.

Dann würden sie wieder Informationen sammeln müssen.

Sie würden wieder neues Personal in eine Organisationsform einbauen müssen, Fachkräfte ausbilden, Mittelsmänner an die Leine legen. Sie würden auch wieder von Fall zu Fall versuchen müssen, den einen oder anderen Informanten zu bestechen, zu kaufen, ihn umzudrehen, ein doppeltes Spiel mit ihm treiben.

Alle würden wieder bemüht sein den so geführten Krieg gegen die Drogen so weit wie möglich geheim zu halten. Vieles von dem, was sie unternahmen, durfte niemals an die Öffentlichkeit kommen. Für eine ganze Reihe von Unternehmungen durften sie nicht einmal Steuergelder benutzen. Dann konnten sie ganz schnell mit einem Bein im Knast stehen. Es gab Situationen und Vorhaben, zu denen sie sich regelrecht Geld erbetteln mussten. Sie mussten Fremdgeld beschaffen. Und mit dabei war auch von Fall zu Fall Drogengeld.

Ihre Erfolge durften weitgehend nicht an die Öffentlichkeit gelangen. Das war dann oftmals gewaltig nervenaufreibend und frustrierend. Wenn sie Erfolg hatten mussten sie vermeiden, dass ihnen jemand dafür auf die Schulter klopfte.

Im Großen und Ganzen war es wichtig, dass es sie gab.

Niemand würde von der auslaufenden Aktion erfahren. Niemand würde ihnen gratulieren, dass sie soeben einen Erfolgsweg der Narcohändler zerstört hatten. Dabei auch noch Köpfe der Logistik regelrecht verschwinden ließen.

Der Zufall, manche würden sagen, das Schicksal, hatte sie alle wunderschön auf und bei der *Esperanza,* alias *Espera* zusammengebracht. Bei der weit überzogenen Sprengkraft der Haftladungen wurden die allermeisten bis zur Unkenntlichkeit zerstückelt oder verbrannt. Nirgends würde es einen brauchbaren Zeugen geben. Auf dem nur etwa 30 Meter tiefen Meeresboden würden die Strömungen den Sand alsbald pietätvoll über die weitverzweigten kargen Reste verteilen.

Was die drei Tonnen Kokain betraf, würden sie sich im fast unendlich großen Pazifik auflösen und rückstandsfrei verlieren.

Ein Fischer sollte später aussagen, dass er einen Blitz am Himmel gesehen habe und danach eine Rauchsäule.

Von wegen Blitz. Es waren zwei Mal 2500 Gramm Semtex. Das konnte man allerdings auch aus angemessener Entfernung mit einem Blitz verwechseln. Besonders wenn man ein abergläubiger, armer, nicaraguanischer Fischer war.

Von den schwimmenden Untersätzen blieb absolut nichts Verwertbares mehr übrig. Die Besatzungen dürften von dem Vorfall nichts mitbekommen haben.

„Ein viel zu gnädiger Tod", befand einer bei der **DEA**.

Ein Kollege bemerkte dann schnell: „Diese Aussage auf dem Protokollband löschen."

55

In **Valencia** war kurz vor 11 Uhr - PM - GMT, das seit Stunden konstante Ortungssignal der *Esperanza* plötzlich weg. Eduardo wollte gerade, entsprechend seinen Gewohnheiten, seine Station für ein Nickerchen verlassen. Kollegen von ihm würden die Weiterentwicklung verfolgen. Viel mehr konnte er sich aber heute, in der gegenwärtigen spannungsgeladenen Situation, nicht erlauben. Alles stand auf der Kippe. Das Schnellboot musste jeden Augenblick, die auf der Stelle verharrende Yacht erreichen. Auf das erlösende Signal wollte er noch warten.

Er würde sich noch mit einem kurzen Anruf auf dem Schnellboot über die Lage berichten lassen. Dann, aber dann würde er sich ein bisschen hinlegen. Er hatte in letzter Zeit so wenig Schlaf gefunden.

Er forderte den Kommandanten des Schnellbootes auf, sich zu melden. Nach vielleicht dem zehnten Versuch, gab er vorerst auf. Er wollte sich gerne einbilden, dass die jetzt sicher im ersten Gefühl des Erfolges zunächst einmal anständig feiern wollten.

Beide Schiffe meldeten sich nicht mehr. Das Schnellboot in einem Moment, in dem es eigentlich bei der *Esperanza* sein musste. Und die *Esperanza* war jetzt auch verstummt.

Jetzt merkte er wie ihm heiß wurde, sehr heiß.

Er brauchte frische Luft. Er nahm den Aufzug, fuhr nach oben und ging in die frische Novemberluft **Valencias** hinaus. Der Pförtner registrierte, dass Eduardo etwas seltsam fahrig wirkte.

Es nieselte. Was denn auch sonst. Es war doch immer so um die Allerheiligen. Seine Großmutter hatte ihm das beigebracht.

Da merkte er, dass er eigentlich nur ein Sommerhemd mit kurzen Ärmeln trug. Schon diese Einsicht ließ ihn frösteln. Er ging in die nächste Bar. Um diese Zeit war es laut. Eduardo nahm es nicht zur Kenntnis.

Er brauchte einen Whisky, obschon es streng verboten war, während der Arbeitszeit alkoholische Getränke zu sich zu nehmen. Aber er war ja nicht an seinem Arbeitsplatz, räsonierte er etwas spitzfindig.

Er musste nachdenken. Er brauchte noch einen Whisky, das war sein Eindruck, nachdem er den ersten hinuntergekippt hatte. Hatte er ihn gekippt? Er fragte sich das selbst und er konnte die Frage an sich nicht beantworten. Was war nur mit ihm los?

Den zweiten Whisky rührte er vorläufig nicht an. Er stellte schlicht und einfach fest, dass es zu Ende ging und er musste seinen Kopf so schnell wie möglich aus der Schlinge ziehen. So ließ er den Whisky stehen, zahlte aber zwei und machte sich mit wackelnden Beinen davon. Nach ein paar Schritten rannte er dann bis zur Stiftung.

In seiner Abteilung, seinem ureigenen Gebiet, ausgestattet mit allem, was die moderne Telekommunikationselektronik hervorbrachte, suchte er hastig nach der DVD mit den Bankdaten von den Caymans.

Er steckte sie ein, zog einen Pullover über, fuhr wieder nach oben und ging dann nach draußen. „Na, bist du zur Einsicht gekommen, dass man bei diesem Wetter nicht in Unterwäsche spazieren geht?" Der Pförtner war sichtlich erheitert.

Eduardo gab keine Antwort.

Er ging zu einer öffentlichen Telefonzelle, doch die konnte nur mit Kreditkarte helfen. Das wollte er denn auch wieder nicht. Die hinterließ immer Spuren, die man nachverfolgen konnte. Er ging wieder in die Bar, die er vor einer Viertelstunde verlassen hatte und bat um ein Telefon. Klar, dass man ihn komisch anschauen würde. Wer telefonierte heutzutage noch so altmodisch. Heute wo doch jeder ein Handy hatte oder gar mehrere. Spanien war doch dafür bekannt, dass die Einwohner vom Norden bis in den Süden alle handyverrückt waren. Die größte Handydichte in Europa. Ob das wahr war?

Eduardo erhielt trotzdem Zugang zum Telefon hinter dem Tresen. Er wurde von verschiedenen Gästen mitleidig belächelt.

Dann wählte er die ominöse Nummer und meldete sich mit seinem Geheimnamen.

Er schlug vor, sich in der gleichen Bar zu treffen. Aber sofort, es ist äußerst wichtig. Dann war Schluss.

Er bestellte sich wieder einen Whisky, an dem er aber nur nippte. Dann ließ er sich einen Orangensaft kommen. Sollten sie ihn nur seltsam anschauen. Ihm war ja auch seltsam zumute.

Eduardo musste jetzt versuchen sich bei den Männern der Drogenfahndung ganz lieb Kind zu machen. Er musste sich so schnell wie möglich von einem nur widerwilligen und dabei auch noch nur oberflächlich kooperierenden Maulwurf, zu einem voll entgegenkommenden und durch und durch hilfswilligen sowie überzeugten Drogengegner mausern. Und das, wie gesagt, von jetzt auf gleich. Oder noch besser - auf sofort.

Er wollte sich als der Allerkooperativste aller Kooperativen erweisen. Etwas Vernünftigeres oder eine bessere Bezeichnung fiel ihm gerade nicht ein.

Dass diese plötzlich veränderte Haltung Misstrauen hervorrufen würde, darum konnte und wollte er sich in diesem Moment nicht kümmern. Es schien ihm somit der einzige gangbare Weg.

Als sein Verbindungsmann auftauchte, sich zu ihm an der Theke gesellte, fand der einen zerfahren wirkenden Eduardo vor. Später sollte er auch dies in seinem Protokoll vermerken.

Zunächst bekam er eine Scheibe. „Ist eine DVD mit wertvollen Daten. Gleich auswerten." Kein Mensch würde seine Unterhaltung verstehen, bei diesem gewohnheitsmäßigen Bar-Lärm von laut durcheinander redenden Stimmen. Eine echt spanische Stimmung, wie sie gegen halb zwölf in jeder guten Bar herrschte. Es ging schlicht und einfach laut zu. Nichts für mitteleuropäische, empfindsame Lauscher. Aber gerade richtig für konspirative Treffen.

„Die Stiftung tagt regelmäßig, jeden Tag, in einem tief unter der Erde liegenden Lageraum. Dort ist auch mein Arbeitsbereich mit geheimer technischer Ausrüstung. Es gibt einen Fahrstuhl der irreführende Angaben zur Fahrtrichtung macht. Er ist nur durch Chipkarte und nach Überwindung einer weiteren Personensicherung zu nutzen. Es gibt nur eine Fahrtrichtung, nach unten. Vielleicht 30 oder mehr Meter tief. Alles ist sehr gut gesichert und von Bewaffneten kontrolliert." Das war die Zusammenfassung der Unterhaltung, die sich der Mittelsmann der Drogenverfolger gemacht hatte.

Eduard stellte weitere sensationelle Neuigkeiten in Aussicht.

Er konnte nicht wissen oder er wollte es nicht zur Kenntnis nehmen, dass er bei der Antidrogenbehörde schon lange als betrügerisch geführt wurde. Er kooperierte einfach nicht, wie es sein sollte und wie er es der Behörde versprochen hatte. Der kochte immer noch sein eigenes Süppchen. Gab oft sogar völlig unbedeutende oder sogar nutzlose Nachrichten an sie weiter. In einer Zusammenfassung hatten sie es letzthin durchexerziert. Sie bekamen tatsächlich nur Allerweltinfos oder ihnen bereits bekannte Nachrichten. Mit einem Wort, sie hatten ihn auf dem Kieker.

Und jetzt wollte er so plötzlich den Superagenten spielen. Da war was faul. Sie würden es bald wissen. Sie mussten nur noch ein bisschen Geduld haben, vielleicht nur noch Tage.

56

10. November

Der Direktorenversammlung am nächsten Tag ließ Eduardo mitteilen, dass er sich erkältet habe. Er müsse leider für ein paar Tage leiser treten. Und die Herren erkannten, dass ihr treuer Mitarbeiter wahrhaftig eine Ruhe verdient hatte. Das auch im Hinblick auf die guten Nachrichten. Die Yacht war sichergestellt, das war das Wichtigste. Allerdings war auch eine ganze Mannschaft, unter der Führung des erfahrenen Dário, hopps gegangen.

„Kann vorkommen", kommentierten sie. Aber Männer sind ersetzbar. Die einzige Sorge machte ihnen noch, dass dieser Artemio sich nicht mehr gemeldet hatte. Aber, wie dem auch sei, auch sonst hatten sie höchst selten mit ihm direkten Kontakt.

Eduardo ließ seine Chefs im Glauben, dass noch alles lief. Nur eine vorübergehende Funkunterbrechung. Eine Vorsichtsmaßnahme gegenüber der **DEA**. Man sei über mancherlei Kanäle dabei alle Nachrichtenübermittlungen auf ihre Sicherheit zu überprüfen.

Was seine Erwähnung der **DEA** anging, konnte er nicht ahnen, inwieweit von ihr die meisten Spatzen bereits gefangen waren.

Dass da zwei Kurierflugzeuge verschwunden waren, ging sie ja nichts an. Ach, das ist deren Problem in den USA. Oder das der Barone in Medellin oder Cali. Oder das von beiden.

57

11. November
Eduardo war noch leidend. Sein Vertreter konnte nichts Neues berichten. Die Direktoren insgesamt fanden das nicht mehr so amüsant. Sie wollten Fakten, Daten, Tatsachen, sie wollten gute Tatsachen und gute Nachrichten, die ihnen das Gefühl gaben, dass der Neuanfang endlich angepackt werden konnte. Aber es gab noch keine Verbindungen.

Sie gaben eine Frist für eine vollumfassende Darstellung bis Morgen, Morgen fünf Uhr nachmittags. Mittag in Mittelamerika.

Schon kam bei manchem wieder das Gefühl auf, dass die ganze Geschichte doch wieder irgendwie verbockt sein könnte. Dass der ganze Scheiß wieder von vorne beginnen könnte.

11 Uhr AM Ortszeit
Im provisorischen und vorübergehenden Quartier der **DEA** waren alle an den letzten Aktionen Beteiligten zusammengekommen.

Der Koordinator, der etwas korpulente joviale Mann, gab eine Zusammenfassung der Ereignisse.

Sie hatten rundum Erfolg gehabt. Besonderes Lob erhielt Henry, denn ohne seinen gefährlichen Einsatz, würden sie heute keinen erfolgreichen Abschluss der Mission feiern können. Alle gratulierten noch einmal Henry. Bald würde er nicht mehr Henry heißen.

Der Koordinator betonte, dass er nun mit allem Nachdruck darauf drängen müsse, dass das Versprechen gegenüber ihrem Helden eingelöst werde. Er wird eine neue Identität erhalten. „Übrigens", sagte er und machte eine Kunstpause, „die Ausreise deiner Familie ist in die Wege geleitet worden. Wenn alles gut geht, kannst du deine Lieben spätestens Übermorgen in den USA in die Arme schließen."

Applaus.

„Yolanda darf nicht übersehen werden. Sie gehört dazu."

„Ich werde sehen, was sich machen lässt."

„Das ist mir nicht genug. Sie kann nicht zurück nach Kolumbien. Sie kann auch unter ihrem bisherigen Namen nicht weiter existieren. Ihr könnt euch alle Bemühungen an den Hut stecken. Wenn Yolanda nicht in das Programm einbezogen wird, könnt ihr mich ... dann mache ich nicht mit."

„Ich wüsste da einen Ausweg ..."

„Nichts von Ausweg und Provisorien. Ich will das jetzt und hier geklärt haben. Ich habe meinen ... äh, Hintern für euch und Amerika hingehalten. Ihr seid mir was schuldig."

„Ja, ich wüsste da einen Ausweg, Henry. Wenn du verheiratet wärst, dann würde doch automatisch deine neue Existenz auch deine Frau betreffen, oder?"

„Verdammt, jetzt habt ihr mich schon wieder hereingelegt." Er wandte sich Yolanda zu und fragte ohne jede Umschweife: „Willst du mich heiraten?"

Yolanda fiel ihm in die Arme, verbarg ihr Gesicht an seiner Schulter und sagte aber kein Wort.

„Weshalb gehen wir nicht in die Botschaft und nutzen die Gelegenheit den Tag doppelt zu feiern?"

Applaus.

58

12. November - 9 Uhr dreißig Minuten. AM.
Bei der spanischen Drogenbekämpfungspolizei kam ein wundersames Päckchen mit Dokumenten an.

Bereits eine erste Einsicht ließ die Fachleute erstaunen. Da kamen systematische Mordorgien zutage. Belegt bis auf jedes einzelne i-Tüpfelchen. Eigentlich nicht ihre ureigene Domäne. Wenngleich in der Drogenszene gewaltsam aus dem Leben Geschiedene mit mehr oder weniger Regelmäßigkeit immer wieder ihren Weg kreuzten. Sie hatten dazu eigene Verbindungsbeamte zu den dafür zuständigen Polizeistellen. Sie bildeten dann eigene gemischte Kommissionen, Arbeitsgruppen, die sich sowohl im Drogenmilieu auskannten als auch die Mechanismen und typischen Erscheinungsformen bei den alltäglichen Morden kannten.

Aber das hier, was sie da als Beweismittel gebündelt auf ihren Tischen hatten, überschritt alle bisherigen bekannten Theorien und Erfahrungswerte. Einerseits tonnenweise Kokain und, sozusagen als Begleitumstände, als Kollateralschaden, Dutzende von Toten. Immer nach dem gleichen Schema. Bis sich das System offenbar selbst von innen heraus überholte. Die Kinder fraßen ihre Vor- und Ausbilder.

Bereits erste Suchläufe für europaweit als vermisst gemeldete Personen, ergaben Treffer. Es verging dann auch keine halbe Stunde nach der Benachrichtigung, bis die ersten Fachleute aus den polizeilichen Ermittlungsbehörden bei ihnen eintrafen. Das war ein Hammer. Eine Situation, wie sie sie noch niemals erlebt hatten.

Tavira Fernandez, der Leiter beim örtlichen Drogendezernat, suchte sich drei zuverlässige Kollegen aus. Er übernahm die Führung der Gruppe, die sich die Stiftung vorknöpfen wollte. „Heute oder niemals", versicherten sie sich.

Sie gaben das Kennwort an Eduardo, dass sie ihn unbedingt und schleunigst treffen wollten. Ohne weiteren Zeitverlust. In der Bar, die paar Schritte nahe der Stiftung. Eduardo signalisierte, dass es im Moment schlecht sei.

„Jetzt oder wir holen dich ab."

Das wirkte Wunder und Eduardo kam nach kaum zehn Minuten in die Bar.

Wie zufällig gesellte sich ein angetrunkener Gast zu Eduardo, der an der Theke stand. Der neue Gast bestellte lautstark ein Bier und betonte immer wieder, dass ihn seine Frau verlassen habe. Dann trank er einen Schluck aus der Flasche. Es sah aber aus als wollte er die ganze Flasche auf einen Zug leeren. Dann setzte er sie ab und, während er sich mit dem Handrücken einige Male über den Mund wischte, sagte er zu seinem Nachbarn.

„Du gibst uns sofort Bescheid, wenn die Direktoren zu ihrer täglichen Konferenz zusammensitzen."

Dann grölte er: „Meine Frau hat mich verlassen. Ich will zahlen." Fast die gesamte Flasche Bier stand noch auf dem Tresen.

Im Umdrehen zischte er noch Eduardo zu. „Keine Mätzchen, sonst holt dich der Teufel."

Auch Eduardo ließ die Hälfte seines Orangensafts stehen, zahlte und ging hastig.

So was passiert eben, dachte sich der Barkeeper.

Eduardo gab in einer SMS die extrem kurze Nachricht durch - 5 Uhr.

Er bekam zunächst Schluckauf, dann Schwindelgefühle. Die Welt, seine Welt schien sich um ihn zu drehen, in einem bösartig widerlichen Sinn. Er hatte jetzt das Gefühl jeden Augenblick in einem unermesslich tiefen Morast zu versinken. Und er musste sich abstützen, um nicht wirklich umzukippen.

Im Drogendezernat arbeiteten mittlerweile alle, die Kriminalpolizei eingeschlossen, an der Aufklärung verschiedener Todesfälle auf den unterschiedlichsten Yachten, die doch immer die gleiche war. Sie fertigten Protokolle an und sortierten das grausame Material. Sie würden sich mit den jeweils zuständigen Behörden in den verschiedenen Ländern in Verbindung setzen müssen. Mit einem Schlag wäre dann für viele Vermisstenanzeigen die Lösung gefunden. Leider konnte man in keinem der Fälle von einer glücklichen Aufklärung sprechen.

Auch Tavira Fernandez mit seinen Auserwählten war mit von der Partie. Das Entsetzen aller war nicht gespielt. In fünf Fällen hatten sie bereits den Verbleib von Menschen, es war immer ein Paar, aufgeklärt. Zweimal waren es deutsche Staatsbürger, je einmal waren es Holländer, Franzosen und Engländer. Sie ruhten für immer auf dem Meeresgrund. Irgendwo westlich der Kanarischen Inseln.

Es waren noch erschreckend viele Fälle, die sie bearbeiten mussten. Und alle schienen den gleichen Ausgang zu haben.

Beschluss: Eine Kopie der DVD mit den Bankdaten der Caymans wird im Zuge der Amtshilfe der **DEA** übersandt.

15 Uhr und 30 Minuten

Die Entwicklung rund um die *Stiftung zur Bekämpfung der Drogenkriminalität* trieb auf die Spitze zu.

Tavira Fernandez besprach sich jetzt noch einmal mit seinen Männern und einer Frau. Er hatten einen Plan. Demnach würden sie nicht mit einem Großaufgebot bei der Stiftung anrücken. Sie würden sich die raffinierteste Tarnung der ehrenwerten Gesellschaft, die in der Tiefe tagte, zunutze machen. Denn diese Erkenntnis hatten sie bereits über Eduardo gewonnen, dass die Herren tief unter der Erde Valencias zusammenkamen. Dass dort auch die Entscheidungen über Leben und Tod vieler Menschen gefallen waren, konnte als gesichert gelten. Die Herren mit ihren weißen Westen würden sich auch weiterhin ihre Hände nicht direkt beschmutzen, auch das musste als gesicherte Erkenntnis gelten. Und es war auch sicher, dass sie sich dabei der modernsten Aufklärungs- und Kommunikationstechnik bedienten. Die Gefahr bestand also, dass sich diese Weißwesten wieder herauswinden würden. Die Polizei hätte wieder einmal das Nachsehen.

Wenn man in diese Anlagen kommen könnte, würde man sicherlich überreichlich belastendes Material finden. Aber, da war sich Tavira sicher, dieses Herz der Organisation würde man außerordentlich gut bewachen und mit allen technischen und elektronischen Raffinessen gesichert haben. Und sich zu einem, eigentlich nicht vorhandenen Ort, über gerichtliche Schritte legalen Zugang zu verschaffen, das musste als aussichtslos gelten. Diesen Schritt konnten sie vergessen. Und dann, wer konnte wissen, in welcher wohlwollenden Beziehung der eine oder andere Richter zu dieser angesehenen Gesellschaft stand?

Zudem, wer konnte wissen, inwieweit die Politik ein Interesse daran hatte, dass diese ehrenwerte Gesellschaft nun plötzlich als Verbrecher übelster Sorte enttarnt wurden. Diese Denkrichtung ergab noch zusätzlich, dass es aufgrund der internationalen Verflechtungen der Stiftung ernsthafte diplomatische Verwicklungen geben könnte. Je länger sie diese Sache überdachten, desto sicherer waren sie sich, dass sie für sie vielleicht eine Nummer zu groß sein könnte. Sie waren personell nicht gerade optimal besetzt. Wenn dann spitzfindige Rechtsanwälte, in Zusammenarbeit oder gar im Auftrag von Politikern ihre Organisation auseinandernehmen würden? Es wäre das Ende aller Personen-Karrieren. Es wäre ein Freibrief für alle, die sich mit Geld und Einfluss ihre Welt zusammenzimmern konnten.

Es musste ein einmaliger Coup sein. Er musste überfallartig vonstatten gehen. Es durften am besten keine Spuren ihrer Aktion verbleiben. Da würden Personen spurlos verschwinden, die in das Gebäude gekommen waren. Der Pförtner würde das bestätigen. Aber ihre Büros in den oberen Stockwerken würden wie immer aussehen, nämlich sauber und aufgeräumt. Auf oder im Schreibtisch würde man keine Papiere finden, nur ein paar Bücher in den Regalen. Überall würde man eine dünne Staubschicht finden, denn nur alle zwei Monate würde sich eine Putzfrau darum kümmern.

Die **Entscheidung**.

Sie würden sich Arbeitskleidung einer imaginären Baufirma anziehen, mit Emblem und Gummistiefeln.

„Wenn es sein muss, bezahle ich das Baumaterial", sagte Tavira noch. Seine Männer wussten, dass dies überhaupt nicht als Scherz zu werten war. Aber andererseits hatten sie ja einen geheimen Fond, aus dem sie verdeckte Operationen finanzieren konnten. Und wenn das, was sie vorhatten keine verdeckte Aktion war, würde es dann überhaupt eine geben? Bei diesem Gedanken grinsten alle durch die Bank.

Sie gaben ein Zeichen zu Eduardo durch, kurz nach fünf in der Bar.

Schon wieder die Bar, seufzte Eduardo. Aber er wollte, er musste ja kooperieren. Was denn sonst? Er hatte im Moment nichts in der Hand. Keine Nachrichten aus Südamerika. Weder für die Bullen noch für sein Direktorium.

15 Uhr und 50 Minuten
Bei einer Firma für Fertigbeton ging ein Anruf ein.

„Ich brauche sechs Ladungen Fertigbeton und eine Pumpe. Das alles für fünf Uhr, vor dem Gebäude Nr. 2356 in der Straße ...," der Mitarbeiter notierte, sagte dann aber gleich, dass er über die Betonpumpe nicht verfügen könne, da möge doch der Herr, „wie war noch ihr Name?"

„Fernandez, Tavira Fernandez vom Drogendezernat."

„Für die Pumpe müssen sie sich mit der Firma Pumpendienst Alejandro Dimitri abstimmen. Kann mir nicht vorstellen, dass die aber so kurzfristig eine verfügbar haben."

„Das lassen sie mal meine Sorge sein."

„Welche Beanspruchung für den Beton?"

„Ach, was sie gerade zur Verfügung haben. Nur, mischen sie ihre Mittelchen für eine schnelle Aushärtung bei."

„Was haben sie gesagt, für fünf Uhr, wann an welchem Tag dieser Woche?"

„Hören sie genau zu. Ich will die Wagen, einer nach dem anderen, in Reih und Glied in der angegebenen Straße, so nah wie möglich an der angegebenen Hausnummer haben. Der Platz direkt davor ist für das Pumpenfahrzeug reserviert, ticken sie das ihren Leuten. Wir werden die Stellplätze für die LKWs von parkenden Autos räumen. Wie sie den Auftrag hinkriegen ist ihr Problem. Wenn das nicht klappen sollte, werde ich dafür sorgen, dass sie und ihre Firma ernsthafte Probleme bekommen."

„Moment mal, wie war nochmals ihr Name."

„Mein Name war nicht, sondern ist und bleibt Tavira Fernandez. Ich bin der Chef der Polizei für Drogendelikte. Die Rechnung kommt an mich, die Behörde wird bezahlen. Alles klar?"

„Ich habe aber alle Wagen reserviert ..."

Tavira unterbrach ihn: „Die Zeit arbeitet gegen dich. Du hast zu jedem Wagen Handyverbindungen. Leite sie um, alles andere ist dein Problem. Erklärungen kannst du später noch geben. Um fünf will ich die Wagen haben. Schluss."

Tavira rief den Pumpenmann Dimitri an. Auch hier gab es natürlich Probleme. Aber ja, eine Pumpe ist unterwegs zu einem Einsatz, warte mal, das muss ja ganz in der Nähe der angegebenen Adresse sein. „Ich werde sehen, was ich tun kann."

„Nein, das wirst du nicht. Du wirst die Pumpe um fünf Uhr vor der angegebenen Adresse stehen haben."

16 Uhr und 50 Minuten

Ambrosio konnte nach seiner halbwegs gelungenen Wiederherstellung, einmal wieder an der Sitzung teilnehmen. Er wunderte sich, dass nahe dem Stiftungssitz Abschleppwagen dabei waren parkende Autos wegzufahren. Etwas weiter entfernt blockierte ein großer Speziallaster, mit der Aufschrift LIEBKNECHT einen Teil der Straße. Er erkannte, dass es eine Betonpumpe war. Auf dem Dach der Fahrerkabine kreiste eine Gelbes Warnlicht.

Eduardo hatte in einer Zusammenfassung für das Direktorium, die Erkenntnisse seit gestern aufgelistet.

- Artemio definitiv vermisst. Die Möglichkeit, dass er von der **DEA** verschleppt wurde, kann nicht ausgeschlossen werden - Bewertung aus dem Kartell.

- Das Kartell berichtet vom Verlust eines zweimotorigen Kurierflugzeuges, das im Auftrag Artemios als Unterstützung nach Nicaragua unterwegs war. So das Kartell.

- In Honduras wurde eine Kleinmaschine auf einem geheimen Flugplatz zerstört - so das Kartell.

- Drei Männer, eine ad hoc gebildete Eingreiftruppe, sind in Nicaragua in einem Jeep verbrannt. Ursache unbekannt. Die zuständige Polizei ermittele noch. So das Kartell.

- In einem Hotel in **Potosí**, das liegt in Nicaragua, verbrannten fünf bewaffnete Männer in einem Zimmer. Sie waren am gleichen Tag in **Managua** in einer gecharterten Maschine aus Kolumbien angekommen. Alle standen unter dem Kommando eines gewissen Dário, ein erfahrener und zuverlässiger Frontkämpfer. Er war nicht unter den Opfern. Die Polizei mutmaßt, dass die Männer beim Hantieren mit ihren Waffen versehentlich eine Explosion ausgelöst hatten. Vertrauliche Polizeikreise aus **Managua** berichten aber, dass nach einem mutmaßlichen Täter gefahndet werde. So das Kartell.

- Man habe Berichte, dass die **DEA** in den letzten Tagen in der vorher beschriebenen Gegend besonders aktiv war. So das Kartell.

- In **Potosí** gab es am Hafen eine Schießerei. Man habe noch keine Bewertung - so das Kartell.

- Vom Schnellboot fehlte jede Nachricht - so die eigene Technikabteilung.

- Die *Espera* hat die Peilsendungen eingestellt und bleibt seither verschwunden - so die eigene Technikabteilung.

- Ein Hauptkunde in Belgien hat mit sofortiger Wirkung alle Verbindungen zur Stiftung gekappt. So die eigene Koordinierungsstelle für Internationale Beziehungen.

Alles in Allem würden diese geballten Negativnachrichten

die illustre Runde in den Katakomben in Aufruhr versetzen, mit unabsehbaren Folgen.

17 Uhr und 5 Minuten.

Ein Mann in einem Overall, wie ihn Bauarbeiter zu tragen pflegen, mit einem Aufnäher, der ihn als Mitarbeiter der Firma <Interconstrucciones Ltda.> auswies, sprach Eduardo auf dem Bürgersteig an. Ob er mal Feuer habe. Während ihm Eduardo mitteilte, dass er Nichtraucher sei, sprach der Mann ohne Unterbrechung gleich weiter. „Du gehst rüber und öffnest die Fahrstuhltür zur Unterwelt. Wenn nicht, regeln wir das heute noch selbst. Du kannst wählen zwischen 300 und 1000 Jahren Gefängnis, wie das bei uns in Spanien so üblich ist, oder der Kooperation. Bis gleich." Lauter, und etwas von Eduardo abgewandt sagte dann der Bauarbeiter. „Da kann man was lernen. Ist Nichtraucher. Ich werde es ab Morgen auch versuchen." Dann drehte er sich um, warf seine Zigarette weg und ging, zu seinen Kumpels.

Eduardo ging an diesen Kumpels vorbei, beäugte sie und erkannte bei ihnen einen Verbindungsmann zum Drogendezernat aus vergangenen Tagen.

Nun war alles klar. Aber es zitterten ihm wieder die Beine. 300 Jahre, nein 1000 Jahre Gefängnis, so die übliche Rechtssprechung in Spanien. Eine reine Fantasie? Oh nein, der Mann könnte Recht haben.

Kaum hatte er im Gebäude der Stiftung die Fahrstuhltür erreicht, stand wieder ein Bauarbeiter neben ihm. Hinter ihm sah er noch zwei weitere und er hörte den Pförtner protestieren. Sie hätten kein Recht - usw.

„Du öffnest jetzt den Aufzug. Ich möchte nicht gerne mit einer Hohlladung Angst und Schrecken verbreiten." Der vermeintliche Bauarbeiter zeigte ihm ganz kurz eine Art abgedeckter Suppenteller. War das deutlich genug? Ja, es war deutlich genug.

Eduardo führte bereits seine Chipkarte in den Schlitz. Ein Display zeigte an, dass der Fahrstuhl komme. Im Moment sei er aber noch im vierten Stock. Dann schaltete die Leuchtziffer auf drei, dann auf zwei dann auf eins. Ein dezenter Gong zeigte die Ankunft des Aufzugs an.

„Ist ja interessant", zischte der Vorarbeiter der Bauarbeiter, „kommt von unten und will uns weismachen, dass er von oben komme."

Die Tür öffnete sich. Tavira sah, dass sich Druckknöpfe im Innern befanden, die fünf Stockwerke markierten. In Wirklichkeit musste man von den fünf Stockwerk-Ziffern vier in einer ganz bestimmten Reihenfolge drücken. Es war die einzige Möglichkeit nach unten zu fahren. Das funktionierte aber nur dann, wenn die Fahrstuhltür geschlossen war. Niemand sonst sollte von außen die Ziffernfolge ausspionieren können. Ansonsten, wenn nur eine Zahl gedrückt wurde, fuhr der Fahrtstuhl nach oben zu dem gewünschten Stockwerk.

„Wo ist der Schaltkasten mit den Sicherungen für den Auf - ich meine Abzug?"

Dort, neben der Pförtnerloge. Dort hatte einer der Bauarbeiter dem Pförtner gerade den Telefonhörer aus der Hand genommen und legte ihn wieder auf. Dann packte er den Pförtner am Kragen und schob ihn vor sich her in den mit Marmor belegten Eingangsbereich. „Du wolltest doch gerade pinkeln gehen. Nun mach schon. Und schließ gut hinter Dir ab. Wenn Du fertig zu sein hast, sag ich dir Bescheid und lasse dich wieder heraus. Hast du verstanden?"

„Eigentlich nicht, aber, es kann sein, ich glaube doch."

„Also drinbleiben, bis ich dich rufe." Der Bauarbeiter zeigte ihm noch seinen Ausweis. Der Pförtner studierte ihn eingehend und machte große Augen.

„Gibt es Notstromaggregate?"

„Ja, und einen Wasservorrat. Für ordentliche Lüftung ist auch gesorgt."

„Schaltet der Fahrstuhlantrieb nach einem Stromausfall auf die Notstromschiene`"

„Nein, dann müssen alle zu Fuß hoch, wenn der Fehler nicht vorher behoben ist. Das ist Vorschrift. Das kam aber noch nicht vor."

„Wie kommt man da wieder raus, wenn man unten ist. Das heißt, angenommen der Fahrstuhl streikt?"

„Es gibt einen Notausstieg über eine metallene Wendeltreppe. Dort ist der Ausgang." Tavira konnte keine Tür entdecken. Mierda, dachte Tavira. Dort würde man in Zukunft keine Tür mehr brauchen.

„Gut, du fährst jetzt nach unten, wir schalten den Strom ab. Du kommst über die Wendeltreppe hoch, dann sehen wir weiter. Übrigens, was drückst du um nach unten zufahren?

„Die zwei, die vier und dann zweimal die drei."

„Interessant."

Taviras Leute hatten unter anderem Brechstangen dabei, einen schweren Hammer und auch eine veritable Hohlladung. Die würden sie aber nur nutzen, wenn sich die Fahrstuhltür nicht anders öffnen ließ.

„Nun drück schon", ermunterte er Eduardo.

„Ich glaube, dass die Tür geschlossen sein muss."

Probiere es einfach. Dann sah Tavira, wie Eduardo seine Handfläche auf eine bläulich schimmernde Glasfläche legte. Eine grüne Leuchtdiode besagte, dass er identifiziert worden sei und als Berechtigter den Fahrstuhl benutzen dürfe. Die Tür schloss sich. Dann drückte er die vier Nummern. Der Fahrstuhl begann seine Reise in Richtung Erdmittelpunkt. Bevor er die Hölle erreicht hatte, stoppte er bei der Versammlung der Teufel und entließ Eduardo.

Tavira vermerkte für sich, dass dieser Kerl doch ein Hundsvott war, un pedazo de mierda. (Ein Stück Scheiße) Von der Handflächenidentifizierung hatte er ihm vorher nichts gesagt. Umso besser, konstatierte er. Das entlastet, im Fall der Fälle, recht effektiv das Gewissen.

Die Tür war geschlossen. Der Aufzug war aber noch nicht an seinem Bestimmungsort angekommen, da versuchte ein Mitarbeiter das Brecheisen zwischen die beiden Türhälften zu stecken. Die Fuge war so dicht, dass es nicht möglich war. Mit dem Benjamin, einem drei Kilo schweren Fäustel, drosch er das abgeplattete Teil des Brecheisens in den Spalt. Nach fünf Schlägen war es so weit eingedrungen, dass er es als Hebel ansetzen konnte. Dann fasste er einige Male nach und schließlich war der Spalt so groß, dass sie ihre Fingerspitzen einführen konnten. Bevor sie das taten, steckte ein anderer Kollege den Griff des Schraubendrehers hinein. Die Tür konnte jetzt nicht mehr komplett schließen.

Der Fahrstuhl musste jetzt seinen Bestimmungsort erreicht haben. Tavira ging zum Sicherungskasten und drückte den Hauptschalter.

Zu zweit zogen Bauarbeiter dann an den Türhälften, sie gaben nach und plötzlich war es ganz einfach sie komplett auseinanderzuziehen. Sie waren erleichtert, dass sie die Hohlladung nicht benötigt hatten. Keiner von ihnen wusste nämlich über die Explosionskraft Bescheid. Tavira hatte sich in dem polierten marmorbelegten Empfangsraum umgeschaut und in seiner Vorstellung spukte bereits die Möglichkeit einer Katastrophe.

Nun schauten sie in den schwach beleuchteten Schlund. Von ihrem Standort fiel auch etwas Licht in den Schacht.

Tavira schien es nun tatsächlich so, als wäre der Aufzug

noch nicht angekommen. Die stählernen Zugkabel schwangen zitternd hin und her. Sei es wie es sei, es käme auf das Gleiche heraus.

„Beton marsch", rief Tavira.

Seine Männer halfen dem Fahrer der Pumpe die Schläuche zu verlegen. Tavira fragte nach den Fertigbetonlastern. Vier waren bereits da.

Im Rekordtempo ging es los. Schon schossen die ersten pulsgesteuerten Betonmassen aus dem flexiblen, gummiummantelten, stahldrahtverstärkten, recht dicken Rohr.

Der Fahrer kam und fragte, ob es so in Ordnung wäre, „Ich meine, nicht eventuell zu flüssig?"

„Ein bisschen weniger Wasser dürfte es wohl sein", entschied Tavira. Zu seinen Kollegen sagte er leiser, „wir wollen doch nicht, dass die da unten ersaufen."

Nach genau 12 Minuten war der erste Betonmischer leer. Gleich darauf quollen schon wieder Zementmischungen in den Schacht. Dann gab es einen dumpfen Knall aus der Tiefe. Stahlkabel schossen mit unterschiedlichen Pfeiftönen nach oben, ein paar Seilenden kamen wieder und baumelten vor ihrem Standort.

„Abgerissen", kommentierte Tavira.

Einer seiner Männer kam und berichtete, dass ein weiterer Betonmischer angekommen sei.

Gleich darauf kam auch noch der letzte.

Die Straße war ordentlich abgesperrt, mehrere Hinweise auf Bauarbeiten waren verteilt und wiesen auf ein mögliches Verkehrshindernis hin.

18 Uhr und 27 Minuten - Ortszeit in Valencia

Der Mann mit der Betonpumpe barg die Schlauchstücke. Reste von Beton flossen auf den Marmor. Es gab eine überaus hässliche Schmiererei. Der Fahrer wollte sich deswegen entschuldigen, Tavira winkte ab. Alles in Ordnung, das machen die schon sauber. Denn auch daran hatte Tavira gedacht. Es erschienen zwei Männer mit der Verkleidung einer Reinigungsfirma, die alles in weniger als zwanzig Minuten pico bello wiederherstellten.

Tavira bemühte sich unteressen mit Kollegen die Tür des Aufzugs wieder zu schließen. Es gelang ihnen nach einigen Anläufen.

Ihr Bemühen den Hauptschalter der Sicherungen wieder auf Betrieb zu stellen misslang. Er sprang, auch nach mehreren Versuchen, immer wieder zurück auf „OFF".

Da würden sich die Kerle da unten ganz schön ärgern, wenn sie ihre Versammlung bei Kerzenlicht fortsetzen mussten. Nun, den Weg zur Hölle würden sie auch bei Kerzenlicht finden. Da er nicht sadistisch veranlagt war, hatte er diesen Kommentar nur für die eigenen Ohren gesprochen.

Auf die geschlossene Fahrstuhltür klebte er ein Siegel mit dem Hinweis <Polizeiliches Siegel>. Dann noch zusätzlich einen Warnhinweis. *<Wer dieses Siegel entfernt oder beschädigt, macht sich strafbar. Strafe nach Paragraf xxxx mindestens zwei Jahre Gefängnis.>*

„Die Umbaumaßnahmen sind abgeschlossen", bemerkte einer der Polizisten-Bauarbeiter zu dem Pförtner, den er mittlerweile wieder aus der Toilette entlassen hatte. Der ging wieder auf seinen Posten. Kaum dass die Eindringlinge draußen waren, nahm der Pförtner das Telefon, um sich bei seinen Chefs über die nicht angekündigten Baumaßnahmen zu beschweren.

Das Telefon läutete und läutete und läutete.

Alle Polizisten hatten ihre Bauarbeiterkleidung abgelegt.

Sie befanden sich jetzt auf dem Rückweg zu ihren Büros. Nach etwa zwei Minuten bemerkenswert schweigsamer Autofahrt durch die Altstadt bemerkte Tavira trocken und treffend:

„Einen Haufen Schmeißfliegen haben wir vernichtet, ausgerottet, aber der Misthaufen dampft und wird immer wieder neue anlocken. Wir werden unsere Arbeit fortsetzen müssen. Niemand von uns braucht auf einen anderen Beruf umzuschulen.

Weitere Bücher von Kurt Koch

1. Die Festung Weilerbach
550 Seiten - Autobiografisches, Kriegskindertage des
Autors - Erinnerungen, Erlebnisse und Interpretationen
eines Kindes aus der schwierigsten Zeit des vergangenen
Jahrhunderts. Am 19. März 1945 erklärte in Weilerbach
eine versoffene deutsche Führungsriege der Deutschen
Wehrmacht, das Dorf Weilerbach zur Festung.

Softcover, ISBN **978-3-8192-10082**

2. Riobamba
    Familiensaga in drei Bändern.
    Roman und das wirkliche Leben - Ein
Familienschicksal. Großgrundbesitzer in der
Extremadura Spaniens gegen Leibeigene, die Heilige
Inquisition und die Leibeigenen unter sich und
gegeneinander - das Leben in einer erbarmungslosen
Gesellschaftsform in benachteiligter Landschaft.

Softcover, ISBNs:
Band 1: **978-3-8192-0050-2**
Band 2: **978-3-8192-0054-0**
Band 3: **978-3-8192-0067-0**

3. Satans Geile Träume
Thriller in zwei Bändern.
Drogenhandel, Drogenbarone, brutale Geschäftspraktiken. In Europa wird tonnenweise Kokain angelandet und großflächig vermarktet. Ein absolut tödliches Spiel mit wechselnden hochseetüchtigen Yachten und den mit allen Wassern gewaschenen „honorigen" Alten Herren. Die DEA der Amis greift mit Undercovers und wechselndem Erfolg in „das absolut tödliche Spiel" ein. Hochspannung.

Softcover, ISBNs:
Band 1: **978-3-8192-0072-4**
Band 2: **978-3-8192-0074-8**

4. Ecuador, mein Leben in den 50-er Jahren
471 Seiten - Autobiografisch.
Koch in einer Bananenrepublik. Von Weilerbach nach Quito/Ecuador, Kochs erste Station in 3000 Meter über NN auf dem Äquator, bei „meinen" Indios. Ihre täglichen Demütigungen durch die weißen „Eroberer", ihr Elend, Deutsche Pädagogen sind die Plünderer Nummer eins der uralten Kulturgüter. Und vieles andere aus einer erwachenden Welt.

Softcover, ISBN: **978-3-7597-9702-5**

5. Ein Sarg für die Tante

444 Seiten - Krimi über Habgier und Erpressung.

Ein Bankangestellter erbeutet und veruntreut eine Datenliste mit tausenden von Steuerhinterziehern. Seine Frau erpresst hinter seinem Rü-cken unehrliche „Sparer". Als Deckung inszeniert sie den Tod und Beerdigung ihrer Tante. Der Sohn mischt dann mit. Kann das gutgehen?

Softcover, ISBN: **978-3-7583-4001-7**

6. Finderlohn

Roman in 9 spannenden Episoden über zwei Bänder.

In Chile die Revolution, das Ende Allendes. Der junge Raúl Rivera muss den barbarischen Folterungen seiner Eltern durch Schergen der Militärdiktatur beiwohnen, kommt dann nach Deutschland. Als erfolgreicher Erfinder verteilt er nachgemachtes Geld mit Verfallsdatum und erlebt bei seinen Beobachtungen die haarsträubendsten Überraschungen.

Softcover, ISBNs:
Band 1: **978-3-7583-5152-5**
Band 2: **978-3-8192-0048-9**

7. Höllenbrut

438 Seiten - Thriller mit Staatsterrorismus.
Staatlich gesteuerter terroristischer Hintergrund.
Urlauberpaar aus Deutschland gerät in die perfidesten
Machenschaften von korrupten Putschisten und
Erpressern zwischen die Fronten einer zutiefst
unmo-ralischen Diktatur und Freiheitskämpfern in
einem gescheiterten Staat.

Softcover, ISBN: **978-3-7693-0958-4**

8. Heiße Latinaliebe im Abseits

423 Seiten - hochemotionaler Erotikroman
Eine Jungvermählte entdeckt, dass ihr frisch
angetrauter Ehemann impotent ist. Sie muss sich ihren
Weg im damaligen, prüden Peru selbst suchen -
Scheidung gibt es nicht. Sie lässt sich auf eine Affäre
mit einem Deutschen ein. Mit verhängnisvollen Folgen.

Softcover, ISBN: **978-3-8192-9825-7**

9. Zahlbar in Diamanten

532 Seiten - Thriller

Blutdiamanten finanzieren in Afrika Kriege. Ein kriminell strukturiertes Kartell in den USA hat sich auf Waffen- und Diamantenschmuggel spezialisiert. Machtkämpfe werden mit Mafia-methoden ausgetragen. Eine Diamantenlieferung geht „verloren". Es kommt zu dramatischen Szenen, in denen auch ein skrupelloser und korrupter Sheriff eine bedeutende Rolle spielt. Die Welt, wie sie ist.

Softcover, ISBN: **978-3-7693-0611-8**

10. ...nicht begehren Deines Freundes Frau

496 Seiten - Kriminalroman

Zwei Geschäftsfreunde haben viele Gemeinsamkeiten bis einer des anderen Frau für sich beansprucht. Die Freundschaft zerbricht und das Trio gerät in einen Wettlauf, wer wen zuerst beseitigen kann. Schließlich kann nur einer gewinnen - und dann aber gleich alles.

Softcover, ISBN: **978-3-7693-0994-2**

11. Dein Kind zurück für 2 Millionen

349 Seiten - Drama, Krimi, Hochspannung
Der einzige Sohn eines Konzernleiters wird aus einem Feriencamp entführt. Die Familie verzweifelt an unvorhersehbaren Ereignissen und Missverständnissen. Die Polizei versucht in groß angelegten Aktionen die Befreiung des Jungen, verbockt die Initiative und büßt mit Kompetenzverlust. Es endet alles mit einem riesengroßen Missverständnis.

Softcover, ISBN: **978-3-7597-7855-0**

12. Das Paradies

198 Seiten - Ein humorvoller Roman.
Die Kreationisten werden sich in dieser Schrift bestätigt fühlen. Die Niederschrift zum Handlungsablauf könnte ihr „Katechismus" werden. Der HERR hat Himmel und Erde in 6 Tagen erschaffen. Dann kam die Geschichte mit Adam und Eva und ihrem geklauten Apfel.

Softcover, ISBN: **978-3-7693-2746-5**

Mehr auf www.kurtkoch.com!